KB246379

에드거 앨런 포 단편선

클래식 보물창고 23

에드거 앨런 포 단편선

펴낸날 초판 1쇄 2013년 7월 30일
지은이 에드거 앨런 포 | **옮긴이** 황윤영
펴낸이 신형건 | **펴낸곳** (주)푸른책들 | **등록** 제321-2008-00155호
주소 서울특별시 서초구 양재천로7길 16 푸르니빌딩(양재동 115-6) (우)137-891
전화 02-581-0334~5 | **팩스** 02-582-0648
이메일 prooni@prooni.com | **홈페이지** www.prooni.com

ISBN 978-89-6170-337-6 04840
* 잘못된 책은 구입한 곳에서 바꾸어 드립니다.

이 도서의 국립중앙도서관 출판시도서목록(CIP)은 서지정보유통지원시스템 홈페이지(http://seoji.nl.go.kr)와
국가자료공동목록시스템(http://www.nl.go.kr/kolisnet)에서 이용하실 수 있습니다.
(CIP제어번호: CIP2013008870)

표지 그림 | 에드먼드 뒬락 作 '엘도라도'(1912)

보물창고는 (주)푸른책들의 유아, 어린이, 청소년, 문학 도서 임프린트입니다.

The Selected Writings of Edgar Allan Poe

에드거 앨런 포 단편선

에드거 앨런 포 지음 | **황윤영** 옮김

보물창고

차례

검은 고양이

지금부터 내가 써 내려갈 이야기는 전혀 꾸미지 않았지만 너무나 터무니없어 나는 누가 믿어 주기를 기대하지도 간청하지도 않는다. 그 일을 직접 겪은 나 자신의 감각조차 부인하는 판에 누가 믿어 주기를 기대한다면 난 정말로 미친놈일 것이다. 하지만 나는 미치지 않았고 꿈을 꾸는 것도 확실히 아니다. 그러나 내일이면 나는 죽을 테니, 오늘 내 영혼의 짐을 덜어 놓고자한다. 이 글을 쓰는 당장의 목적은 내 집에서 일어난 일련의 사건들을 있는 그대로 간결하게, 아무런 설명도 덧붙이지 않고 세상 사람들에게 들려주는 것이다. 결론부터 말하자면 그 사건들은 나를 공포에 질리게 했고 고문하듯 괴롭혔으며 파멸에 이르게 했다. 하지만 나는 그 사건들을 자세히 설명하지는 않으려 한다. 내게 그 사선들은 오직 공포 그 자체였으나 다른 사람들에게는 무섭다기보다 괴기스럽게 보일 것 같다. 훗날 어떤 지성인이 나타나 나의 환상을 아주 흔한 일로 만들어 버릴지도 모른다. 그러니까 나보다 더 차분하고 더 논리적이며 훨씬 덜 흥분하는 어떤 지성인이 나타나, 내가 두려움을 안고 쓰는 이 이야기 속에는 그저 평범하고 아주 자연스런 인과 관계가 연속될 뿐이라고 파악할지도 모를 일인 것이다.

어렸을 때부터 나는 온순하고 인정 많기로 유명했다. 마음이 워낙 여렸던 탓에 친구들의 놀림감이 되기도 했다. 내가 유달리 동물을 좋아해서 부모님은 아주 다양한 종류의 애완동물을 마음대로 키우게 해 주었다. 나는 이러한 동물들과 대부분의 시간을 보냈으며, 녀석들에게 먹이를 주고 쓰다듬어 줄 때가 가장 행복했다. 이런 나의 특이한 성격은 나이가 들수록 점점 더 뚜렷해졌고 어른이 되자 내게 즐거움을 주는 주된 원천이 되었다. 충직하고 영리한 개를 사랑해 본 사람이라면, 거기에서 오는 만족감이란 게 어떤 것이고 또 얼마나 큰지 내가 애써 설명하지 않아도 될 것이다. 동물의 이기적이지 않은 헌신적인 사랑에는, 한낱 인간의 보잘것없는 우정과 덧없는 신의를 숱하게 시험해야 했던 사람의 마음을 콕 찌르는 그 무언가가 있다.

나는 결혼을 일찍 했는데, 다행히 아내와 나는 성향이 잘 맞았다. 내가 애완동물을 무척 좋아하는 것을 알게 된 아내는 가장 마음에 드는 종류의 애완동물들을 기회가 생기는 대로 놓치지 않고 구해 왔다. 우리는 새, 금붕어, 명견, 토끼, 작은 원숭이, 그리고 고양이 한 마리를 키웠다.

그 고양이는 무척 크고 아름다우며 전신이 검고 정말 놀라울 정도로 영리했다. 내심 미신을 적지 않게 믿었던 내 아내는 그

녀석의 영리함에 대해 말할 때면, 검은 고양이는 모두 다 변장한 마녀들이라는 옛날 사람들 사이에서 떠돌던 말을 자주 언급하곤 했다. 그렇다고 해서 아내가 그 말을 **진심으로** 믿었다는 것은 아니고, 내가 지금 문득 생각이 나서 하는 말이지 별 다른 이유는 없다.

플루토*–이것이 그 고양이의 이름이다.–는 내가 제일 아끼는 애완동물이자 놀이 상대였다. 나만이 플루토에게 먹이를 줬고 녀석은 내가 우리 집 안에서 어디를 가든 나를 따라다녔다. 심지어 플루토는 내가 외출을 나설 때도 길거리까지 따라 나오려고 해서 겨우겨우 떼어 놓곤 했다.

우리의 우정은 이런 식으로 몇 년 동안 계속되었지만, 그러는 사이 나의 전반적인 기질과 성격은 폭음이라는 악마로 인해 (고백하자니 낯부끄럽지만)아주 나쁜 쪽으로 급격히 변했다. 나는 날이 갈수록 점점 더 침울해지고 화를 잘 내며 다른 사람들의 감정 따위는 전혀 아랑곳하지 않게 되었다. 나는 아내에게 폭언을 퍼붓기도 했으며 급기야 폭력을 행사하기까지 했다. 당연히 나의 애완동물들도 나의 기질이 변했음을 느끼게 되었다. 나는 녀석들을 방치하는 것은 물론이고 학대하기까지 했다. 하지만 플루토만큼은 학대하지 않고 계속 충분히 보살폈다. 다른 녀석들의 경우에는 우연히든 혹은 나를 좋아해서든 녀석들이 내 앞으로 오면 나는 토끼, 원숭이, 심지어는 개까지 학대하면서도 아

---

*플루토 : 저승을 다스리는 명부의 신. 그리스식 명으로는 '하데스'라고 불리기도 한다. —이하 *옮긴이 주

무런 양심의 가책을 느끼지 않았다. 그러나 나의 병은 점점 깊어져만 갔고-알코올 중독처럼 몹쓸 병이 또 있을까!- 결국에는 플루토마저도-이제는 늙어 가고 있는 탓에 투정이 늘어난- 플루토마저도 내 못된 성질의 희생양이 되고 말았다.

어느 날 밤, 내가 자주 들르는 시내의 한 술집에서 잔뜩 취해 집으로 돌아왔는데 플루토가 나를 슬슬 피하는 듯한 기분이 들었다. 나는 녀석을 확 잡아챘다. 그러자 녀석은 나의 난폭한 행동에 소스라치게 놀라 내 손에 이빨로 작은 상처를 입혔다. 나는 곧바로 악마 같은 분노에 사로잡혔다. 이제 나는 더 이상 제정신이 아니었다. 나의 본래 영혼이 한꺼번에 내 몸에서 빠져나가는 것 같았다. 그리고 술이 키운 악마 같은 증오심보다 더 극악한 감정이 내 몸 구석구석에 전율을 일으켰다. 나는 양복 조끼 호주머니에서 주머니칼을 꺼내 들고 그 가련한 동물의 목을 꽉 붙잡고는 눈알 하나를 찬찬히 도려냈다! 저주받아 마땅한 잔혹한 행위를 써 내려가자니 얼굴이 벌겋게 달아올라 화끈거리고 몸서리가 쳐진다.

이튿날 아침, 이성이 돌아오자-푹 자고 일어나 전날 밤 과하게 마신 술기운이 가시자- 나는 내가 저지른 범죄 때문에 한편으로는 두렵기도 하고 한편으로는 후회스러운 마음이 들었다. 하지만 그런 감정은 기껏해야 미미하게 살짝 들었을 뿐, 내 영혼은 전혀 동요하지 않았다. 나는 다시 술독에 빠졌고 이내 그런 짓을 한 기억은 모두 포도주 속에 묻혀 버리고 말았다.

그러는 동안 고양이는 서서히 회복되었다. 사실 눈알이 파여 나간 구멍은 끔찍한 모습이었지만 고양이는 더 이상 아무런 고통도 느끼지 않는 듯했다. 녀석은 평소처럼 집 안 여기저기를 어슬렁거리며 돌아다녔지만, 예상했던 대로 내가 다가가면 화들짝 놀라 달아났다. 나는 녀석에 대한 옛 감정이 아주 많이 남아 있었기에, 한때는 나를 그토록 사랑했던 녀석이 이렇게 질색하며 나를 싫어하는 모습에 처음에는 너무나 슬펐다. 하지만 이런 감정도 곧 짜증에 자리를 내주고 말았다. 그런 뒤 마치 나를 마지막으로 되돌릴 수 없는 파멸의 길로 이끌기라도 하듯 비뚤어진 마음이 치솟았다. 이런 마음에 대해서 철학으로는 설명할 길이 없다. 하지만 나는 내 영혼이 살아 있다는 사실을 확신하는 것 못지않게 비뚤어진 마음이 인간 마음의 원초적인 충동 가운데 하나라는 것을—인간의 성격에 방향을 제시하는 불가분의 기본적 능력 또는 감정 가운데 하나라는 것을— 확신한다. 인간은 해서는 안 되는 짓인 줄 알고 있기 때문에 오히려 비열하고 어리석은 짓을 수없이 저지르지 않던가? 마찬가지로 우리는 법을 지켜야 한다고 알고 있기 때문에 최선의 판단을 저버리고 오히려 법이라는 것을 위반하고 싶은 마음이 끊임없이 드는 게 아닐까? 아무튼 바로 이 비뚤어진 마음이 나를 최종적 파멸의 길로 이끌었던 것이다. 스스로를 괴롭히고 본성에 폭력을 가하고 오로지 악을 위해서 악을 행하려는 내 영혼의 헤아릴 길 없는 갈망에 이끌려, 나는 아무 죄도 없는 짐승에게 계속해서 위해를 가하다가 결국은 극으로 치닫고 말았다. 어느 날 아침, 태연하게, 나는 고양이의 목에 올가미를 씌워 나뭇가지에 매달았다. 녀석을 매달면서 나는 하염없이 눈물을 흘리며 마음으로는 쓰디쓴 회한에 젖었다. 녀석이 나를 사랑했단 것을 알기 때문에, 또 녀석이 나를 화나게 할 이유가 없다고 생각했기 때문에 나는 녀석을 매달았다. 또한 그런 짓이 죄악이란 것을 알았기 때문에, 내 불멸의 영혼을 가장 은혜로우나 가장 가혹하기도 한 하느님의 무한한 자비마저 미치지 않는 곳에 빠뜨릴 만큼―그런 일이 가능하다면― 대단히 위험하고 가공할 만한 죄란 것을 알았기 때문에, 나는 녀석을 매달았다.

이처럼 잔인한 짓을 저지른 그날 밤, 나는 "불이야!" 하는 외침에 잠에서 깼다. 내 침대 커튼이 불길에 휩싸여 있었다. 집 전체가 불타고 있었다. 아내와 하인과 나는 간신히 불길을 피해 빠져나왔다. 그 불에 모든 것이 다 파괴되어 버렸다. 화마가 나의 전 재산을 삼켜 버리자 그때부터 나는 체념하여 절망에 빠졌다.

나는 그 재앙과 내가 저지른 잔혹한 행위 사이의 인과 관계를 따져 보는 그런 심약한 인간이 아니다. 하지만 나는 일련의 사실들을 상세히 써 나갈 것이다. 단 하나의 연결 고리도 빼놓지 않고자 한다. 불이 난 다음 날, 나는 폐허가 된 집을 찾아갔다. 벽은 모두 무너져 내렸지만 한 벽만은 예외였다. 유일하게 남은 그 벽은 집 가운데쯤에 서 있던 그다지 두껍지 않은 것으로, 내 침대 머리를 맞대 놓은 부분이었다. 이 벽의 상당 부분에 회반죽이 발라져 있어 이번 화재에 견딜 수 있었던 것인데, 사실은 바로 내가 최근에 회반죽을 두껍게 펴 발랐던 덕분이었다. 이 벽 주위에 구경꾼들이 모여 있었는데, 많은 사람들이 그 벽의 특별한 부분을 아주 세심하고도 열심히 주의를 기울여 살펴보고 있는 것 같았다. "이상한데!", "기이하군!"이나 이와 비슷한 여러

말이 내 호기심을 자극했다. 나는 그쪽으로 다가가 보았는데 하얀 벽면에 마치 얕은 돋을새김으로 새겨진 것 같은 거대한 **고양이**의 형상이 보였다. 그 자국은 정말 놀랍도록 정확하게 새겨져 있었다. 고양이의 목에는 밧줄도 매어져 있었다.

맨 처음 이 환영—나는 그 형상을 환영이라고밖에 여길 수 없었다.—을 보았을 때, 나의 놀라움과 공포는 극에 달했다. 하지만 결국 다음과 같이 생각하니 도움이 됐다. 내가 기억하기로 고양이는 우리 집 근처의 마당에 매달려 있었다. "불이야!" 하고 외치는 소리가 들리자마자 곧바로 사람들이 마당으로 몰려들었는데, 그 가운데 어떤 사람이 밧줄을 잘라 고양이를 나무에서 내린 다음 열려 있던 창문을 통해 내 방 안으로 던진 게 틀림없었다. 아마도 나를 잠에서 깨우려고 그렇게 했을 것이다. 다른 벽들이 무너지면서 내 잔인한 행동의 희생자를 눌러 새로 바른 회반죽 벽 속에 파묻히게 했을 것이다. 그런 뒤 회반죽의 석회가 불길과 시체에서 나오는 **암모니아**와 더해져 지금 내가 보고 있는 이 형상을 만들어 냈을 것이다.

양심적으로는 꺼림칙하긴 했지만 나는 이제까지 자세히 설명한 이 놀라운 일을 이런 식으로 이성적으로는 쉽게 합리화하고 넘어갔다. 하지만 고양이의 형상은 내 공상 속에 깊은 인상을 남기지 않으려야 않을 수 없었다. 몇 달 동안 나는 내 머릿속에서 그 고양이의 환영을 지울 수 없었고, 이 기간 동안 내 마음속에 한편으로는 후회 같기도 하고 또 한편으로는 아닌 것 같기도 한 감정이 되돌아 왔다. 그러다가 급기야 그 고양이를 잃어버린 것을 안타깝게 생각하는 지경에 이르러, 습관처럼 뻔질나게 드나

들던 불결한 단골 술집들을 찾을 때마다 그 고양이를 대신할 똑같은 종류의 비슷하게 생긴 다른 고양이를 찾아 주변을 두리번거리기까지 했다.

어느 날 밤 내가 더없는 악행의 소굴에서 반쯤 얼이 빠진 채로 앉아 있는데, 갑자기 어떤 까만 물체가 나의 주의를 끌었다. 그 물체는 그 공간의 대부분을 차지하는 엄청나게 큰, 진이나 럼주가 담긴 여러 술통 가운데 하나 위에서 웅크리고 있었다. 내가 몇 분간이나 그 술통 위를 뚫어져라 바라보고 있었는데도 그 물체를 바로 알아보지 못했다는 사실에 나는 깜짝 놀랐다. 나는 그 물체에게로 다가가 손으로 쓰다듬었다. 그것은 검은 고양이였다. 몸집이 컸는데 꼭 플루토만 했으며, 모든 점에서 아주 비슷하게 생겼으나 단 한 가지만이 달랐다. 플루토는 몸 어디에도 흰색 털이 없었지만 이 고양이는 비록 흐릿하나마 커다란 흰색 털 반점이 가슴 전체를 거의 다 덮고 있었다.

내가 쓰다듬자마자 녀석은 벌떡 일어나 큰 소리로 가르랑거리며 내 손에 몸을 비볐는데 내가 알아봐 준 것이 기쁜 듯했다. 녀석이야말로 바로 내가 찾던 고양이였다. 나는 곧바로 술집 주인에게 고양이를 팔라고 제안했다. 하지만 술집 주인은 그 고양이는 자기 것이 아니라면서 녀석에 대해서는 아는 바가 전혀 없으며 한 번도 본 적이 없는 고양이라고 했다.

내가 고양이를 계속 어루만져 주다가 집으로 갈 채비를 하자 녀석도 분명 나와 함께 가고 싶어 하는 듯했다. 나는 녀석이 그러도록 놔뒀다. 그리고 길을 가면서 가끔 몸을 굽혀 녀석을 쓰다듬어 주었다. 녀석은 우리 집에 오자마자 길들여졌고 내 아내도 곧바로 녀석을 굉장히 좋아하게 되었다.

그런데 얼마 안 가 내 안에서 녀석에 대한 혐오가 생겨났다. 이것은 내 예상과는 정반대의 일이었다. 하지만 나는 어떻게, 또 왜 그런 마음이 생겼는지 지금도 알지 못하지만, 아무튼 녀석이 나를 눈에 띄게 좋아하는 것이 몹시 역겹고 짜증이 났다. 역겨움과 짜증은 서서히 쓰디쓴 증오로 변해 갔다. 나는 녀석을 피해 다녔을 뿐, 일종의 수치심과 전에 내가 저지른 잔인한 짓에 대한 기억 때문에 녀석을 신체적으로 학대하지는 않았다. 나는 몇 주 동안 녀석을 때리지도 심하게 학대하지도 않았다. 하지만 점차, 아주 서서히, 나는 말로 표현할 수 없는 증오심 가득 찬 시선으로 녀석을 보게 되었고 마치 역병 환자의 숨결을 피하기라도 하듯 끔찍한 존재로부터 말없이 달아나게 되었다.

의심할 여지없이 녀석에 대한 나의 증오심이 점점 더해져 간 것은 내가 녀석을 집으로 데려온 다음 날 아침에 보니 녀석도 플루토처럼 눈이 한쪽 없었기 때문이다. 하지만 앞서 말했듯이 인정 넘치는 내 아내는 오히려 이 점 때문에 녀석을 더욱 사랑하게 되었다. 한때는 인정이야말로 나의 두드러진 특성이자 내 소박하고 순수한 많은 즐거움의 원천이었는데 말이다.

하지만 내가 이 고양이를 싫어하면 할수록, 녀석은 오히려 나를 더욱더 좋아하는 것 같았다. 독자들이 이해하기 어려울 만큼 녀석은 끈덕지게 내 뒤를 졸졸 따라다녔다. 내가 자리에 앉을 때마다 의자 밑에 웅크려 앉거나 내 무릎 위로 뛰어올라 지긋지긋하게 나를 핥고 내게 몸을 비벼대곤 했다. 내가 일어나서 걸으려고 하면 녀석은 내 다리 사이로 뛰어들어 나를 넘어지게 할 뻔하거나 길고 날카로운 발톱으로 내 옷을 꽉 잡고 가슴팍까지 기어 오르곤 했다. 그럴 때마다 나는 녀석을 한 방에 없애 버리고 싶었지만 그렇게 하지는 못했는데, 부분적으로는 내가 전에 저질렀던 죄의 기억 때문이기도 했지만 단도직입적으로 고백하자면 그 짐승이 지독하게 **두려웠기** 때문이었다.

이 두려움은 정확히는 물리적 위험에 대한 두려움은 아니었다. 하지만 나는 그것을 두려움이라고밖에 달리 정의할 길이 없다. 인정하자니 부끄럽지만—그렇다, 이 흉악범 감방에 갇힌 처지임에도 인정하자니 부끄럽지만— 그 동물이 내게 불러일으킨 공포와 전율은 마음속으로 품을 수 있는 가장 단순한 망상에 의해 고조되었다. 내가 앞서 말했다시피 그 이상한 짐승과 내가 죽인 짐승의 눈에 보이는 유일한 차이점은 흰색 털 반점인데, 아내는 몇 번이고 녀석의 그런 특징을 언급해 내 주의를 환기시켰다. 독자들은 이 흰색 털 반점이 크기는 해도 원래는 아주 흐릿했다는 사실을 기억할 것이다. 하지만 서서히—거의 감지하지 못할 정도로 서서히, 그리고 그러는 동안에도 내 이성은 오랫동안 그 것을 공상이라고 부인하려 애썼지만— 흰색 털 반점은 마침내 뚜렷한 윤곽을 드러냈다. 반점은 이제 내가 그 이름을 입에 올리는 것만으로도 몸서리쳐지는 어떤 물체의 모습을 하고 있었다. 그리고 무엇보다도 이것 때문에 나는 그 괴물이 혐오스럽고 두려웠으며 할 수만 있다면 그 괴물을 떨쳐 내고 싶었다. 반점은 이제 흉측하고 무시무시한 '교수대'의 모습을 하고 있었던 것이다! **공포와 범죄**, 그리고 **고통과 죽음**의 음침하고 무시무시한 바로 그형구의 모습을!

이제 나는 보통 사람의 비참함을 뛰어넘는 수준으로 실로 비참해졌다. 그리고 고작 짐승 한 마리가, 그것도 내가 경멸해 죽여 버린 녀석과 비슷한 짐승이, 고귀한 하느님의 모습대로 빚어진 인간인 나에게 이토록 참을 수 없는 엄청난 고뇌를 안겨 주다니! 아아! 낮에도 밤에도 나는 더 이상 휴식의 축복을 누리지 못했다! 낮에는 고양이가 한순간도 나를 혼자 내버려 두지 않았다. 그리고 밤에는 매시간 말로 표현할 수 없이 무서운 꿈을 꾸다 깜짝 놀라서 잠에서 깨면 그 존재의 뜨거운 입김이 내 얼굴에 와 닿고, 내 힘으로는 떨쳐 낼 수 없는 악몽의 화신 같은 녀석의 커다란 몸이 내 심장에 계속 기대져 있곤 했다.

이와 같은 고통을 겪다 보니 결국 내 안에 미약하게나마 남아 있던 선한 면은 흔적도 없이 사라져 버렸다. 사악한 생각들이, 그것도 가장 어둡고 사악한 생각들이 나의 유일한 허물없는 친구가 되었다. 평소 변덕스러웠던 나의 성질은 모든 사물과 인간에 대한 증오로 변해 갔다. 그러는 동안 나는 이제 무턱대고 생겨나는 갑작스럽고 통제할 수 없는 분노를 걸핏하면 표출했고, 아아, 가엾게도 그로 인해 불평할 줄 모르는 내 아내가 가장 많이 고통을 참고 겪어야 했다.

화재가 난 뒤 가난 때문에 어쩔 수 없이 낡은 집에 들어가 살고 있던 어느 날, 지하실에 볼일이 있어 아내가 나를 따라 내려왔다. 고양이도 나를 따라 가파른 계단을 내려왔는데, 나는 하마터면 고양이에게 발이 걸려 거꾸로 넘어질 뻔했다. 나는 화가 나서 완전히 미쳐 버렸다. 도끼를 집어 들고 분노에 사로잡혀 지금까지 억눌러 왔던 어린애 같은 공포는 잊어버린 채로, 그 동물을 도끼로 내려치려 했다. 만약 내가 뜻한 바대로 도끼를 내려쳤다면 당연히 그 동물은 곧바로 치명상을 입었을 것이다. 하지만 아내가 손으로 잡는 바람에 실패하고 말았다. 나는 방해를 받자마귀 들린 사람보다 더 미친 듯이 격노해서 나를 잡은 아내의 손을 뿌리치며 도끼로 아내의 머리를 찍었다. 아내는 신음 소리 한 번 내지 못하고 그 자리에서 죽었다.

이 끔찍한 살인을 저지른 뒤, 곧바로 나는 최대한 신중을 기해 시체를 숨기는 일에 착수했다. 낮이든 밤이든 이웃의 눈에 띄지 않고 시체를 집 밖으로 옮기는 것은 도저히 불가능했다. 여러 계획들이 머릿속에 떠올랐다. 어떤 때는 시체를 토막토막 잘라 불에 태워 버릴까 하고 생각했다. 또 어떤 때는 지하실 바닥에 파묻어 버릴까 하고도 생각했다. 그러다가는 또 마당에 있는 우물에 던져 버릴까, 아니면 상품을 다루듯이 상자에 넣고 포장해서 짐꾼을 시켜 집 밖으로 들고 나가게 할까도 생각했다. 마침내 그 어떤 것들보다 훨씬 더 나은 방책이 떠올랐다. 중세 시대 수도사들이 희생자들을 벽 속에 넣고 발랐다는 기록처럼 나도 시체를 지하실 벽 속에 넣고 발라 버리기로 결정한 것이다.

우리 집 지하실은 이와 같은 목적을 이루기에 딱 알맞는 장소였다. 지하실 벽은 모두 허술하게 세워져 있었고, 최근 벽 전체에 대충 펴 바른 회반죽은 공기가 눅눅해 아직 굳지 않은 상태였다. 게다가 한쪽 벽에는 튀어나온 돌출부가 있었는데, 원래는 안 쓰던 굴뚝이나 벽난로가 있던 자리로 지하실의 나머지 공간과 비슷하게 만들려고 메워 버린 듯했다. 틀림없이 이 지점의 벽돌을 들어내고 시체를 넣은 다음 벽을 전처럼 통째로 발라 버리면 아무도 의심하지 못할 것이라는 확신이 들었다.

그리고 이런 나의 계산은 틀리지 않았다. 나는 쇠지레를 써서 수월하게 벽돌을 뜯어낸 다음 시체를 안쪽 벽에 조심스레 기대 세우고 그 자세를 유지하도록 떠받치면서 별로 어렵지 않게 원래대로 벽돌을 다시 쌓아 올렸다. 그런 뒤 의심을 사지 않도록 최대한 조심스럽게 모르타르, 모래, 털을 구해 와서 기존의 것과 비슷하게 회반죽을 만든 다음, 이것을 새로 쌓아 올린 벽돌 위에 아주 꼼꼼하게 발랐다. 작업을 다 마치자 모든 게 잘된 것 같아 만족스러웠다. 벽에는 손을 댄 흔적이 전혀 없어 보였다. 바닥에 어질러진 것들도 하나도 남김없이 깨끗이 치웠다. 나는 의기양양하게 주위를 둘러보며 혼자 중얼거렸다.

"적어도 여기까진 나의 수고가 헛되지 않았어."

다음 단계로 나는 이토록 불행한 일의 원인이 된 그 짐승을 찾아 나섰다. 드디어 녀석을 죽이기로 굳게 결심했기 때문이었다. 그 순간 내가 녀석과 맞닥뜨렸다면, 틀림없이 녀석은 파멸했을 것이다. 하지만 그 교활한 짐승은 내가 지난번 화를 난폭하게 터트린 탓에 겁을 잔뜩 먹어서인지 기분이 이런 상태인 내 앞에 나타나는 것을 꺼리는 듯했다. 지독히도 싫은 그 녀석이 보이지 않자 내 마음에 생겨난 더없이 즐겁고도 깊은 안도감은 도저히 말로 설명하거나 묘사할 길이 없다. 고양이는 그날 밤 모습을 드러내지 않았다. 그래서 나는 녀석을 우리 집에 데려온 이후 처음으로, 적어도 그날 하룻밤만큼은 편안하게 푹 잤다. 그렇다, 살인에 대한 부담이 내 영혼을 짓누르는데도 말이다!

이틀이 지나고 사흘이 지났지만 나를 괴롭히는 존재는 나타나지 않았다. 다시 한 번 나는 자유의 몸으로 돌아가 한숨 돌렸다. 겁에 질린 그 괴물이 영원히 내 집에서 달아난 것이다! 더 이상 녀석을 볼 일이 없는 것이다! 나의 행복은 극에 달했다! 나의 어두운 행위에 대한 죄의식도 나를 아주 조금밖에 흔들어 놓지 못했다. 몇 번 경찰의 취조를 받았지만 쉽게 대답하고 넘어갔다. 수색도 이루어졌지만 당연히 아무것도 나오지 않았다. 나는 앞으로 더없는 행복이 보장되어 있다고 생각했다.

살인을 저지른 뒤 나흘째 되던 날, 난데없이 불쑥 한 무리의 경찰이 집으로 들이닥쳐 다시 철저하게 가택 수색을 하기 시작했다. 하지만 나는 시체를 숨긴 곳을 찾아낼 리 만무하다고 확신했으므로 전혀 당황하지 않았다. 경찰들은 자신들의 수색에 동행해 달라고 내게 요청했다. 그들은 한곳도 빠짐없이 구석구석 다 뒤지고는 마침내 지하실에도 서너 번 내려갔다. 나는 눈썹 하나 까딱하지 않았다. 내 심장은 천진난만하게 잠에 빠져든 사람처럼 아주 침착하게 뛰었다. 나는 팔짱을 끼고 지하실 끝에서 끝까지 이리저리 유유히 돌아다녔다. 경찰은 수색 결과를 완전히 확신하고 떠날 준비를 했다. 내 마음속에 솟구치는 환희가 너무나 강렬해서 도저히 억누를 수가 없었다. 나는 내가 죄가 없다는 경찰의 결론을 더욱 확고히 못 박을 수 있는 결정적인 승리의 말을 한마디라도 하고 싶어 입이 근질근질했다.

"여러분!"

경찰들이 계단을 올라갈 때 나는 결국 입을 열고 말았다.

"여러분의 의심이 풀려서 정말 기쁩니다. 여러분 모두 건강하시고 평안하시길 바랍니다. 그런데 여러분, 이 집은 말입니다, 아주 잘 지어진 집입니다.(뭐라도 그냥 내뱉고 싶은 미친 듯한 욕망에 사로잡혀 나는 내가 대체 무슨 말을 하고 있는지도 거의 알지 못했다.) 굉장히 **훌륭**하게 잘 지어진 집이라고 말씀드릴 수 있습니다. 이 벽들로 말할 것 같으면–여러분, 가시려고요?– 이 벽들이 얼마나 튼튼한지 보십시오."

그리고 나는 이 대목에서 그저 허세를 부리고 싶은 충동에 사로잡혀 손에 쥐고 있던 지팡이로 사랑하는 아내의 시체가 세워져 있는 바로 그 벽돌 부분을 세게 툭툭 쳤다.

하지만 신이시여, 사탄의 송곳니로부터 저를 구원해 주소서! 지팡이로 친 벽의 울림이 사라지자마자 무덤 안에서 답을 하듯 소리가 들려오는 게 아닌가! 그 소리는 처음에는 어린아이의 흐느낌처럼 작게 띄엄띄엄 들리더니 이내 길고 커다랗게 계속 이어지는 비명으로 변했다. 그것은 아주 기이하면서 도저히 인간의 것이라고는 할 수 없는 울부짖는 소리로, 공포와 승리감이 반반씩 뒤섞인 날카로운 절규였다. 지옥의 고통에 몸부림치는 저 주받은 자들의 목구멍에서 나오는 소리와 그러한 지옥살이를 크게 기뻐하며 악마들의 목구멍에서 나오는 소리가 합쳐진 듯한 오직 지옥에서만 나올 법한 소리였다.

그 순간 내 기분이 어땠는지 말하는 것은 어리석은 일이다. 정신이 아찔해진 나는 비틀거리며 반대쪽 벽으로 물러났다. 계단에 서 있던 경찰들도 한순간 극도의 공포와 충격에 사로잡혀 꼼짝도 못하고 가만히 있었다. 다음 순간, 열두 개의 튼튼한 팔이 그 벽을 허물기 시작했다. 벽은 와르르 무너져 내렸다. 벌써

21

심하게 부패된 데다 핏덩이가 엉긴 시체가 똑바로 선 채 사람들 눈앞에 모습을 드러냈다. 시체의 머리 위에는 교활한 술수로 나를 꾀어 살인을 저지르게 하고 자신의 존재를 알리는 소리를 내서 나를 교수형 집행인에게로 넘겨 버린, 그 끔찍한 짐승이 시뻘건 입을 벌리고 외눈을 이글거리며 앉아 있었다. 내가 그 괴물을 아내의 시체와 함께 무덤에 넣은 채로 벽을 발라 버렸던 것이다!

황금 곤충

허, 저런! 저런! 이자가 미친 듯이 춤을 추고 있구나!
타란툴라에게 물린 거로군.

—『모든 것이 잘못됐다』

여러 해 전, 나는 윌리엄 레그랜드라는 사람과 친하게 지냈다. 그는 오래된 위그노* 교도 집안사람이었는데, 한때는 부유했으나 연달아 불행한 일들이 닥치면서 가난해지고 말았다. 엄청난 불행에 뒤이어 찾아올 굴욕을 피하기 위해, 그는 조상 대대로 살던 도시인 뉴올리언스를 떠나 사우스캐롤라이나 주 찰스턴 근처의 설리번 섬으로 거주지를 옮겼다.

그곳은 아주 특이한 섬이었다. 섬 전체가 거의 바닷모래로 이

---

*위그노 : 16~17세기경 프랑스 신교도.

루어져 있고 섬의 길이는 5킬로미터 정도 되었다. 섬의 너비는 어느 지점에서도 약 400미터를 넘지 않았다. 이 섬은 뜸부기들이 쉬어가기 좋아하는 갈대 무성한 갯벌 사이에 위치한, 겨우 보일락 말락 한 작은 만에 의해 본토와 분리되어 있었다. 누구나 추측할 수 있겠지만 이 섬에는 식물이 거의 없었으며 있다손 쳐도 난쟁이처럼 키가 작은 것들뿐이었다. 나무도 큰 것은 하나도 없었다. 물트리 요새가 자리 잡고 있고, 찰스턴에서 먼지와 더위를 피해 온 사람들이 여름 동안 세를 낸 초라한 목조 건물 몇 채가 있는 서쪽 끝자락에서는 뾰족뾰족하고 작은 야자나무들을 볼 수 있었다. 하지만 이 서쪽 지점과 단단하고 하얀 모래로 뒤덮인 해안선을 제외하면 섬 전체는 영국의 원예가들이 칭송해 마지않는 향기로운 도금양 관목으로 빽빽이 덮여 있었다. 이 섬의 도금양 관목은 키가 보통 약 4.5미터에서 6미터에 달했으며, 사람이 지나갈 수 없을 정도로 무성한 숲을 이루며 우거져 있어 공기 중에는 도금양 향기가 그득했다.

이 관목 숲 속 가장 깊숙한 곳에, 그러니까 섬의 동쪽 끝에서 그리 멀지 않은 아주 외딴 곳에 레그랜드는 손수 작은 오두막을 짓고 살았는데, 나는 그때 우연히 그를 처음 알게 되었다. 우리의 만남은 이내 우정으로 무르익었는데, 그 은둔자에게는 흥미와 존경을 일으키는 점들이 많았기 때문이다. 그는 비범한 지력을 지닌 데다 교육을 잘 받은 사람이었지만 염세주의에 물들어 열정과 우울 사이를 변덕스럽게 오가며 감정 기복이 심했다. 그는 책을 많이 소장하고 있었지만 좀처럼 읽지는 않았다. 그의 주된 낙은 사냥과 낚시를 하거나 아니면 해변이나 도금양 숲 속을 한가로이 거닐며 조가비를 줍거나 표본으로 만들 곤충을 채집하는 것이었다. 그가 만든 곤충 표본은 스바메르담* 같은 사람도 부러워했을 것이다. 이렇게 곤충 채집을 나설 때 그는 보통 주피터라는 늙은 흑인을 데리고 다녔다. 주피터는 레그랜드 집안이 몰락하기 전에 노예 신분에서 해방되었지만, 젊은 '윌 주인님'의 뒤를 따라다니며 시중드는 것을 자신의 권리로 여긴 탓에 아무리 그러지 말라고 어르고 달래도 이를 포기하려 들지 않았다. 어쩌면 레그랜드가 다소 정신적으로 불안정하다고 여긴 친척들이 이 방랑자를 감독하고 보호할 목적으로 일부러 주피터의 머릿속에 이런 고집스런 생각을 주입시켜 놓았는지도 모를 일이다.

설리번 섬이 위치한 위도 상의 겨울은 별로 혹독하지 않으며, 가을에 불을 지펴야 하는 경우는 실로 드물었다. 그런데 18XX년 10월 중순경 무척 추웠던 날이 있었다. 그날 나는 해가 지기 직전 상록수 숲을 지나 서둘러 내 친구의 오두막으로 갔다. 몇 주만에 보러 가는 길이었다. 그 당시 나는 설리번 섬에서 15킬로미터 정도 떨어진 찰스턴에서 살고 있었는데, 섬을 들고 나는 교통 시설이 오늘날보다 훨씬 미흡했다. 그의 오두막에 도착하자마자 여느 때와 다름없이 문을 두드렸지만 대답이 없었다. 열쇠를 숨겨 두는 곳을 알고 있던 터라 나는 열쇠를 찾아 문을 열고 들어갔다. 벽난로에는 불이 활활 타오르고 있었다. 그건 색달랐지만 결코 싫지 않은 풍경이었다. 나는 외투를 벗고 타닥거리며

---

*스바메르담 : 네덜란드의 곤충·박물학자인 얀 스바메르담(1637~1680). 곤충을 해부해 분류의 기초를 세웠으며, 죄조로 적혈구의 모양을 조사해 발표했다.

타는 장작 옆에 팔걸이의자를 끌어다 놓고 앉아 집주인이 돌아오기를 끈기 있게 기다렸다.

해가 지고 얼마 지나지 않아 그들이 돌아와 나를 아주 따뜻하게 반겨 주었다. 주피터는 입이 귀에 걸리도록 활짝 웃으며 뜸부기로 저녁 식사를 장만한다며 수선을 떨었다. 레그랜드는 열정으로 발작한-내가 그의 그런 모습을 달리 뭐라 표현할 수 있겠는가?- 상태였다. 그는 새로운 속으로 분류될 알려지지 않은 쌍각류 조개를 발견했으며, 그것뿐만 아니라 주피터의 도움을 받아 그의 생각에는 전적으로 새로운 종의 풍뎅이를 한 마리 잡았다는 것이었다. 하지만 그 풍뎅이에 대한 내 의견은 내일 구했으면 한다고 말했다.

"왜 오늘 밤은 안 되는가?"

나는 불을 쬐며 손을 비비면서 그까짓 풍뎅이가 뭔데 이렇게 호들갑이냐고 속으로 투덜대며 그에게 물었다.

"아, 자네가 우리 집에 오는 줄 알았더라면! 하지만 내가 자네를 본 지 한참 되지 않았는가. 그러니 수많은 날 가운데 하필이면 바로 오늘 자네가 우리 집에 올지 내가 어찌 알았겠나? 집으로 오는 길에 요새의 G- 중위를 만났는데 정말 어리석게도 그에게 그 곤충을 빌려 줬지 뭔가. 그래서 내일 아침까지는 자네에게 그 곤충을 보여 줄 수가 없다네. 오늘 밤은 우리 집에서 묵게나. 그러면 내일 해가 돋을 무렵 주피터를 보내 찾아올 테니. 만물 가운데 그보다 멋진 것이 또 있을까!"

"뭐가 말인가? ……해가 돋는 모습?"

"무슨 소리! 아니! 그 곤충 말일세. 눈부신 황금 색상에 크기

26

는 큰 호두알만 한데, 등의 한쪽 끝에는 새까만 점이 두 개가 있고, 반대쪽 끝에는 조금 더 긴 점이 한 개 있지. 더듬이는……."

순간 갑자기 주피터가 끼어들었다.

"더듬이 같은 건 없었는뎁쇼, 윌 주인님. 아니라고 해도 왜 자꾸 그러셔요. 날개만 빼고는 안팎 어딜 봐도 그냥 딱 황금 벌레이던뎁쇼. 그런데 쇤네는 평생 무게가 그 절반만 한 벌레도 못 봤구먼요."

"이런, 주피터, 뜸부기 요리는 다 태워 버릴 셈인가?"

레그랜드는 필요 이상으로 다소 진지하게 주피터에게 대꾸한 다음, 다시 나를 보며 말했다.

"그 곤충의 색상 말인데, 주피터가 그렇게 생각하는 것도 무리가 아니야. 자넨 그 곤충의 딱지에서 뿜어져 나오는 금속성 광채보다 더 빛나는 건 절대 못 봤을 걸세. 하지만 이건 내일 아침이 돼야 알 수 있겠지. 그동안 내가 자네에게 그 곤충의 모양에 대한 정보를 좀 주겠네."

이렇게 말하며 그는 작은 탁자 앞에 앉았는데, 그곳에는 펜과 잉크는 있었으나 종이가 없었다. 그는 서랍을 뒤졌지만 거기에도 종이는 없었다.

"괜찮아. 아쉬운 대로 이걸 쓰지 뭐."

그러면서 그는 조끼 호주머니에서 꼬질꼬질한 이절대판지*로 보이는 종잇조각을 꺼내 거기에다 펜으로 대충 그림을 그렸다. 그가 그림을 그리는 동안, 나는 난롯가에 그대로 앉아 있었

---

*이절대판지 : 가로 203mm, 세로 330mm 크기의 대판 양지.

는데 아직도 추웠기 때문이다. 그림을 다 그리자 그는 자리에서 일어나지 않은 채로 그것을 건넸다. 그 그림을 받아드는데 크게 짖는 소리가 들리더니 이어서 문을 긁는 소리가 났다. 주피터가 문을 열자 레그랜드의 커다란 뉴펀들랜드 종 개가 뛰어들어와 내 어깨로 덤벼들어 나를 마구 핥았다. 내가 올 때마다 녀석을 대단히 예뻐해 줬기 때문이었다. 개가 핥기를 멈춘 다음에야 나는 그 종이를 보았는데, 진실을 말하자면 나는 내 친구가 그린 것에 적잖이 당혹스러웠다.

나는 그림을 몇 분간 응시하다가 입을 열었다.

"음, 이건 정말이지 이상한 풍뎅이로군. 이런 건 처음 봐. 이렇게 생긴 풍뎅이는 한 번도 본 적이 없어. 이게 두개골, 그러니까 해골이 아니라면 말이지. 아무리 관찰해 봐도 이건 해골하고 닮았는걸."

"해골이라니!"

레그랜드가 내 말을 그대로 따라 외치더니 이어서 말했다.

"아, 그래, 그렇군. 종이에 그린 걸로는 그렇게 보인단 말이지. 위의 까만 점 두 개는 눈처럼 보이겠군? 아래의 긴 점 하나는 입처럼 보이고 말이야. 그리고 전체 모양은 타원형이니까."

"그런 것 같아. 하지만 말일세, 레그랜드, 자네는 화가가 아니지 않나. 그러니 내가 그 풍뎅이의 모습을 제대로 알려면, 기다렸다가 그것을 직접 보는 게 낫겠어."

그러자 약간 화가 난 목소리로 레그랜드가 대꾸했다.

"음, 글쎄. 난 그림은 나름대로 그리는 편인데. 적어도 꽤 괜찮게 그려. 훌륭한 선생님들한테 배워서 내 실력이 그리 엉망은 아니라고 자신해."

"이보게, 그렇다면 자네가 농담을 하고 있는 모양이군. 이건 누가 봐도 해골이야. 해골의 생리학적 표본에 대한 통속적 개념에 따르면, 이것은 실로 훌륭한 해골 그림이라고 할 수 있네. 자네 풍뎅이가 해골을 닮았다면 그건 세상에서 가장 기묘한 풍뎅이임에 틀림없네. 있잖나, 해골 모양을 바탕으로 스릴 만점의 미신을 만들어 낼 수도 있겠어. 아마 자네는 그 곤충에 '스캐러비어스 캐풋 호미니스*'나 뭐 그 비슷한 학명을 붙일 수 있을걸세. 자연사에는 이런 식으로 학명을 짓는 경우가 많으니까. 그런데 자네가 말한 더듬이는 어디 있나?"

내가 더듬이 얘기를 꺼내자 레그랜드는 왜 그런지 몰라도 흥분한 것 같았다.

"더듬이라! 더듬이는 거기 그려 놓지 않았나. 실제 곤충에 붙어 있는 더듬이처럼 뚜렷하게 그려 놨으니 그거면 충분하지 않나."

"음, 글쎄, 자네는 그려 놨을지 모르지만 내 눈엔 안 보인다네."

나는 그의 심기를 건드릴까 봐 더 이상 말을 보태지 않고 그 종이를 그에게 건넸다. 하지만 이미 돌변해 버린 상황에 무척 놀랐다. 그의 심기가 언짢아 보여서 나는 곤혹스러웠다. 그런데 아무리 봐도 그 풍뎅이 그림에서는 더듬이라고는 전혀 보이지 않았으며, 전체 모습은 분명 보통의 해골 모양과 거의 비슷했

---

*스캐러비어스 캐풋 호미니스(scarabaeus caput hominis) : 인간의 두개골 모양 풍뎅이라는 뜻이다.

다.

레그랜드는 아주 짜증스럽게 그 종이를 받아 들더니 아무래도 불 속에 던져 넣으려는지 꼬깃꼬깃 구기려 했다. 그런데 바로 그때 그 그림을 무심코 흘깃 봤다가 갑자기 거기에 주의가 쏠린 듯했다. 순식간에 그의 얼굴이 새빨개지더니 그 다음 순간에는 극도로 창백해졌다. 그는 앉은 자리에서 몇 분 동안 계속 그 그림을 뚫어져라 자세히 살펴보았다. 그러고는 마침내 자리에서 일어나더니 탁자에 놓인 촛불을 들고 방 저쪽 구석에 있는 사물함으로 가서 그 위에 앉았다. 그는 그곳에 앉아 다시 그 종이를 이리저리 뒤집어 보며 열심히 살폈다. 하지만 말 한 마디 하지 않았으며 나는 그런 그의 행동에 무척 놀랐다. 하지만 괜히 뭐라고 말을 걸어 한층 우울해진 그의 기분을 더 악화시키지 않으려고 신중을 기했다. 이윽고 그는 외투 호주머니에서 지갑을 꺼내 그 종이를 조심스레 넣은 다음 책상 서랍에 넣고 서랍을 잠갔다. 이제 그의 태도는 조금 더 차분해져 있었지만 열의에 차 있던 원래 태도는 완전히 사라져 버린 상태였다. 하지만 그는 골이 났다기보다는 딴 데 정신이 팔린 모습이었다. 밤이 깊어감에 따라 그는 점점 더 공상에 빠져들어, 옆에서 내가 아무리 농담을 해도 공상에서 헤어나지 못했다. 전에도 자주 그랬듯이 나는 원래 그날 밤 그의 오두막에서 묵을 작정이었지만 집주인의 기분이 이런 상태인 것을 보고는 그냥 돌아가는 게 좋겠다고 생각했다. 그는 자고 가라고 나를 붙잡지는 않았지만 내가 떠날 때 여느 때보다 훨씬 더 다정하게 내 손을 꼭 잡았다.

이런 일이 있고 한 달쯤 뒤(그사이 나는 레그랜드를 한 번도 만난 적이 없었다.), 레그랜드의 하인 주피터가 찰스턴으로 나를 찾아왔다. 나는 이 착한 늙은 흑인이 그토록 풀이 죽은 모습을 본 적이 없었으므로 나의 친구에게 심하게 불행한 일이 일어났을까 봐 걱정스러웠다.

"아니, 주피터, 무슨 일인가? 자네 주인은 어찌 지내나?"

"저어, 사실대로 말씀드리자면, 주인님은 그리 잘 지내고 계시지 못하구먼요."

"잘 지내지 못하다니! 그것 참 유감이로군. 자네 주인에게 무슨 일이 있는 건가?"

"그거구먼요! 바로 그게 문제구먼요. 주인님에게는 분명 아무 일도 없는뎁쇼. 그런데도 몹시 편찮으시구먼요."

"몹시 편찮다니, 주피터! 왜 진작 그것부터 말하지 않았나? 몸져누웠는가?"

"아니, 아니구먼요! 주인님은 아무 데도 아프지 않다고 하는뎁쇼. 그런데 그게 바로 걱정거리구먼요. 가여운 우리 주인님 때문에 제 마음이 정말 무겁구먼요."

"주피터, 자네가 무슨 말을 하는지 도통 모르겠네. 자네 주인이 몸이 안 좋은데, 자네에게 어디가 안 좋은지 말해 주지 않았단 말인가?"

"글쎄 그게, 나리, 쇤네가 아무리 알아보려 해도 소용없었구먼요. 윌 주인님은 아무 문제 없다고 말씀하시기는 하는뎁쇼. 하지만 아무 문제가 없는데 뭣 때문에 주인님이 고개를 그렇게 푹 숙이고 어깨를 들썩이며 얼굴이 핼쑥해져서 돌아다니시겠어요? 그리고 내내 암호 같은 걸 쓰고 계시구요."

"뭘 쓰고 있었다고, 주피터?"

"석판에 숫자들로 된 암호를 쓰고 있던뎁쇼. 그런 희한한 숫자들은 처음 봤구면요. 점점 겁이 나는구면요. 정말이어요. 게다가 이제는 주인님한테서 한시도 눈을 떼서는 안 되는구면요. 며칠 전에는 주인님이 해가 뜨기도 전에 슬쩍 빠져나가서는 하루 종일 안 돌아오시지 뭡니까. 쇤네는 주인님이 돌아오시면 호되게 혼내 주려고 커다란 몽둥이를 마련해 놨습죠. 하지만 바보같이 감히 그럴 용기가 없었구면요. 주인님이 너무나 몸이 안 좋아 보이는 바람에요."

"아니? 뭐라고? 아, 그랬군! 여러 가지를 고려해 볼 때, 그 불쌍한 친구에게 너무 엄격하게 대하지 않는 게 좋을 것 같네. 자네 주인에게 매를 들지 말게, 주피터. 그 친군 그걸 견뎌내지 못할 거야. 그런데 자네는 뭣 때문에 자네 주인이 그렇게 아픈지 모르겠나? 그런 식의 행동 변화가 왜 일어났는지 모르겠어? 내가 지난번 자네 주인을 본 이후로 무슨 안 좋은 일이 있었던 건가?"

"아무 일도 없었는뎁쇼, 나리. 그때 이후로 안 좋은 일은 하나도 없었구면요. 그 전에 뭔가 일이 있었던 것 같아요. 그러니까 나리께서 다녀가신 바로 그날 말이구면요."

"뭐? 그게 무슨 말인가?"

"에, 그러니까, 나리, 그 벌레 말이구면요. 그 벌레요."

"뭐라고?"

"그 벌레 말이어요. 윌 주인님이 그놈한테 머리 어딘가를 물린 게 틀림없구면요."

"주피터, 무슨 근거로 그렇게 생각하나?"

"발톱만 봐도 그렇구먼요, 나리. 그리고 주둥이를 봐도 그렇습죠. 쉰네는 그런 벌레는 본 적이 없구먼요. 그 벌레는 가까이 오는 건 뭐든 닥치는 대로 발로 차고 물어뜯어요. 윌 주인님이 제일 처음 그놈을 잡았는데, 잡자마자 놔줄 수밖에 없었구먼요. 정말이구먼요. 바로 그때 그놈한테 물린 게 틀림없구먼요. 쉰네는 그 벌레의 주둥이 모양이 전혀 맘에 들지 않아서 손으로 그놈을 잡고 싶지 않았습죠. 그놈을 종이로 덮어서 잡고는 그놈의 주둥이에 종이를 조금 쑤셔 넣어 틀어막았구먼요. 쉰네는 그런 식으로 그놈을 잡았습죠."

"그렇다면 자네는 자네 주인이 정말로 그 풍뎅이한테 물렸고, 그것 때문에 몸이 아프다고 생각하는 건가?"

"생각이 아니라 틀림없다고 확신하는구먼요. 그 황금 벌레한테 물리지 않았는데 뭣 때문에 황금 꿈만 그렇게 계속 꾸겠습니까? 쉰네는 그전에도 황금 벌레에 대해서 들은 적이 있구먼요."

"하지만 자네 주인이 황금 꿈을 꾸는지 자네가 어떻게 아나?"

"어떻게 아느냐굽쇼? 밤마다 잠꼬대를 하시는데 제가 모를 리가 있나요?"

"음, 그래, 주피터, 자네 말이 맞는 것 같군. 그런데 오늘은 무슨 일로 자네가 여기까지 친히 왕림한 겐가?"

"나리, 무슨 일이냐굽쇼?"

"레그랜드가 보낸 선갈을 가져온 게 아닌가?"

"그렇구먼요, 나리. 이 편지를 가지고 왔구먼요."

그러면서 주피터가 내게 쪽지를 건넸는데 거기에는 다음과 같은 내용이 적혀 있었다.

친애하는 나의 벗에게

왜 그리 오랫동안 자네 모습을 보여 주지 않는 건가? 설마 지난번 내가 좀 무뚝뚝하게 굴었다고 해서 바보 같이 기분 상한 건 아니겠지? 아니, 그럴 리가 없을 거야.

지난번 자네와 만난 뒤로 내게는 큰 근심거리가 생겼다네. 자네에게 할 말이 있는데 그걸 어떻게 이야기해야 할지도, 그 이야기를 해야 할지 말아야 할지도 도무지 잘 모르겠네.

난 지난번부터 몸이 좋지 않은데, 늙고 불쌍한 주피터가 비록 선의에서 그런다지만 거의 참을 수 없을 정도로 나를 성가시게 한다네. 자네가 믿을지 모르겠네만 일전에는 주피터가 내가 자길 따돌리고 하루 종일 본토의 언덕을 돌아다녔다고 큼지막한 몽둥이를 준비했지 뭔가. 내 안색이 안 좋았던 덕택에 겨우 매질을 면했던 게 틀림없네.

지난번 우리가 만난 뒤로는 채집을 더 못 했다네.

아무튼 자네가 형편을 봐서 올 수 있으면 주피터와 함께 와 줬으면 좋겠네. 제발 와 주게. 중요한 용건이 있어 오늘 밤 자네를 만나고 싶네. 정말이지 굉장히 중요한 용건일세.

언제나 자네의 벗인
윌리엄 레그랜드

이 쪽지의 어조에 나는 왠지 모르게 마음이 불안했다. 문체도 평소 레그랜드의 것과는 현저하게 달랐다. 그는 무슨 꿈을 꾸고 있는 것일까? 그의 흥분 잘하는 뇌는 또 어떤 변덕스런 생각에 사로잡혀 있는 것일까? 그가 처리해야 하는 '굉장히 중요한 용건'이란 뭘까? 주피터의 설명을 들어 보니 조짐이 좋지 않았다. 연거푸 불행한 일이 닥치다 보니 마침내 내 친구의 이성이 심하게 불안정해졌을까 봐 두려웠다. 그래서 나는 한순간도 망설이지 않고 주피터를 따라 나설 준비를 했다.

부두에 도착하니 모두 새 것으로 보이는 큰 낫 한 자루와 삽 세 자루가 우리가 타고 갈 배의 바닥에 놓여 있는 것이 눈에 띄었다.

"대관절 이건 다 뭔가, 주피터?"

"주인님의 낫과 삽인뎁쇼, 나리."

"그야 그렇겠지. 하지만 이것들이 왜 여기 있는 건가?"

"월 주인님이 시내에서 사 오라고 한 건뎁쇼. 이걸 사느라고 돈이 얼마나 많이 들었는지 모르는구먼요."

"그런데 정말로 이해할 수 없는데, 자네의 '월 주인님'이 낫과 삽으로 대체 뭘 하려는 거지?"

"그건 저도 모르는뎁쇼. 그리고 틀림없이 주인님도 모르실 거구먼요. 이 모든 게 다 그놈의 벌레 탓이구먼요."

머릿속이 온통 '그 벌레' 생각뿐인 주피터에게서는 만족할 만한 대답을 얻기 어렵겠다고 판단한 나는 그냥 배에 올라 돛을 올렸다. 강한 순풍을 타고 우리는 이내 물트리 요새 북쪽의 작은 만으로 들어갔다. 그린 다음 3킬로미터 남짓 걸어가 레그랜드의 오두막에 도착했다. 우리가 도착했을 때는 오후 3시경이었다.

레그랜드는 목을 빼고 우리가 오기를 기다리고 있었다. 그는 흥분해서 열렬히 환영하며 내 손을 꽉 잡았다. 그런 모습에 나는 깜짝 놀랐고 마음속으로 이미 품고 있던 의혹은 더 커졌다. 그의 안색은 송장처럼 창백했고 옴폭 들어간 눈은 기이한 광채를 띠며 번득거렸다. 몸은 어떠냐고 몇 마디 물은 뒤에 무슨 말을 해야 좋을지 몰라서 나는 G─ 중위에게서 그 풍뎅이는 받았느냐고 물었다.

그러자 레그랜드가 얼굴을 확 붉히며 대답했다.

"오, 그럼. 그 다음 날 아침 중위에게서 그걸 돌려받았어. 난 이제 어떤 일이 있어도 그 풍뎅이와는 떨어지지 않을 걸세. 자네, 그 풍뎅이에 대한 주피터 말이 맞았단 거 아나?"

"무슨 말이 맞았단 말인가?"

슬픈 예감을 안은 채로 내가 물었다.

"그 풍뎅이가 진짜 황금 벌레 같다고 추측하던 주피터의 말 말이네."

이렇게 말하는 그의 말투가 엄청나게 진지해서 나는 말로 표현할 수 없을 정도로 충격을 받았다. 레그랜드는 의기양양한 미소를 지으며 계속 말을 이었다.

"그 곤충이 날 부자로 만들어 줄 거야. 우리 집안의 재산을 다시 찾게 해 줄 거란 말일세. 그러니 내가 그 곤충을 소중히 여기는 건 놀라운 일이 아니지 않은가? 행운의 여신이 내게 그 곤충을 주셨으니, 난 그 곤충을 적절히 이용하기만 하면 황금을 얻을 수 있을 걸세. 주피터, 그 풍뎅이를 갖고 와!"

"뭐라고요! 그 벌레를요, 주인님? 저는 그 벌레는 손도 대기

싫은뎁쇼. 그러니 주인님이 직접 가져오시면 좋겠구먼요."

그러자 곧바로 레그랜드가 엄숙하고 위엄 있는 태도로 일어나 유리 상자에 넣어둔 풍뎅이를 꺼내서 내게 갖다 줬다. 그것은 아름다운 풍뎅이로 그 당시 박물학자들에게 알려져 있지 않은 종이어서 당연히 과학적 견지에서 보면 대단한 포획물이었다. 등의 한쪽 끝 부근에는 검정색의 둥근 점 두 개가 있었고, 다른 쪽 끝 부근에는 긴 점이 한 개 있었다. 껍질은 굉장히 딱딱했으며 전체 외관은 반질반질하게 광을 낸 황금처럼 반짝반짝 빛났다. 무게도 꽤 나갔다. 그러니 모든 점을 고려해 봤을 때 그 곤충에 대해 주피터가 그렇게 생각하는 것도 무리는 아니었다. 하지만 레그랜드가 주피터의 그런 생각에 어떻게 동의하게 됐는지는 아무래도 모를 일이었다.

내가 그 풍뎅이를 다 살펴보고 나자 레그랜드가 호기로운 목소리로 말했다.

"내가 자네에게 와 달라고 한 이유는 말일세, 운명의 여신과 이 곤충에 대한 견해를 발전시키는 데 자네의 조언과 도움을 얻으려……."

나는 그의 말허리를 자르며 외쳤다.

"이보게, 레그랜드, 자네는 몸이 좋지 못한 게 분명하니, 예방 조치를 좀 취하는 게 좋겠어. 자리에 좀 눕게. 자네가 회복될 때까지 내가 며칠간 자네 곁에 머무르겠네. 자네는 지금 열이 나서……."

"맥박을 재 보게."

레그랜드의 말에 나는 맥박을 짚어 보았다. 그런데 사실인즉

열은 전혀 나지 않았다.

"열은 없어도 어디 아픈 걸지도 몰라. 제발 이번 한 번만은 내 처방대로 해 주게. 우선 자리에 좀 눕게나. 그 다음엔……."

레그랜드가 내 말을 가로막았다.

"자네가 잘못 판단했네. 내가 흥분 상태이기는 하지만 건강은 더할 나위 없이 좋네. 자네가 정말로 내가 건강하기를 바란다면, 이 흥분 상태에서 나를 구해 주게."

"그럼 내가 어떻게 하면 되겠나?"

"아주 쉽네. 주피터와 나는 본토의 언덕으로 탐험에 나서려하는데, 이번 탐험에는 우리가 신뢰할 수 있는 사람의 도움이 필요하네. 우리가 성공하든 실패하든 자네가 지금 내게서 감지한 이 흥분은 가라앉을 걸세."

"어떻게든 자네의 부탁을 들어주고 싶네. 하지만 이 지긋지긋한 풍뎅이가 언덕으로 떠나는 자네의 탐험과 무슨 연관이라도 있단 말인가?"

"있고말고."

"그렇다면 레그랜드, 난 그런 말도 안 되는 일에는 끼지 않겠네."

"유감이군. 정말 유감이야. 그럼 우리끼리 시도할 수밖에 없겠군."

"자네들끼리 시도한다니! 아니, 이 친구가 정말 정신이 나갔군그래! 잠깐만! 얼마나 집을 비울 생각인가?"

"아마도 밤새도록. 우린 지금 당장 출발했다가 해가 뜰 때까지는 어떻게든 돌아올 걸세."

"그럼 자네의 명예를 걸고 약속해 주겠나? 자네의 이 별난 행동이 끝나 이 곤충과 관련된 업무(맙소사!)가 만족스럽게 해결되면, 집으로 돌아와 내 충고를 의사의 충고로 여겨 무조건적으로 따르겠다고 말일세."

"그래, 약속하겠네. 그럼 이제 출발하세. 이러고 지체할 시간이 없어."

나는 무거운 마음을 안고 친구를 따라나섰다. 레그랜드, 주피터, 개, 그리고 나, 이렇게 우리 넷은 4시경에 출발했다. 자기가 다 들고 가겠다고 고집을 부려서 주피터가 낫과 삽을 들고 갔는데, 내가 볼 때는 부지런하고 상냥해서가 아니라 그 도구들이 자기 주인의 손이 닿는 곳에 있으면 불안해서인 듯했다. 주피터의 태도는 극으로 치달아 가는 길 내내 '그놈의 벌레'란 말만 무심코 지껄여댔다. 나는 각등* 두 개를 들고 갔는데, 레그랜드는 그 풍뎅이만으로도 만족한 듯이 채찍 끈 끝에 매달아 마법사처럼 그걸 이리저리 빙빙 돌리면서 길을 갔다. 그런 모습을 보자 마치 내 친구가 정신 이상이라는 결정적이고 명백한 증거를 본 것만 같아서 나는 눈물이 왈칵 쏟아지려 했다. 하지만 적어도 지금 당장은, 아니 더 확실하고 강력한 증거가 나타날 때까지는 그의 공상에 비위를 맞춰 주는 것이 상책일 것 같았다. 그러는 동안 나는 그에게서 탐험의 목적이 뭔지 슬쩍 떠보려 했지만 허사였다. 나를 따라오게 하는 데 성공했으니 그는 이제 별로 중요하지 않은 화제에 대해서는 이야기하고 싶지 않은 모양이었다. 그래서

---

*각등 : 손으로 들고 다니는 네모난 등.

내가 뭐라 묻든 간에 그는 "알게 될 걸세!"라고만 할뿐 다른 대답은 하지 않았다.

우리는 쪽배를 타고 섬의 위쪽에 있는 작은 만을 건넌 다음, 본토 해안가의 높은 지대로 올라가 사람 발자국 하나 보이지 않는 굉장히 황량하고 적막한 시골 지역을 지나 북서쪽 방향으로 나아갔다. 레그랜드는 전에 왔을 때 길에 해 둔 표식을 찾으려고 군데군데서 아주 잠깐씩만 멈춰가며 맨 앞에서 척척 길을 이끌었다.

이런 식으로 우리는 두 시간가량을 걸어갔고, 막 해가 질 무렵에 이제껏 본 다른 어떤 곳보다 훨씬 더 황량한 곳으로 들어섰다. 그곳은 거의 접근하기조차 힘든 언덕의 정상 가까이에 위치해 있는 일종의 고원으로, 아래쪽부터 위쪽까지 나무가 빽빽이 들어서 있었다. 그리고 울퉁불퉁한 커다란 바위들이 땅에 제대로 고정되지 않은 채로 여기저기 흩어져 있었는데, 나무들이 그런 바위들을 받쳐 줘서 아래의 골짜기로 굴러 떨어지는 걸 많이 막아 주고 있었다. 사방으로 난 깊은 골짜기는 그곳의 경치에 훨씬 더 황량하고 장엄한 분위기를 더해 주었다.

우리가 기다시피 해서 올라간 그 고원에는 가시덤불이 무성하게 우거져 있었는데, 낫을 가져오지 않았더라면 그 덤불 사이를 뚫고 더는 앞으로 나아갈 수 없었을 것이다. 주피터는 주인의 지시에 따라 덤불을 쳐 가며 엄청나게 키가 큰 튤립나무* 발치까지 길을 냈다. 그 튤립나무는 여덟에서 열 그루쯤 되는 참나무와 함께 우뚝 서 있었는데 잎과 모양의 아름다움에 있어서도, 넓게 펼쳐진 가지의 모습에 있어서도, 전체적으로 외관에서 뿜어져 나오는 웅장한 기운에 있어서도 옆의 참나무 모두보다 아니, 내가 그때까지 봤던 다른 모든 나무들보다 훨씬 뛰어났다. 그 나무 앞에 다다르자 레그랜드는 주피터를 돌아보며 이 나무에 올라갈 수 있겠느냐고 물었다. 늙은 하인은 그 질문에 다소 놀란 표정으로 잠시 대답이 없었다. 마침내 주피터는 거대한 나무 몸통으로 다가가 그 주위를 천천히 돌며 세심한 주의를 기울여 관찰했다. 꼼꼼히 다 살펴본 뒤 주피터는 이렇게만 대답했다.

"그럼요, 주인님, 이 주피터가 못 올라간 나무는 이제껏 없었구먼요."

"그렇다면 어서 빨리 올라가. 금방 어두워져서 우리가 하려는 일이 잘 안 보일 테니까."

"주인님, 얼마나 높이 올라가면 되는뎁쇼?"

"먼저 나무 몸통을 타고 올라가. 그런 다음에 어느 쪽으로 갈지 말해 줄 테니. ……이봐……잠깐! 이 풍뎅이를 갖고 올라가."

그 말에 흑인이 화들짝 놀라 뒷걸음질 치며 소리쳤다.

"그 벌레를요, 월 주인님! 그 황금 벌레를요! 뭣 때문에 그 벌레를 나무 위에 갖고 올라가라는 건뎁쇼? 싫구먼요!"

"주피터, 너같이 덩치 큰 검둥이가 아무 해도 입히지 않는 작은 죽은 풍뎅이 하나를 잡는 걸 무서워하다니! 그럼 이 끈에 매단 채로 갖고 올라가도록 해. 어떻게든 이걸 갖고 올라가. 안 그

---

*튤립나무 : 목련과의 낙엽 활엽 교목. 높이는 45미터 정도로 추위에 잘 견디며, 잎은 버즘나무 잎과 비슷하다. 5~6월에 녹색을 띤 노란색 꽃이 튤립 꽃 모양으로 가지 끝에 핀다. 관상용으로 주로 가로수로 심으며, 목재는 건축재, 가구재로 쓴다.

러면 이 삽으로 머리를 부숴 버릴 테니."

이 말에 무안했던지 주피터가 고분고분해져서 말했다.

"주인님, 왜 그러시는뎁쇼? 왜 늘 이 늙은 검둥이에게 그리 화를 내시는지 모르겠구먼요. 아무튼 그건 그냥 농담이었구먼요. 쇤네가 그 벌레를 무서워하다니요! 그깟 벌레가 뭐가 무섭겠습니까?"

이렇게 말하며 주피터는 그 곤충을 매단 끈의 끄트머리를 조심스레 잡고 최대한 자기 몸에서 멀찌감치 떨어지도록 한 상태로 나무를 오를 준비를 했다.

미국의 수목 가운데 가장 웅장한 튤립나무는 성장기에는 옆으로 가지가 뻗지 않고 나무 몸통만 위로 쭉쭉 올라가며 아주 미끈하게 높이 자란다. 하지만 성장기가 지나면 껍질에 옹이가 생기면서 울퉁불퉁해지고, 몸통에서 짧은 곁가지들이 많이 돋아나게 된다. 따라서 지금 이 나무의 경우 실제로 나무에 오르는 일은 보기보다 쉬웠다. 주피터는 팔과 무릎으로는 거대한 나무의 둥근 몸통을 최대한 꽉 껴안고, 손으로는 튀어나온 옹이를 움켜잡고, 다른 옹이에는 아무것도 신지 않은 발가락을 올리고서 나무 위로 올라갔다. 하마터면 떨어질 뻔한 적도 한두 번 있었지만 그래도 마침내 나뭇가지가 갈라지는 첫 번째 지점에 힘겹게 도달하고는, 맡은 바 소임을 거의 완수했다고 여기는 듯했다. 주피터가 땅에서 20미터쯤 떨어진 곳에 올라가 있긴 했지만 사실상 위태로운 상황은 이제 끝난 셈이었다.

"뭘 주인님, 이제 어느 쪽으로 가면 되는뎁쇼?"

"가장 큰 가지로 올라가. 이쪽 편에 있는 가지 말이야."

주피터는 즉각 레그랜드의 지시를 따랐는데 그렇게 하는 데는 별 어려움이 없어 보였다. 주피터가 점점 더 높이 올라가자 급기야 울창한 나뭇잎에 가려져 쪼그린 자세로 올라가는 그의 모습이 전혀 보이지 않게 되었다. 이윽고 크게 외치는 그의 목소리가 들려왔다.

"얼마나 더 올라가야 되는뎁쇼?"

"얼마나 올라갔는데?"

"아주 많이요. 나무 꼭대기 사이로 하늘이 보이는뎁쇼."

"하늘은 신경 쓰지 말고 내 말을 잘 들어. 나무 몸통 쪽을 내려다보면서 이쪽 편으로 네 밑에 있는 나뭇가지를 세. 나뭇가지를 몇 개나 지나갔지?"

"하나, 둘, 셋, 넷, 다섯. 큰 가지는 다섯 개를 지났는뎁쇼, 주인님. 이쪽 편에서는 말이구면요."

"그럼 나뭇가지를 하나 더 올라가."

잠시 뒤 일곱 번째 나뭇가지에 이르렀다고 알리는 주피터의 목소리가 다시 들렸다.

그러자 레그랜드가 무척 흥분한 게 분명한 목소리로 외쳤다.

"자, 이제, 주피터, 그 나뭇가지 끝 쪽으로 갈 수 있는 만큼 최대한 멀리 가 줘. 뭔가 이상한 게 보이면 즉시 내게 알려주고."

이쯤 되자 나의 불쌍한 친구가 정신 이상일지 모른다고 내가 마음속으로 조금이나마 품고 있던 의심은 더없이 명확한 것이 되었다. 나는 레그랜드가 미쳤다고 결론을 내릴 수밖에 없었고, 이제 그를 어떻게 집으로 데려가야 할까 심각하게 걱정하기 시작했다. 어떻게 하는 게 가장 좋을까 곰곰이 생각하고 있는데 또다시 주피터의 목소리가 들렸다.

"이 가지는 너무 길어서 끝까지 가기가 무섭구먼요. 게다가 이건 거의 죽은 가지인뎁쇼."

"'죽은' 가지라 했나, 주피터?"

레그랜드가 떨리는 목소리로 외쳤다.

"예, 주인님. 완전히 죽은 가지인뎁쇼. 틀림없이 썩었구먼요. 이 가지는 확실히 생명이 없는뎁쇼."

"이제 대체 어쩌지?"

레그랜드가 대단히 실망한 듯이 물었다.

나는 말할 기회가 생겨 기쁜 마음에 얼른 대답했다.

"어쩌다니! 집으로 돌아가서 자리에 누워야지. 그것도 지금 당장! 그러는 게 좋아. 날도 점점 저물어 가고 자네가 약속한 것도 있잖나."

레그랜드는 내 말은 들은 체 만 체 하고 위를 향해 소리쳤다.

"주피터, 내 말 들려?"

"예, 윌 주인님. 아주 잘 들리는뎁쇼."

"그럼 칼로 나무를 한번 파 봐. 아주 많이 썩었는지 어떤지."

잠시 뒤 주피터가 대답했다.

"썩었구먼요, 주인님. 확실하구먼요. 하지만 그렇게 심하게 썩지는 않았는뎁쇼. 참말이지, 혼자라면 이 나뭇가지에서 조금 더 나아갈 수 있을 것 같구먼요."

"혼자라니! 무슨 말이야?"

"벌레 없이 저 혼자라면 말인뎁쇼. 벌레가 무지 무겁구먼요.

이 벌레만 내던져 버리면 검둥이 하나쯤 올라간다고 이 나뭇가지가 부러질 것 같지는 않은뎁쇼."

"이 지긋지긋한 놈 같으니!"

레그랜드가 버럭 소리를 질렀지만 보기에는 크게 안도한 듯했다.

"무슨 그런 말도 안 되는 소리를 하는 거야? 절대로 그 풍뎅이를 떨어뜨려선 안 돼! 그랬다간 목을 분질러 버릴 거야. 이봐, 주피터! 알아들었어?"

"예, 주인님, 이 불쌍한 검둥이한테 그런 식으로 소리치지 마셔요."

"알았어! 자, 잘 들어! 그 가지에서 안전하다고 생각하는 데까지 나가. 풍뎅이를 떨어뜨리지 말고. 그럼 내려오는 대로 은화 한 닢을 상으로 줄게."

그러자 주피터가 즉각 대답했다.

"알겠구먼요, 윌 주인님. 지금 가고 있구먼요. ……이제 거의 끝까지 다 왔는뎁쇼."

그 말에 레그랜드가 엄청 크게 소리를 질렀다.

"끝까지 다 갔다고! 그 나뭇가지의 끝까지 갔단 말이지?"

"이제 곧 끝이구먼요, 주인님. 오오오오오! 세상에! 나무 위에 뭐가 있는뎁쇼!"

"좋았어! 그게 뭔가?"

레그랜드가 크게 기뻐하며 소리쳤다.

"이런, 이건 해골인뎁쇼. 누가 나무에다 사람 머리를 두고 갔는데 까마귀들이 살은 모조리 파먹은 모양이구먼요."

"해골이라고 했나! 아주 좋아! 해골이 나뭇가지에 어떻게 고정돼 있나? 무엇으로 매달려 있어?"

"잠깐만요, 주인님. 살펴보겠구먼요. 이런, 참말로 이상한뎁쇼. 해골에 아주 큰 못이 박혀 있구먼요. 그걸로 나무에 고정돼 있는뎁쇼."

"좋아, 자, 주피터, 이제 정확히 내가 시키는 대로 해. 알겠어?"

"예, 주인님."

"주의를 집중한 다음, 해골의 왼쪽 눈을 찾아."

"흠! 후우! 알겠구먼요! 이런, 그런데 눈이 하나도 없는뎁쇼."

"제기랄, 이 멍청한 놈! 오른손 왼손은 구분할 줄 알아?"

"그럼요. 알고말고요. 그쯤은 저도 아는구먼요. 장작을 패는 손이 왼손입죠."

"맞아! 넌 왼손잡이니까. 네 왼쪽 손과 같은 쪽에 있는 눈이 왼쪽 눈이야. 자, 이제는 해골의 왼쪽 눈을, 그러니까 왼쪽 눈이 있던 자리를 찾을 수 있겠지. 찾았어?"

한참 동안 아무 말도 들리지 않았다. 마침내 주피터가 물었다.

"해골의 왼쪽 눈이 해골의 왼쪽 손과 같은 쪽에 있지요? …… 하지만 해골에는 왼쪽 손이 없으니까…… 걱정 마셔요! 여기 왼쪽 눈이 있구먼요! 이제 이걸 어떻게 할깝쇼?"

"왼쪽 눈의 구멍 안으로 그 풍뎅이를 넣어서 끈을 최대한 길게 내려. 끈을 놓치지 않게 조심하면서."

"그렇게 했구먼요, 윌 주인님. 구멍으로 이 벌레를 넣는 것쯤이야 아주 쉽구먼요. 벌레가 아래로 내려갔나 보셔요!"

이렇게 이야기를 주고받는 동안 주피터의 모습은 전혀 보이지 않았다. 하지만 주피터가 힘겹게 내려보낸 풍뎅이는 이제 끈 끝에 매달린 채로 눈에 들어왔는데, 우리가 서 있는 언덕을 아직도 희미하게 비춰 주고 있는 석양의 마지막 빛 속에서 반짝반짝 광을 낸 동그란 황금덩이처럼 빛났다. 그 풍뎅이는 나뭇가지들에 걸리지 않고 죽죽 잘 내려왔는데, 그대로 놔뒀더라면 우리의 발치에 떨어졌을 것이다. 레그랜드는 곧바로 낫을 들고 그 곤충 바로 아래에 직경이 3미터 정도 되는 원을 그린 다음, 주피터에게 이제 그만 그 끈을 놓고 나무에서 내려오라고 명령했다.

나의 친구는 풍뎅이가 떨어진 바로 그 지점에 아주 정확하게 말뚝을 박더니 호주머니에서 줄자를 꺼냈다. 줄자의 한쪽 끝을 튤립나무의 몸통에서 말뚝과 가장 가까운 지점에 묶고 말뚝에 닿을 때까지 줄자를 푼 다음, 나무와 말뚝의 두 지점에서 줄자를 15미터 더 풀어 나갔고 그러는 동안 주피터는 낫으로 가시덤불을 치워 없애 주었다. 레그랜드는 그렇게 해서 도달한 지점에 두 번째 말뚝을 박고 이 말뚝을 중심으로 직경이 1미터가 조금 넘는 원을 대충 그렸다. 그러고는 자기 삽을 한 자루 챙기더니 주피터와 나에게도 삽을 한 자루씩 주면서 최대한 빨리 땅을 파라고 부탁했다.

사실대로 말하자면, 나는 평소에도 이런 일에 딱히 흥미가 없었지만 그 특별한 순간에는 정말이지 거절하고 싶은 마음뿐이었다. 밤이 다가오고 있는 데다 지금까지 한 일만으로도 지칠 대로 지쳐 있었기 때문이다. 하지만 피할 방법이 없었고 거절했다가는 불쌍한 친구의 마음의 평정이 깨질까 봐 두려웠다. 정말이지 주피터의 도움에 기댈 수만 있다면 나는 주저하지 않고 미친 내 친구를 억지로라도 집으로 데려갔을 것이다. 그러나 늙은 흑인의 성향을 너무나도 잘 알고 있었기에, 주피터가 어떤 상황에서든 주인의 뜻을 거스르고 날 도울 것을 바랄 수는 없었다. 레그랜드가 땅속에 묻힌 보물에 대한 무수한 남부의 미신에 푹 빠졌는데, 그 풍뎅이를 발견한 데다 또 주피터가 그것을 '진짜 황금 벌레'라고 고집스레 주장하는 바람에 그의 공상이 더욱 견고해졌다고 나는 확신했다. 정신 이상이 있는 사람은 그런 암시에 선뜻 빠져 드는데, 그것이 평소 지니고 있던 선입관과 일치할 때는 특히 더 그러하다. 그리고 그 순간 나는 그 풍뎅이가 '자신의 운의 지표'가 될 것이라고 한 불쌍한 내 친구의 말이 떠올랐다. 이렇게 여러 가지를 고려하다 보니, 나는 몹시 속이 타고 곤혹스러웠다. 결국 나는 부득이하게 해야 하는 일이니 그냥 아무 불평 없이 이 일을 하기로 결론을 내렸다. 즉, 기꺼이 땅을 파서 그가 지닌 생각이 잘못됐음을 조금이라도 더 빨리 눈으로 확인시켜 주자고 결론 내린 것이다.

각등에 불을 밝히고 우리는 다들 더욱 합리적인 이유에나 알맞을 법한 열의를 품고 땅을 파기 시작했다. 그리고 불빛이 우리의 몸과 도구를 비출 때, 우리가 이렇게 무리지어 있는 모습이 얼마나 그림 같을까, 또 어쩌다 우연히 지금 이곳을 지나가게 된 사람에게는 우리의 작업이 얼마나 이상하고 의심스러워 보일까 하는 생각을 하지 않을 수 없었다.

우리는 두 시간 동안 아주 착실하게 땅을 팠다. 말도 별로 하지 않았다. 우리를 가장 당황시킨 일은 개가 짖어댄 것이었는데, 개는 우리가 하는 일에 지나친 관심을 보였다. 어찌나 시끄럽게 짖어대던지 우리는 이 근방을 지나던 사람이 그 소리를 들을까 봐 걱정하기에 이르렀다. 더 정확하게 말하자면, 사실 이것은 우리라기보다는 레그랜드의 걱정이었다. 나로서는 중간에 훼방꾼이 나타나면 이 방랑자를 집으로 데려갈 수 있을 것이므로 어떤 방해라도 반겼을 것이다. 개 짖는 소리는 결국 주피터에의해 아주 효과적으로 잠재워졌는데, 주피터는 아주 신중하고완고한 태도로 구덩이에서 나와서 개의 주둥이를 멜빵으로 단단히 묶고는 낮게 킥킥 웃으며 다시 하던 일로 돌아왔다.

앞서 언급한 두 시간이 지났을 때, 우리는 약 1.5미터 깊이에이르렀으나 보물이 있을 만한 흔적은 전혀 보이지 않았다. 우리는 잠시 휴식을 취했는데, 나는 이제 그만 이 익살 광대극이 끝났으면 하고 바라기 시작했다. 그러나 레그랜드는 분명히 무척당황한 듯했지만 깊은 생각에 잠겨 이마를 닦고는 다시 땅을 파기 시작했다. 우리는 직경 1미터가 조금 넘는 원을 전부 판 다음, 이제 그 범위를 조금 넓혀 아래로 60센티미터가량을 더 파보았다. 여전히 아무것도 나오지 않았다. 마침내 내가 진심으로딱하게 여기는 황금 수색자가 얼굴 가득 쓰라린 실망의 빛을 띤채 구덩이에서 기어 나와, 일을 시작할 때 벗어 놓은 외투를 마지못해 느릿느릿 걸쳤다. 그러는 동안 나는 아무런 말도 하지 않았다. 주피터는 주인의 신호에 따라 도구를 주워 모으기 시작했다. 이 일을 마치고 개의 주둥이를 풀어 준 다음 우리는 깊은 침묵 속에서 집으로 향했다.

아마도 열두어 걸음쯤 걸었을까? 레그랜드가 큰 소리로 욕설을 퍼부으며 주피터에게 달려들어 멱살을 잡았다. 깜짝 놀란 흑인 노예는 눈이 휘둥그레지고 입이 딱 벌어져서는 삽을 떨어뜨리고 털썩 무릎을 꿇었다.

레그랜드가 입을 앙다문 채 씩씩거리며 한 음절 한 음절 또박또박 말을 토해냈다.

"이 망할 놈!……지긋지긋한 검둥이 녀석!……말해 봐!……얼버무리지 말고 당장 대답해!……어느 게, 어느 게 왼쪽 눈이야?"

"아이고, 윌 주인님! 이게 분명 왼쪽 눈 아닙니까요?"

겁에 질린 주피터가 이렇게 외치며 자신의 오른쪽 눈에 손을 갖다 대더니, 마치 주인이 자기 눈알을 후벼 파낼까 봐 두려운 것처럼 필사적으로 눈을 꾹 눌렀다.

"그럴 거라 생각했어!……그래, 그럴 줄 알았어!……됐어!"

레그랜드는 주피터를 놔주고는 껑충껑충 뛰고 빙빙 돌면서 큰 소리로 외쳤다. 깜짝 놀란 주피터는 일어나서 아무 말도 못하고 주인과 나를 번갈아 보았다.

"가자! 다시 돌아가야 해! 게임은 아직 끝나지 않았어."

레그랜드가 이렇게 말하며 다시 앞장서서 그 튤립나무로 향했다. 그러고는 튤립나무 발치에 도착하자 주피터를 불렀다.

"주피터! 이리 와! 나뭇가지에 못 박혀 있던 해골의 얼굴이 바깥쪽을 향해 있었어, 아니면 나뭇가지 쪽을 향해 있었어?"

"바깥쪽을 향해 있던뎁쇼, 주인님. 그래서 까마귀들이 해골의 눈을 쉽게 파먹을 수 있었던 거죠."

"좋아, 그렇다면, 네가 나무에서 풍뎅이를 넣었던 해골의 눈이 이 눈이야, 아님 이 눈이야?

레그랜드는 주피터의 두 눈을 번갈아 만지며 물었다.

"이 눈인뎁쇼, 주인님. 왼쪽 눈요. 주인님께서 말씀하신 대로 말이구먼요."

그런데 주피터가 가리킨 눈은 자신의 오른쪽 눈이었다.

"그거면 됐어! 다시 시도해 봐야겠어."

이 말에 나는 내 친구의 이런 미친 짓에는 뭔가 방법적으로 확실하게 믿을 만한 구석이 있다는 사실을 깨닫게, 아니 깨달았다고 상상하게 되었다. 내 친구는 앞서 풍뎅이가 떨어진 지점에 박았던 말뚝을 뽑아 그 지점에서 서쪽으로 약 7센티미터 되는 지점에 옮겨 박았다. 그런 다음 앞서 그랬듯 튤립나무의 몸통에서 말뚝과 가장 가까운 지점에서부터 말뚝까지 줄자를 푼 다음, 계속해서 일직선으로 15미터 되는 거리까지 더 풀어 그 지점을 표시했는데, 아까 우리가 땅을 팠던 지점에서 몇 미터 떨어진 곳이었다.

새로운 지점에다 앞서 그렸던 원보다 조금 더 큰 원을 그리고 우리는 다시 삽을 들어 땅을 파기 시작했다. 나는 몹시 피곤했지만 내게 맡겨진 일에 더 이상 큰 반감을 느끼지 않았는데, 내 생각이 이렇게 바뀐 이유는 나도 잘 알 수가 없었다. 나는 뚜렷한 이유 없이 흥미를 갖게 되었다. 아니, 흥미를 넘어 흥분되기까지 했다. 아마도 레그랜드의 터무니없는 모든 태도에서 느껴지는 뭔가가, 즉 사전에 미리 고려하고 곰곰이 생각한 듯한 분위기가 나에게 깊은 인상을 주었기 때문일 것이다. 나는 열심히 땅을 팠는데 그러다 가끔씩, 나의 애처로운 벗을 미치게 한 상상의 보물을 보게 되기를 잔뜩 기대하고 있는 나 자신을 발견하고는 했다. 그런 엉뚱한 생각에 사로잡힌 상태로 한 시간 반 정도 작업을 하고 있는데, 개가 맹렬하게 짖으며 또다시 방해를 했다. 앞선 경우에는 분명히 장난삼아 재미로 또는 변덕이 나서 짖었는데, 지금은 짖는 소리가 격렬하고 심각한 성질을 띠었다. 이번에도 또 주피터가 개의 주둥이를 묶으려고 했지만 개는 사납게 저항하며 구덩이로 뛰어들어 발톱으로 미친 듯이 흙을 파헤쳤다. 개가 파헤치자 순식간에 완전한 골격을 갖춘 두 사람의 뼈 더미가 금속 단추 몇 개와 삭은 모직의 티끌로 보이는 것과 섞여 나왔다. 삽으로 한두 번 더 파자 커다란 스페인제 칼이 나왔고 조금 더 파 내려가자 금화와 은화 서너 닢이 여기저기 흩어져서 나왔다.

이것을 보자 주피터는 기쁨을 참지 못했지만 그의 주인의 얼굴에는 극도로 실망한 빛이 역력했다. 레그랜드는 우리에게 땅을 계속 더 파라고 재촉했는데, 그 말을 다 마치기도 전에 나는 신발 앞코가 헐거운 흙에 반쯤 묻힌 커다란 쇠고리에 걸리는 바람에 앞으로 꼬꾸라졌다.

우리는 이제 진지하게 작업에 임했는데, 나는 그보다 더 강렬하게 흥분되는 10분을 보낸 적은 없었다. 그 10분 동안 우리는 직사각형의 나무 상자를 파냈는데, 보존 상태가 완벽하고 아주 견고한 것으로 보아 염화제2수은으로 광물화 처리 과정을 거친 게 분명했다. 그 상자는 길이는 1미터, 넓이는 90센티미터, 깊이는 70센티미터 남짓이었다. 연철로 된 테두리에 징을 박아 튼튼하게 처리되어 있었으며, 전체에 걸쳐 격자 세공이 되어 있었다. 상자의 양 옆으로 뚜껑 가까이에 세 개씩, 모두 합해 여섯 개의 쇠고리가 있어서 여섯 사람이 단단히 붙들 수 있게 되어 있었다. 우리 셋이서 있는 힘껏 들어 봤지만 상자는 바닥만 아주 살짝 들릴 뿐이었다. 곧바로 우리는 그렇게 무거운 상자를 옮기는 건 불가능하다는 사실을 깨달았다. 다행히도 뚜껑의 잠금장치는 오직 두 개의 걸쇠로만 되어 있었다. 우리는 불안한 마음에 덜덜 떨면서 가슴을 졸이며 걸쇠를 잡아 뺐다. 순간, 헤아릴 수 없는 가치를 지닌 보물이 번쩍거리며 모습을 드러냈다. 구덩이 안을 비추고 있던 각등의 불빛을 받아 황금과 보석이 뒤섞인 더미에서, 눈이 부셔 바로 볼 수 없을 정도로 휘황찬란하고 환한 빛이 쏟아져 나왔다.

그것을 보며 내가 느꼈던 감정을 설명하지는 않으려 한다. 물론 놀라움이 가장 지배적인 감정이었다. 레그랜드는 흥분해서 진이 다 빠져 버린 모습으로 거의 아무 말도 하지 못했다. 주피터의 안색은 이런 경우에 세상의 이치란 게 그렇듯이 잠시 죽은 사람처럼 창백해졌는데, 흑인의 안색으로는 상상할 수 없을 정도였다. 주피터는 벼락을 맞은 사람처럼 얼이 빠져 있었다. 이윽고 주피터는 무릎을 꿇고 맨 팔을 팔꿈치까지 황금 속에 파묻고서 마치 호사스런 목욕을 즐기듯이 그대로 가만히 있었다. 마침내 한숨을 푹 쉬며 주피터가 독백을 하듯이 소리쳤다.

"이 모든 건 그 황금 벌레 덕택이야! 정말 예쁜 황금 벌레! 가엾기도 하지! 모양이 볼품없다고 내가 얼마나 경멸했는데! 이 검둥이 녀석, 부끄럽지도 않아? 어디 대답 좀 해 봐!"

결국에는 내가 나서서 주인과 하인에게 보물을 옮겨야 한다고 말해야 했다. 밤이 점점 깊어지고 있어서 날이 밝기 전에 전부 집으로 옮기려면 서둘러야 했다. 하지만 어떻게 해야 할지 알 수 없었다. 논의하는 데 시간이 많이 걸렸는데 나오는 안건이 모두 다 무척 혼란스러웠다. 마침내 우리는 내용물의 3분의 2를 덜어 내 상자를 가볍게 한 다음에야 다소 힘겹게 구덩이에서 끄집어 올릴 수 있었다. 상자에서 덜어 낸 내용물은 가시덤불 사이에 숨기고 개가 그것을 지키도록 남겨 두었는데, 주피터는 개에게 어떤 일이 있어도 그 자리를 떠나서도 우리가 돌아올 때까지 짖어서도 안 된다고 엄명을 내렸다. 그러고 나서 우리는 상자를 가지고 서둘러 집으로 돌아갔다. 지나치게 고생스럽기는 했지만 무사히 오두막에 도착하니 새벽 1시였다. 지칠 대로 지쳐서 곧바로 뭔가를 더 한다는 것은 무리였다. 우리는 2시까지 쉬면서 식사를 했다. 그런 뒤 곧바로 운 좋게 집에 있던 튼튼한 자루 세 개를 챙겨 언덕으로 향했다. 4시 조금 못 되어 우리는 구덩이에 도착해 남은 보물을 똑같이 나누고는 구덩이는 메우지도 않은 채로 다시 오두막으로 향했다. 이번에 오두막에 돌아와 보물이 든 자루를 내려놓았을 때는 동쪽의 나무 꼭대기 너머로 어슴푸레 동이 트고 있었다.

우리는 완전히 녹초가 됐지만 심한 흥분 상태여서 제대로 잠을 이룰 수가 없었다. 서너 시간 뒤척거리며 선잠을 잔 뒤 일어나 우리는 미리 정해 놓기라도 한 듯이 보물을 살펴보기 시작했다.

상자에는 내용물이 넘쳐흐를 만큼 수북이 차 있었기 때문에 우리는 그날 하루 종일과 다음 날 밤 대부분을 상자 안의 내용물을 조사하며 보냈다. 내용물은 질서나 배열 따위는 무시하고 아무렇게나 넣어져 있었다. 모든 게 마구잡이로 뒤섞인 채 쌓여 있었다. 주의 깊게 분류해 보니 우리가 처음 생각했던 것보다 보물의 양이 훨씬 더 많았다. 주화는 당시의 시세에 따라 가능한 한 정확히 그 가치를 추산해 보았더니 45만 달러가 넘었다. 은화는 한 닢도 없었다. 전부 고대의 금화들로 종류가 아주 다양했다. 프랑스, 스페인, 독일의 금화가 영국의 기니 금화 조금과 전에 한 번도 본 적 없는 금화들과 섞여 있었다. 아주 크고 무거운 금화도 있었는데 워낙 많이 닳아서 금화에 새겨진 인각도 식별하기 힘들었다. 미국의 금화는 없었다. 보석들의 가치는 더욱 추산하기 어려웠다. 몇몇 다이아몬드는 지나치리만큼 크고 정교했는데, 모두 합해 110개로 작은 것은 하나도 없었다. 눈부시게 빛나는 루비가 18개, 아주 아름다운 에메랄드가 310개, 사파이어가 21개, 그리고 오팔이 1개 있었다. 이 보석들은 모두 보석 틀에서 떨어져 나와 상자 안 여기저기에 마구 흩어져 있었다. 금화 사이에서 골라낸 보석 틀들도 어느 보석의 것인지 알아보지 못하게 하려 한 듯 망치로 두드려 놓은 모습이었다. 이런 것들 외에 막대한 양의 순금 장식품도 있었는데, 커다란 반지와 귀걸이 2백여 개, 30개였던 걸로 기억되는 호화로운 목걸이, 아주 크고 무거운 십자가상 83개, 대단한 가치를 지닌 황금 향로 5개, 화려하게 돋을새김을 한 포도 잎사귀와 흥청망청 마셔대는 인물들로 장식된 거대한 황금 사발 1개, 정교하게 양각으로 무늬를 넣은 칼자루 2개, 그리고 지금은 생각나지 않는 수많은 다른 조그만 장식품들이 바로 그것이다. 이들 보물의 무게는 150킬로그램을 넘었다. 그런데 이 계산에는 197개의 최고급 금시계를 포함시키지 않았다. 시계 가운데 세 개는 각각 5백 달러의 가치가 있었다. 대부분 무척 오래되어서 시간을 재는 기계로서는 무가치했다. 부품은 다소 부식되어 있었지만 시계는 모두 하나같이 보석으로 화려하게 장식되어 대단히 값비싼 케이스 안에 들어 있었다. 우리가 그날 밤 추산하기로 상자 안의 내용물 전체는 150만 달러 정도였다. 그런데 그 후 자질구레한 장신구와 보석을(우리가 쓰려고 조금은 남겨 두고) 처분하고 보니 우리가 그 보물을 크게 과소평가한 것이었다.

마침내 조사를 끝내고 강렬한 흥분 상태도 약간 가라앉자, 그제야 레그랜드는 내가 기이한 그 수수께끼의 해답을 어떻게 찾았는지 알고 싶어서 애가 타 죽을 지경이라는 사실을 알아차리고는 그것과 관련된 모든 이야기들을 자세히 들려주기 시작했다.

"자네도 기억하겠지. 내가 자네에게 그 풍뎅이를 대충 그려서 보여 줬던 그날 밤 말이야. 또한 그 그림이 해골을 닮았다고 자네가 주장하는 바람에 내가 자네에게 꽤 화가 났던 것도 기억날 걸세. 자네가 처음 그렇게 주장했을 때는 난 자네가 농담을 하는 줄 알았네. 하지만 그 뒤에 곤충의 등에 있는 특이한 점들이 떠올랐는데 자네의 평가는 사실에 근거한 게 아니니까 괜찮다고 나 자신을 달랬지. 그럼에도 불구하고 난 그림 실력이 좋다고 인정받는 편인데 자네에게 멸시를 당하니 화가 나더군. 그래서 자네가 그 양피지 조각을 도로 돌려주었을 때, 난 화가 치밀어 바로 그것을 꼬깃꼬깃 구겨 불 속에 집어 던지려 했었네."

"그 종잇조각 말인가?"

"아닐세, 종이랑 똑같이 생겨서 처음에는 나도 그게 종이인 줄 알았는데 그 위에 그림을 그리자마자 그게 아주 얇은 양피지 조각이라는 것을 곧바로 알아챘네. 그게 무척 꼬질꼬질했던 거 기억날 걸세. 글쎄, 그걸 구기려던 바로 그 순간 자네가 봤던 그 그림을 흘깃 보게 되었는데, 내가 풍뎅이를 그렸다고 생각하는 자리에 실제로 해골 그림이 떡 하니 있는 걸 보고 내가 얼마나 놀랐을지 자네도 아마 상상이 갈 걸세. 순간 나는 너무나 깜짝 놀라서 생각도 제대로 할 수가 없었네. 전체적인 윤곽에서는 비슷한 점이 있었지만 내가 그린 그림과 그 그림은 세세한 점에서는 아주 많이 달랐네. 곧 나는 촛불을 들고 방 한쪽 구석으로 가 앉아 그 양피지를 더 면밀하게 살펴보았네. 양피지를 뒤집어 보니, 뒷면에 내가 그린 그림이 그대로 있었네. 처음에는 앞뒤 그림의 윤곽이 정말 놀랄 만큼 비슷해서 그냥 깜짝 놀랐을 뿐이네. 내가 풍뎅이를 그려 놓은 양피지 바로 뒷면에 해골이 있었고 그 해골이 윤곽뿐만 아니라 크기도 내 그림과 상당히 비슷하다는, 내가 미처 알지 못했던 사실과 관련된 기이한 우연의 일치에 그저 놀랐을 뿐이었지. 나는 한동안 이 기이한 우연의 일치에 완전히 넋을 놓았네. 이것은 그런 우연의 일치를 겪었을 때 누구에게나 나타나는 현상이지. 마음속으로는 연관성을, 즉 인과 관계의 순서를 정립하려고 애를 쓰지만, 그렇게 하지 못한 채 일시적으로 일종의 마비 상태에 빠지는 것 말일세. 하지만 이런 마비 상태에서 회복되자 그러한 우연의 일치보다 훨씬 더 나를 놀라게 한 확신이 내 머릿속에 서서히 떠올랐지. 내가 풍뎅이 그림을 그릴 때는 양피지에 분명 아무런 그림이 없었다는 사실이 뚜렷하고 명확하게 기억나기 시작했네. 종이의 어느 면이 더 깨끗한지 보려고 먼저 한쪽 면을 봤다가 뒤쪽 면을 뒤집어 봤던 게 생각이 나서 나는 그 사실을 완전히 확신하게 되었네. 그곳에 해골이 있었더라면 당연히 그게 내 눈에 띄지 않았을 리가 없었지. 그건 정말이지 설명이 불가능한 수수께끼였네. 하지만 이미 이때부터 내 머릿속 가장 깊고 비밀스런 곳에서는, 어젯밤의 모험을 그토록 비할 데 없는 멋진 결과로 이끈 진실이 무엇인지에 대한 생각이 반딧불이 불빛처럼 어렴풋이 떠오르고 있었지. 나는 곧바로 일어나 양피지를 안전하게 치운 뒤, 혼자가 될 때까지 더는 아무런 생각을 하지 않기로 했네.

자네가 가고 주피터까지 곤히 잠들자 나는 이 사건에 대해 좀 더 체계적인 조사에 착수했네. 우선 양피지가 내 손에 들어오게 된 경위부터 생각해 보았지. 우리가 그 풍뎅이를 발견한 곳은 섬에서 동쪽으로 1.5킬로미터 남짓 떨어진 본토의 해안으로, 만조선*에서 약간 위에 있는 지점이었네. 그 풍뎅이를 잡자마자 녀석이 나를 꽉 무는 바람에 나는 녀석을 놓고 말았지. 주피터는 자기 쪽으로 날아온 그 곤충을 잡기 전에 몸에 익은 조심성으로 나뭇잎이나 뭔가 그 곤충을 잡을 때 쓸 만한 게 없나 싶어 주위를 두리번거렸네. 바로 그 순간 주피터와 나의 눈에 동시에 양피지 조각이 들어왔지. 물론 그때는 종이인 줄 알았지만 말일세. 반쯤 모래에 묻힌 채 한 귀퉁이만 모래 위로 불쑥 튀어나와 있었네. 양피지 조각을 발견한 지점 가까이에 대형 선박에 딸린 작

---

*만조선 : 만조 때 바다와 땅의 경계선.

은 배에서 떨어져 나온 것으로 보이는 선체 파편이 있었네. 난파된 그 파편은 그곳에 아주 오랫동안 있었던 것 같았네. 배에서 떨어져 나온 목재 비슷한 것은 거의 찾아볼 수 없었으니까 말일세.

음, 주피터가 양피지를 주워 그걸로 풍뎅이를 싸서 내게 주었어. 그 뒤 곧바로 우리는 집으로 향했는데 중간에 G- 중위를 만났네. 그에게 그 곤충을 보여 줬더니 요새로 가져가게 해 달라고 간청하더군. 내가 승낙하기가 무섭게 그는 자기가 곤충을 살펴보는 동안 내가 손에 계속 들고 있던 양피지는 그냥 놔두고 얼른 곤충만 조끼 호주머니에 찔러 넣었네. 아마도 그는 내가 마음을 바꿀까 봐 두려워 그 뜻밖의 포획물을 무조건 당장 받고 보는 게 상책이라고 생각했던 모양이네. 그가 자연사와 관련된 것이라면 뭐든 얼마나 열성을 보이는지 자네도 알잖나. 그와 동시에 나도 의식하지 못한 채로 양피지를 내 호주머니에 넣었던 게 분명해.

내가 풍뎅이를 그리려고 탁자 앞으로 갔는데 평소에 종이를 놓아두던 곳에 종이가 한 장도 없었던 걸 자네도 기억할 걸세. 서랍을 뒤져 봤지만 거기에도 종이는 없었지. 혹시 오래된 편지라도 있을까 해서 나는 호주머니를 뒤져 보았는데, 바로 그때 내 손에 그 양피지가 닿았네. 내가 양피지를 손에 넣게 된 경위를 이처럼 자세히 설명하는 건 그때의 상황이 내게 이상하리만큼 깊은 인상을 남겼기 때문이네.

틀림없이 자네는 내가 상상의 나래를 펼친다고 생각할 걸세. 하지만 난 그때 이미 일종의 연관성을 정립해 놓았네. 큰 사슬의 두 고리를 연결시켜 놓은 상태였지. 해안에 배 한 척이 있었을 것이고, 그 배에서 멀지 않은 곳에 종이가 아니라 양피지가 있었는데 거기에는 해골이 그려져 있었네. 당연히 자네는 '거기에 무슨 연관성이 있단 말인가?' 하고 묻겠지. 그럼 나는 이렇게 대답하겠네. 해골은 널리 알려진 해적의 상징이라고. 해골 깃발은 해적들이 해적질을 할 때마다 올리는 것이지.

그 조각은 종이가 아니라 양피지라고 내가 그랬잖아. 양피지는 내구성이 있어서 오래가지. 거의 영원하다고 할 정도로 말일세. 그다지 중요하지 않은 문제는 좀처럼 양피지에 기록되지 않아. 그림을 그리거나 글을 쓰는 평범한 용도로는 종이만큼 적합하지 않으니까. 이런 생각을 하자 그 해골 그림에는 뭔가 뜻하는 바가, 즉 뭔가 관련성이 있다는 데까지 생각이 미쳤네. 나는 그 양피지의 형태 또한 놓치지 않고 살폈네. 한쪽 귀퉁이가 왜 그런지는 몰라도 떨어져 나가 있었지만, 양피지의 원래 형태가 직사각형이란 건 알 수 있었지. 그건 바로 비망록처럼 뭔가 오래 기억되고 조심스레 보관되어야 하는 내용을 기록하기 위해 선택하는 그런 종류의 양피지 형태였지."

나는 그의 말을 가로막고 이의를 제기했다.

"하지만 자네가 그랬잖아. 자네가 풍뎅이 그림을 그릴 때는 그 해골 그림이 양피지에 없었다고 말일세. 그렇다면 어떻게 배와 해골 사이에 연관성을 찾을 수 있단 말인가? 자네가 인정한 바에 따르면 그 해골 그림은 자네가 풍뎅이를 그린 이후에 그려진(어떻게 그리고 누가 그렸는지는 아무도 모르지만) 것이 틀림없지 않나?"

"아, 이제 전체 수수께끼로 넘어갈 때가 왔군. 이 점에 있어서는 그 비밀을 풀기가 비교적 어렵지 않았네. 나는 확실한 단계를 거쳐 하나의 결론을 이끌어낼 수 있었지. 예를 들자면 다음과 같이 추론했네. 내가 풍뎅이를 그릴 때 분명 양피지에는 해골 그림이 없었어. 나는 풍뎅이 그림을 다 그려서 자네에게 건넨 다음 그것을 다시 돌려받을 때까지 주의 깊게 자네를 살폈지. 그러므로 자넨 해골을 그린 사람이 아니고 그걸 그린 사람은 아무도 없었네. 그러니 해골은 사람이 그린 것이 아니었네. 그럼에도 불구하고 해골 그림이 그려져 있었지.

생각이 여기에까지 미치자 문제의 시기에 일어났던 모든 사건들을 기억해 내려 애썼고 마침내 전부 똑똑히 기억해 냈네. 그날은 날씨가 추워서(아, 드문 일이었지만 정말 운이 좋았지!) 벽난로에는 불이 활활 타오르고 있었네. 나는 밖에서 돌아다니다 와서 몸에 열이 났기 때문에 탁자 가까이에 앉았지. 하지만 자네는 벽난로 가까이로 의자를 끌고 갔네. 내가 건넨 양피지를 자네가 보려는 바로 그때, 뉴펀들랜드 종 개인 울프가 들어와 자네 어깨로 덤벼들었네. 자넨 왼손으로 울프를 쓰다듬으며 옆으로 떼어 놓는 동안, 오른손은 양피지를 쥔 채 아무렇게나 무릎 사이로 떨어뜨리고 있었는데 그게 난롯불과 무척 가까웠네. 한순간 나는 양피지에 불이 옮겨 붙을 것 같아서 자네에게 주의를 주려 했는데, 내가 채 입을 열기도 전에 자네가 양피지를 들고 살펴보기 시작했네. 이 모든 사항들을 고려해 봤을 때, 나는 양피지 위에 내가 본 그 해골 그림을 드러나게 만든 원인이 바로 '열'이라는 사실을 추호도 의심하지 않았네. 불의 영향을 받아야만 종이나 양피지에 쓴 글자를 드러나 보이게 만드는 화학 약품이 존재한다는 사실을, 그것도 아주 아득한 옛날부터 존재해 왔다는 사실을 자네도 잘 알 걸세. 불순한 산화코발트*를 왕수**에 푼 다음에 4배의 물로 희석한 것이 종종 사용되는데, 그 결과물은 초록빛을 띠지. 코발트의 불순물을 질산칼륨 용액에 용해시킨 것은 붉은 색을 띠게 되고. 이런 색들은 글자를 쓴 종이나 양피지가 차가워지면 짧거나 혹은 긴 시간을 두고 사라졌다가 다시 열을 가하면 또렷이 보이게 되는 거라네.

이제 나는 해골 그림을 자세히 살펴보았네. 해골의 테두리-그 그림에서 양피지 가장자리에서 가장 가까운 부분-가 다른 부분보다 훨씬 더 뚜렷하게 보였지. 열이 충분히 가해지지 않았거나 골고루 가해지지 않은 게 분명했네. 나는 즉시 불을 피워서 양피지의 모든 부분에 뜨거운 열을 가했네. 처음에는 해골의 희미한 선만이 좀 더 진하게 드러날 뿐이었지. 하지만 끈기 있게 계속 열을 가하자 양피지 조각에서 해골의 윤곽이 그려진 지점의 정반대편 구석에 어떤 형상이 나타났는데, 난 처음에는 그게 염소인 줄 알았네. 하지만 조금 더 자세히 살펴보니 그건 새끼 염소를 그려 놓은 것 같았어."

그 말에 나는 웃으며 말했다.

"하하하! 물론 나는 자네를 비웃을 자격이 없네. 150만 달러어치나 되는 보물을 찾아낸 자네를 내가 감히 어떻게 비웃겠나.

---

*산화코발트: 코발트의 산화물로, 무기산에는 녹아서 적색 용액이 되고 진한 염색에는 청색 용액이 된다. 에나멜이나 도자기 따위에 착색하는 안료로 사용된다.

**왕수(王水): 진한 질산과 진한 염산을 혼합한 액체로 강한 산화제이다.

하지만 자네 사슬의 세 번째 연관성을 확립할 생각은 말아야겠어. 해적과 염소 사이에서는 어떤 특별한 연관도 찾지 못할 테니까 말일세. 자네도 알다시피 해적은 염소와는 아무런 관련이 없어. 염소는 농사를 짓는 사람들 하고나 관련이 있지."

"내가 언제 그 형상이 염소의 형상이라고 했나?"

"정확히는 새끼 염소라고 했지. 뭐 염소나 새끼 염소나 거의 매한가지 아닌가."

"거의 매한가지지만 완전히 똑같은 건 아니지. 자네도 키드 선장*에 대해 들어봤을 걸세. 나는 대번에 그 동물의 형상을 재기 가득한 상형 문자로 된 서명이라고 생각했네. 알겠나, 서명 말일세. 양피지에서 그 그림이 있는 위치를 보고 이런 생각을 하게 되었지. 정반대편 구석의 해골도 마찬가지로 소인이나 직인 같은 느낌이 났네. 하지만 나는 정황상 있어야 할 것이—즉 내가 상상했던 문서의 본문이— 전혀 없었기 때문에 몹시 혼란스러웠네."

"자네는 소인과 서명 사이에 글이 적혀 있을 거라 예상했던 모양이로군."

"그런 게 있을 줄 알았지. 사실 난 어마어마한 재물이 금방이라도 굴러 들어올 것만 같은 예감에 완전히 사로잡혔네. 왜 그런지 까닭은 알 수 없었지만 말이야. 아마도 그것을 실제로 믿는

---

*키드 선장(?1645~1701) : 17세기 말의 유명한 영국의 해적 선장. 인도양의 해적을 진압하기 위해 출항했다가 자신도 해적이 되어 카리브 해를 무대로 활약했다. 새끼 염소 그림이 키드 선장의 서명이리고 생각한 깃은 키드(Kidd) 선장의 이름이 새끼 염소(kid)와 발음이 비슷하기 때문이다.

다기보다는 바라고 있었기 때문일 걸세. 하지만 그 곤충이 진짜 황금 같다던 주피터의 바보 같은 말이 나의 공상에 얼마나 놀랄 만한 영향을 끼쳤는지 자넨 모를 거야. 그런데 그때 여러 사건과 우연의 일치가 잇따라 일어났는데, 참으로 예사롭지 않은 것들이었지. 1년 365일 가운데 하필이면 난롯불을 피워야 할 정도로 추웠던 바로 그날, 이런 일들이 얼마나 단순한 우연처럼 일어났는지 자네도 알겠지? 그렇게 난롯불을 피우지 않았더라면, 또 개가 자신이 등장할 정확한 순간에 끼어들지 않았더라면 절대 그 해골 그림에 대해서 알지 못했을 것이고 결코 그 보물의 주인도 되지 못했을 거란 사실을 자네도 잘 알겠지?"

"계속 하던 이야기나 들려주게. 궁금해서 정말이지 못 참겠단 말일세."

"알겠네. 지금도 떠도는 수많은 이야기들을 자네도 물론 들었겠지. 키드 선장과 그의 부하들이 대서양 연안 어딘가에 보물을 묻어 뒀다고 막연하게 떠도는 숱한 풍문들을 말일세. 이런 풍문들은 어느 정도는 사실에 토대를 두고 있음이 틀림없네. 그리고 그런 풍문들이 그토록 오랫동안 끊임없이 있어 왔다는 것은, 내가 볼 때 매장된 보물이 아직 그대로 묻혀 있다는 믿음에서 비롯된 것 같네. 만약 키드 선장이 임시로 자신의 약탈품을 숨겼다가 나중에 그것을 다시 파냈다면, 지금까지 끊이지 않고 우리에게까지 그런 풍문이 전해오지는 않았을 것이네. 들리는 이야기는 모두 보물을 찾는 사람들에 대한 것뿐이고 보물을 찾았단 사람들에 대한 것은 없단 사실을 자네도 알 걸세. 키드 선장이 자신의 보물을 다시 찾아갔다면, 그 일은 거기서 그냥 끝났을 테지. 내가 보기에는 어떤 사건—이를 테면 보물의 위치를 표시해 둔 비망록의 분실—으로 인해 키드 선장이 자신의 보물을 되찾지 못했는데, 그 사실을 그의 부하들이 알게 된 게 아닌가 싶어. 그렇지 않았더라면 보물을 감춰 놓은 사실을 전혀 몰랐을 거야. 그의 부하들은 아무 정보도 없이 무작정 보물을 찾아내려고 동분서주했으나 헛된 일이었어. 그 바람에 보물에 관한 소문이 생겨나서 널리 퍼지게 되었고, 지금 우리에게까지 들리는 아주 흔한 소문이 된 것이지. 자넨 해안가에서 중요한 보물을 찾아냈단 이야기를 들어본 적 있는가?"

"전혀 없네."

"하지만 키드 선장이 감춰 둔 보물이 어마어마하다는 사실은 잘 알려져 있네. 그래서 나는 당연히 그 보물들이 아직도 땅속에 묻혀 있을 것이라고 여겼네. 그리고 그토록 이상하게 발견된 양피지가 보물이 있는 장소를 표시해 둔 분실된 문서와 관련되었다는, 확신에 가까운 희망을 품었다고 말해도 자네는 놀라지 않겠지."

"그런데 그런 다음에는 어떻게 됐나?"

"불기운을 키운 뒤 양피지를 불에 다시 쬐어 봤지만 아무것도 나타나지 않았네. 그러자 양피지에 때가 묻어 있어서 실패한 게 아닐까 하는 생각이 들었어. 그래서 나는 따뜻한 물을 살살 부어 가며 조심스레 양피지를 씻었네. 그런 다음에 해골 그림을 아래쪽으로 해서 양피지를 양철 냄비에 넣어 숯불 화로에 올려놓았네. 잠시 후 냄비가 완전히 데워져 양피지를 꺼냈는데, 형언할 수 없을 정도로 기쁘게도 몇 줄로 된 숫자들처럼 보이는 것이 여기저기에 얼룩덜룩 보이지 뭔가! 나는 양피지를 다시 냄비에 넣고 1분 더 그대로 놔뒀지. 그리고 그걸 다시 꺼냈더니 양피지에 글자가 나타났는데, 내 지금 자네에게 보여 주겠네."

이렇게 말하며 레그랜드는 양피지를 다시 불에 쬐어 내가 볼 수 있도록 건네주었다. 다음과 같은 글자가 해골과 염소 그림 사이에 붉은 빛을 띠며 희미하게 나타나 있었다.

53‡‡†305))6* ;4826)4‡.)4‡) ;806* ;48†8¶[60)
)85;;]8* ;: ‡*8†83(88) 5*† ;46(;88*96*?;8) *‡(;485)
;5*†2:*‡(;4956*2(5*−4) 8¶[8*;4069285) ;)6†8)4‡
‡;1 (‡9;48081 ;8:8‡1 ;48†85;4)485†528806*81(‡
9;48;(88;4 (‡?34;48)4‡;161;:188;‡?;

나는 양피지를 레그랜드에게 돌려주면서 말했다.

"그래도 난 여전히 뭐가 뭔지 모르겠고 캄캄하기만 한걸. 이 수수께끼를 풀면 내게 골콘다*의 보석을 모두 다 준다 해도 도저히 못 풀겠어."

그러자 레그랜드가 말했다.

"하지만 이 수수께끼의 해답을 구하는 건 자네가 거기 적힌 글자만 먼저 슥 훑어보고 상상한 것만큼 어렵지는 않네. 누구나 쉽게 짐작하겠지만 이 글자들은 암호일세. 즉, 어떤 의미를 전

---

*골콘다 : 인도 고대 도시로, 다이아몬드 가공으로 엄청난 부를 누렸다. 무한한 부와 보물 더미를 상징하는 보통 명사처럼 쓰이기도 한다.

하고 있는 것이지. 그런데 말일세, 키드 선장에 대해 알려진 사실들로 판단하건데, 그는 그다지 난해한 암호를 만들 능력은 없었을 것 같았네. 나는 이건 간단한 종류의 암호라고 결론을 내렸네. 그래도 뱃사람들의 아둔한 머리로는 실마리 없이는 절대로 풀 수 없었겠지만 말이지."

"그럼 자네는 정말로 이 암호를 풀었단 말인가?"

"아주 손쉽게 풀었지. 나는 이것보다 만 배나 난해한 것도 푼 적이 있네. 상황이나 마음의 성향에 이끌려 나는 평소 그런 수수께끼에 관심을 갖고 있었지. 그리고 인간의 재주로 만든 수수께끼인데 인간의 재주를 적절히 활용하면 못 풀 까닭이 없지 않겠나. 사실, 일단 파악하기 쉬운 연속된 글자부터 찾아내고 나면, 그 의미를 밝히는 게 어렵지는 않겠다고 생각했네.

모든 비밀문서가 그렇듯 이번 경우에도 첫 번째 문제는 그 암호가 어떤 언어이냐 하는 것이었네. 왜냐하면 원칙적으로 암호 해독은, 더 간단한 암호와 관련된 경우에는 특히나 더 그런데, 특징적인 문구에 의해 결정되고 달라지기 때문이지. 보통은 암호에 사용된 언어를 알아낼 때까지 암호를 풀고자 하는 사람은 자신이 알고 있는 언어를 모두 하나하나 (확률에 따라)대입해 가며 실험해 볼 수밖에 별도리가 없네. 하지만 지금 우리 앞에 놓인 이 암호는 새끼 염소 그림으로 된 서명 덕택에 그런 어려움을 전부 덜게 되었네. '키드' 라는 단어를 이용해 그런 말장난을 칠 수 있는 언어는 영어밖에 없으니까 말일세. 이런 고려 사항이 없었다면, 나는 스페인 어나 프랑스 어로 먼저 시도를 해 봤을 것이네. 카리브 해의 해적이 이런 종류의 비밀문서를 작성할 때는 아주 자연스럽게 이 두 언어를 사용하곤 했으니까 말이야. 이런 까닭으로 나는 그 암호는 영어로 된 것이라고 추정했네.

자네도 보다시피 단어 사이가 띄어져 있지 않네. 띄어져 있었다면 일이 비교적 쉬웠을 텐데 말이야. 그랬더라면 그 가운데서 비교적 짧은 단어들을 먼저 대조하고 분석했을 것이네. 그리고 아주 흔한 철자 하나로 된 단어가 있었다면(예를 들면 'a'나 'I' 같은) 나는 암호 해독에 훨씬 자신감을 가졌을 거야. 하지만 그 암호문은 띄어져 있지 않았기 때문에 나는 먼저 가장 많이 쓰인 글자와 가장 적게 쓰인 글자부터 알아내야 했네. 다 세어 보니, 다음과 같은 계산이 나오더군.

8은 34번

;는 27번

4는 19번

)는 16번

‡는 15번

*는 14번

5는 12번

6은 11번

†는 8번

1은 7번

0은 6번

9 2는 5번

: 3은 4번

?는 3번

◖는 2번

–.는 1번

　자, 영어에서 가장 자주 나오는 철자는 'e'자네. 그 다음은 a, o, i, d, h, n, r, s, t, u, y, c, f, g, l, m, w, b, k, p, q, x, z 순이지. 그런데 'e'는 워낙 두드러지게 많이 쓰여서 어떤 길이의 문장이든 'e'가 들어가지 않는 문장은 거의 없네.

　그러니 우리는 바로 이렇게 시작하자마자 단순한 추측 이상의 초석을 마련하게 되었네. 분명 위의 표를 전체적으로 활용할 수도 있겠지만 우리가 다루는 이 특정 암호에서는 그냥 아주 일부분만 도움을 받으면 되네. 이 암호에서 가장 많이 나오는 것은 8이므로, 먼저 8자를 알파벳 'e'자로 추정하도록 하세. 이러한 추정이 정확한지 확인하기 위해서 8자가 나란히 두 번 연달아 나오는지 살펴보도록 하세. 영어에서는 'e'자가 'meet', 'fleet', 'speed', 'seen', 'been', 'agree' 등과 같은 단어에서처럼 나란히 붙어서 두 번 나오는 경우가 대단히 많으니까 말이지. 이번 경우에서는 암호가 짧은데도 불구하고 8자가 연달아 두 번 쓰인 게 자그마치 다섯 번이나 되네.

　그러니까 8자를 'e'자로 가정하기로 하세. 그리고 영어에서 가장 흔한 단어는 'the'지. 그러므로 8로 끝나면서 똑같은 순서로 배열된 세 글자가 반복되지 않는지 살펴보도록 하세. 만약 세 글자가 똑같은 순서로 배열되어 반복된다면 그 세 글자가 바로 'the'를 나타낼 확률이 가장 높네. 조사해 보니 그런 식으로 글자가 배열된 것이 일곱 번이나 되었는데 그 글자는 ';48'이었네. 따라서 우리는 '세미콜론(;)'은 't'를, '4'는 'h'를, '8'은 'e'를 나타낸다고 추정할 수 있고, 이제 '8'이 'e'라고 확정할 수 있네. 이로써 우린 크게 한걸음 내딛은 셈이네.

이제 하나의 단어를 확정했으니 우리는 대단히 중요한 점을, 즉 다른 단어들이 시작되는 점과 끝나는 점을 얼마간이나마 알 수 있게 되었네. 예를 들어, 암호문 끝에서 두 번째에 있는 ';48' 조합에 대해 말해 보세. 우리는 ';48' 바로 뒤에 오는 '세미콜론(;)'이 'the' 다음에 오는 단어의 첫 글자임을 알 수 있네. 그리고 이 'the' 다음에 오는 여섯 글자 가운데 자그마치 다섯 글자를 우리는 파악할 수 있네. 그러니 이 여섯 글자를, 모르는 글자는 빈칸으로 남겨 두고 무엇을 나타내는지 아는 부분만 암호를 풀어서 써 보면 다음과 같네.

t eeth

여기에서 맨 뒤의 'th'는 't'로 시작하는 이 단어에서 한 부분을 구성할 수 없는 글자였기 때문에 과감하게 떼어 버릴 수 있네. 빈칸에 맞는 철자를 찾아 알파벳 전부를 돌아가며 다 대입해 봤지만 맨 뒤에 'th'가 있는 상태에서는 어떤 단어도 만들 수 없었으니까 말일세. 그래서 맨 뒤의 'th'를 떼고 다음과 같이 줄일 수 있었네.

t ee

그리고 앞서처럼 빈칸에 알파벳을 돌아가며 넣어 보니 여기서 나올 수 있는 단어는 'tree'가 유일했네. 이렇게 해서 우리는 '('로 표현된 또 다른 글자 'r'을 얻었고, 앞의 단어와 나란히 적어 보면 'the tree'가 되네.

이 두 단어의 조금 뒤를 보면 ';48' 조합이 또 나오는데, 따라서 이 조합 바로 앞에 나오는 '4'가 앞 단어의 마지막 글자라는 걸 알 수 있네. 그러면 이런 식의 배열이 나오게 되지.

the tree ;4(‡?34 the

여기에서 암호로 적힌 부분에 우리가 이미 파악한 철자를 대입해 넣어 보면 이렇게 되네.

the tree thr‡?3h the

이제, 우리가 아직 파악하지 못한 글자를 대신해 그 자리에 점을 찍어 보면 다음과 같네.

the tree thr…h the

'thr…h'를 보면 곧바로 'through'란 단어가 분명히 떠오르네. 그리고 이를 통해 우리는 '‡'는 'o'를, '?'는 'u'를, '3'은 'g'를 나타낸다는 새로운 사실을 알게 되지.

이제 범위를 좁혀 우리가 알아낸 글자들이 나란히 붙은 조합이 있나 죽 훑어보면, 암호문 첫머리에서 그리 멀지 않은 곳에서 이런 배열이 보이네.

83(88, 즉 egree지.

이것은 분명히 'degree'란 단어가 틀림없어. 따라서 '83(88' 앞에 나오는 '†'가 'd'를 나타낸다는 걸 알 수 있네. 'degree'란 단어에서 네 글자 뒤에 다음과 같은 조합이 보이네.

;46(;88*

이것을 앞에서 그랬던 것처럼 아는 부분은 철자로 옮겨 적고 모르는 부분은 점으로 표시하면 이렇게 되네.

th.rtee.

이 배열에서 바로 연상되는 단어는 'thirteen'이므로, 우리는 다시 '6'은 'i'를, '*'은 'n'을 나타낸다는 두 가지 사실을 새롭게 파악하게 되지.

이제 암호의 첫머리를 보면 다음과 같은 조합이 있을 걸세.

53‡‡†

앞에서 그랬던 것처럼 아는 것은 철자로, 모르는 것은 점으로 각각 바꿔 적어 보면 이렇게 되지.

.good

여기에서 우리는 맨 첫 글자가 'A'이며, 첫머리의 두 단어가 'A good'이라는 것을 확인할 수 있네.

혼동을 막기 위해 이제까지 찾아낸 정보를 표로 만들어 정리해 보면 다음과 같네.

5는 a를,
†는 d를,
8은 e를,
3은 g를,
4는 h를,
6은 i를,
*은 n을,
‡는 o를,
(는 r을,
;은 t를 나타낸다.

이런 식으로 우리는 중요한 글자 가운데 자그마치 열 개의 글자가 나타내는 바를 밝혀냈네. 그러니 이런 식으로 암호를 해독하는 방법에 대해 자세히 설명하는 것을 계속할 필요는 없을 걸세. 이제까지 설명한 것만으로도 이런 종류의 암호는 쉽게 풀 수 있다는 사실을 납득했을 것이고 이런 암호를 푸는 원리도 충분히 이해했을 테니 말이야. 하지만 우리 앞에 놓인 이 암호문은 가장 간단한 종류의 암호에 속한다는 사실을 알아두게. 양피지에 쓰여 있는 글을 해독했으니 이제 다 옮겨 적는 일만 남았군. 암호문의 전문을 풀어 쓰면 바로 다음과 같네.

A good glass in the bishop's hostel in the devil's seat twenty-one degrees and thirteen minutes northeast and by north main branch seventh limb east side shoot from the left eye of the death's-head a bee line from the tree through the shot fifty feet out."

(주교 관저에 있는 악마의 의자에서 좋은 안경 21도 13분 북동미북* 주가지의 동쪽 일곱 번째 가지 해골의 왼쪽 눈에서 발사 그 나무에서 탄착점을 지나 직선거리 15미터)

"하지만 이 수수께끼는 여전히 도통 무슨 소리인질 모르겠는걸. '악마의 의자', '해골', '주교 관저' 같은 종잡을 수 없는 말에서 대체 어떻게 의미를 유추해 낼 수 있단 말인가?"

내가 이렇게 말하자 레그랜드가 대답했다.

"대충 한번 흘깃 보면 문제는 여전히 심각한 양상을 띠고 있다고 나도 인정하는 바일세. 먼저 나는 암호를 만든 사람이 의도

---

*북동미북 : 북동쪽에서 북쪽으로 조금 기울어진 방위를 뜻한다.

한 대로 문장을 나눠 자연스럽게 구분해 보려 했네."

"구두점을 찍는 것 말인가?"

"뭐 그 비슷한 것이지."

"하지만 어떻게 그렇게 할 수 있단 말인가?"

"문장을 중간중간 나누지 않고 붙여 쓴 건 암호를 해독하기 어렵게 하려는 작가의 의도였다고 생각했네. 그런데 예리하지 못한 사람이 그런 일을 도모할 때는 틀림없이 지나치기 마련이지. 암호를 만드는 중에 당연히 쉼표나 구두점을 찍어서 나눠 줘야 할 곳을 일반적으로 필요 이상으로 붙여 쓰는 경향이 있네. 자네가 이 암호문을 살펴보면 쓸데없이 다닥다닥 붙여 놓은 데가 다섯 군데 있단 사실을 쉽게 알아낼 수 있을 걸세. 이런 힌트에 따라 나는 문장을 다음과 같이 끊어서 나눠 봤네.

A good glass in the Bishop's hostel in the Devil's seat/ twenty-one degrees and thirteen minutes/northeast and by north/main branch seventh limb east side/shoot from the left eye of the death's-head/a bee line from the tree through the shot fifty feet out.

(주교 관저에 있는 악마의 의자에서 좋은 안경/21도 13분/북동미북 /주가지의 동쪽 일곱 번째 가지/해골의 왼쪽 눈에서 발사/그 나무에서 탄착점을 지나 직선거리 15미터)"

"이렇게 문장을 나눠 놓아도 여전히 내게 깜깜하기만 한걸."

내가 이렇게 말하자 레그랜드가 대꾸했다.

"나 역시도 며칠 동안은 깜깜하기만 했다네. 그 며칠 동안 나는 설리번 섬 근처에서 '주교의 저택'이라는 이름으로 통하는 건물이 있는지 부지런히 캐묻고 다녔어. 당연히 '관저'라는 케케묵은 단어 대신 '저택'이란 단어를 사용했지. 하지만 아무런 정보도 얻지 못해서 수색 범위를 확대시켜 조금 더 조직적인 방법으로 진행하려던 찰나, 어느 날 아침 문득 '주교 관저'가 비숍*이라는 성을 지닌 오랜 가문과 관계가 있을지도 모른다는 생각이 떠올랐네. 비숍 가문은 아득한 옛날부터 설리번 섬에서 북쪽으로 6킬로미터 남짓 떨어진 곳에 있는 오래된 대저택을 소유하고 있었으니 말일세. 그래서 나는 비숍 가문의 대농장으로 가서 그곳의 나이 든 흑인들을 상대로 다시 조사에 착수했네. 마침내 제일 나이가 많은 한 노파가 '비숍 성'이라는 곳에 대해서 들은 적이 있는데 자기가 그곳으로 나를 안내해 줄 수 있다고 했네. 하지만 그곳은 성도, 여인숙도 아니고 높은 바위라고 했네.

내가 안내해 주면 후하게 사례하겠다고 하자 노파는 약간 난색을 표하다가 나를 그곳에 데려다 주기로 했네. 노파와 나는 별 어려움 없이 그곳을 찾았고, 나는 노파를 보낸 뒤 혼자서 그곳을 조사해 보았네. 그 '성'이란 건 절벽과 바위가 울퉁불퉁하게 모여 이루어진 곳이었는데, 바위 하나가 높이뿐만 아니라 고립된 데다 인공적인 모양새 때문에도 눈에 딱 띄었네. 나는 그 바위의 꼭대기에 올라갔는데 그 다음에는 무엇을 해야 할지 도무지 알 수 없었네.

---

*비숍 : 주교를 나타내는 단어인 '비숍(bishop)'과 발음이 비슷하다.

어찌할까 바쁘게 궁리하던 중 시선이 내가 서 있는 바위 꼭대기에서 약 1미터 떨어진, 그 바위 동쪽 면의 살짝 튀어나온 부분에 머물렀네. 그 돌출부는 45센티미터 정도 튀어나와 있었는데 폭은 기껏해야 30센티미터 정도 돼 보였어. 돌출부 바로 위의 절벽 틈새는 우리 선조들이 사용했던 등 부분이 움푹 꺼진 의자와 대강 비슷해 보였네. 나는 그게 암호문에서 언급된 '악마의 의자'라고 확신했네. 그러자 나는 그 수수께끼의 비밀을 모두 다 푼 것만 같았지.

'좋은 안경'은 망원경하고만 관계가 있을 수밖에 없다고 생각했네. '안경'이란 단어는 뱃사람들에게는 망원경 외의 다른 의미로는 거의 사용되지 않으니까 말일세. 나는 이 대목에서 망원경을 사용해야 하며, 그것을 사용할 때는 한 치의 오차도 허용하지 않는 정확한 각도에 맞춰야 한다는 사실을 바로 알아차렸네. 나는 아무런 망설임 없이 곧바로 '21도 13분'과 '북동미북'이라는 구절이 망원경을 조준해야 하는 방향을 뜻한다고 믿었네. 이런 사실들을 알아내자 크게 흥분한 나는 서둘러 집으로 가서 망원경을 챙겨 다시 바위로 돌아왔네.

바위의 돌출부로 내려가 봤는데, 특정한 한 자세를 취하지 않고서는 거기에 앉아 있을 수 없었네. 이 사실에 나는 내가 예상한 바가 맞다고 확신하게 되었지. 나는 망원경을 맞추기 시작했네. '21도 13분'이 가리킬 건 당연히 눈에 보이는 수평선상의 고도밖에 없었어. 수평선 방향이 '북동미북'이라고 또렷하게 표시되어 있었으니까. 이 수평선 방향은 휴대용 나침반으로 바로 알아냈지. 그러고는 망원경을 어림짐작으로 21도 고도에 최대한 가까운 각도로 맞춰서 아래위로 조심스레 움직여 봤는데, 저 멀리 다른 나무들 위로 우뚝 솟은 커다란 나무 한 그루의 무성한 잎 사이의 동그란 틈, 즉 잎이 없는 빈 공간이 시선을 끌었네. 이 틈의 가운데에 하얀색 점 같은 게 보였지만 처음에는 그게 뭔지 알 수 없었지. 망원경의 초점을 조절해 다시 들여다보았더니 그건 분명 사람의 해골이었네.

이 발견 덕택에 '주가지의 동쪽 일곱 번째 가지'라는 구절은 그 나무에서 해골이 있는 위치를 언급하는 것일 테고, '해골의 왼쪽 눈에서 발사'라는 구절 또한 땅에 묻어 놓은 보물의 수색에 대한 설명일 수밖에 없단 생각을 하게 되었지. 나는 이제 수수께끼가 다 풀렸다고 여길 정도로 아주 자신만만했네. 이 구절이 의도하는 바는 해골의 왼쪽 눈에서 총알을 발사하라는 것임을 나는 깨달았네. 그리고 그 나무 몸통의 가장 가까운 지점에서 '탄착점'(즉 총알이 떨어진 지점)을 지난 다음 일직선으로, 즉 직선 거리로 15미터 거리까지 연장한 지점이 바로 정확한 지점을 나타내는 것이고 바로 이 지점 밑에 적어도 보물이 감추어져 있을 가능성이 있단 사실을 알게 되었네."

그 말을 듣고 내가 말했다.

"모든 것이 대단히 명쾌하군. 교묘함에도 불구하고 간단하면서도 명백하네. 그래, '주교의 저택'을 떠난 다음에는 어떻게 했나?"

"음, 그 나무의 위치를 주의 깊게 봐 둔 다음 집으로 가려고 돌아섰네. 그런데 내가 '악마의 의자'에서 벗어나자마자 나뭇잎 사이의 동그란 틈이 시야에서 사라져 버렸네. 몇 번을 뒤돌아 봤지만 그 뒤로는 그것을 어렴풋하게도 볼 수 없었지. 이 계획 전체에서 가장 교묘하다고 여겨지는 일은 문제의 동그란 빈 공간이 바위 면의 좁은 돌출부의 자리에서 볼 때 말고는 어느 지점에서도 보이지 않는다는 사실(난 반복해서 실험해 보고는 이게 분명한 '사실'이라고 확신했지.)일세.

이렇게 '주교의 저택'을 탐사할 때 주피터를 데리고 갔었는데, 주피터는 틀림없이 지난 몇 주 동안 정신이 완전히 딴 데 팔린 듯한 내 표정을 보고는 나를 혼자 내버려 두지 않으려고 특별한 주의를 기울였네. 하지만 그 다음 날, 나는 무척 일찍 일어나 용케 주피터를 따돌리고 혼자서 그 나무를 찾으러 언덕으로 갔어. 굉장히 고생한 끝에 그 나무를 찾았지. 밤에 집으로 돌아왔더니, 내 하인이 나를 몽둥이로 혼내 줄 작정을 하고 기다리고 있었지. 그다음에 일어난 이 모험의 나머지 부분은 자네도 나만큼이나 잘 알 테고."

"그럼 우리가 처음 땅을 팠을 때 보물이 묻힌 지점을 놓친 건 주피터가 멍청하게도 그 곤충을 해골의 왼쪽 눈 대신 오른쪽 눈으로 떨어뜨려서 그런 거로군?"

"맞아, 바로 그래. 그 실수로 말미암아 탄착점에, 즉 나무에서 가장 가까운 말뚝 위치에 7센티미터 정도 차이가 생겼네. 만약 보물이 그냥 간단히 탄착점 바로 '아래'에 숨겨져 있었더라면, 그 실수는 그다지 중요하지 않았을 걸세. 하지만 가장 가까운 지점에 있는 나무와 더불어 '탄착점'은 선을 어디로 그어야 할지 방향을 설정해 주는 두 지점에 불과할 뿐이었지. 당연히 그 오차는 처음에는 아주 사소한 것이었지만 선을 그어 나가면서 점점 더 커져서, 우리가 15미터 남짓 나아갔을 때는 한참 떨어진 엉뚱한 곳에 닿게 되고 말았지. 보물이 분명 그곳 어딘가에 실제로 묻혀 있다는 나의 굳건한 확신이 없었더라면, 우리가 한 그 모든 고생은 헛수고가 되었을지도 모르네."

"해골을 그렇게 활용해야겠단 생각, 그러니까 해골의 눈으로 총알을 떨어뜨린다는 생각은 키드 선장이 해적 깃발을 보고 떠올린 것이겠지? 그는 자신의 보물을 그 불길한 휘장을 통해 찾아내는 것에서 틀림없이 일종의 시적인 연상을 했을 테지."

"그럴지도 모르지. 하지만 나는 키드 선장이 그런 생각을 한 데에는 시적인 연상만큼이나 상식도 크게 일조했다고 생각하지 않을 수 없네. 악마의 의자에서 봤을 때 어떤 물체가 눈에 띄려면, 그 물체가 작을 경우에는 하얀색이어야 했네. 그런데 온갖 험상궂은 날씨에 노출되어도 하얀색이 그대로 유지되고 심지어 점점 더 하얗게 보이기까지 하는 건 뭐니 뭐니 해도 사람의 해골만한 게 없지 않은가 말일세."

"하지만 자네가 큰소리를 뻥뻥 치고 풍뎅이를 빙빙 돌려대던 그런 행동은 말일세, 얼마나 이상했는지 몰라! 난 정말 자네가 미친 줄로만 알았네. 그리고 자넨 왜 해골에서 총알 대신 그 벌레를 떨어뜨리겠다고 주장한 건가?"

"음, 솔직히 말해서, 내가 제정신이 아니라고 자네가 자꾸만 의심을 해 대니까 화가 좀 났었네. 그래서 내 식대로 짐짓 진지한 척하며 자네를 속여 은근슬쩍 골려 주기로 결심했던 걸세. 이런 이유로 풍뎅이를 빙빙 돌리기도 하고 나무에서 풍뎅이를 떨어뜨리게도 했던 거지. 나무에서 떨어뜨릴 생각은 풍뎅이가 무겁다고 했던 자네의 말을 듣고 떠오른 것이고."

"그래, 이제 알겠어. 그런데 아직도 이해가 잘 안 되는 게 딱 하나 남았네. 우리가 구덩이에서 발견한 그 해골들은 어찌 된 일일까?"

"그건 나도 대답할 수 없는 질문이네. 하지만 한 가지 그럴듯한 설명이 있기는 하네. 이 설명에 등장하는 잔혹한 행위가 실제로 있었다고 믿는 것은 끔찍한 일이지만 말일세. 키드 선장이— 키드 선장이 정말로 보물을 숨겼다면 말이지, 그리고 난 그 사실을 의심하지 않는데— 보물을 숨길 때 틀림없이 부하들의 도움을 받았을 것이네. 하지만 보물을 파묻는 일을 다 마치자 그는 이 비밀스런 일에 참여한 모든 사람들을 제거하는 것이 상책이라고 생각했을지도 모르네. 아마도 부하들이 구덩이에서 바삐 일하는 동안 곡괭이로 두어 번 내려치면 됐을 것이네. 어쩌면 열두 번 정도 내려쳐야 했을지도 모르지. 그걸 누가 알겠는가?"

모르그 거리의 살인 사건

사이렌들이 어떤 노래를 불렀을까, 아킬레스가 여자들 사이에 몸을 숨겼을 때 어떤 가명을 썼을까 하는 것들은 어려운 문제이지만 그렇다고 추측이 전혀 불가능한 것은 아니다.

—토마스 브라운 경, 『호장론(壺葬論)』

분석적이라 얘기되는 정신적 특성은 그 자체는 거의 분석할 수 없다. 우리는 그런 정신적 특성을 결과를 통해서만 인식할 뿐이다. 그런 분석적 특성을 과도할 정도로 지닌 사람들에게는 그런 특성이 언제나 활기 넘치는 기쁨의 근원이라는 사실을 우리는 무엇보다도 잘 안다. 건강한 사람이 자신의 신체적 능력에 의기양양해 하며 근육을 움직이는 운동에서 기쁨을 얻듯, 분석가는 얽힌 실마리를 푸는 정신적 활동에서 대단한 기쁨을 얻는다. 분석가는 자신의 재능을 활용하는 일이라면 아무리 사소한 일이라 할지라도 거기에서 즐거움을 끌어낸다. 분석가는 수수께끼, 난문제, 상형 문자로 된 글을 좋아하며, 이런 것들을 풀며 평범한 이해력을 지닌 사람들에게는 초자연적으로 보일 정도의 '통찰력'을 보여 준다. 분석가가 내린 결론은 아주 전형적이고 본질적인 방법으로 논리 정연하게 이끌어낸 것이지만 사실 겉보기로는 완전히 직감적으로 나온 것처럼 여겨진다.

문제 해결 능력은 수학 연구에 의해, 특히 '분석학'이라 불리는 대단히 탁월해 보이는 수학 연구의 최고 분야에 의해 크게 강화될 수 있다. 하지만 그저 거슬러 올라가며 연산한다는 이유만으로 '분석학'이라 불리는 것은 부당하다. 계산하는 것은 본질적으로 분석하는 것이 아니기 때문이다. 예를 들어, 체스를 두는 사람은 계산은 하지만 애써 분석하지는 않는다. 하지만 체스 게임은 그것이 정신적 특성에 미치는 영향에 있어서 사람들의 오해를 크게 사고 있다. 나는 지금 논문을 쓰고 있는 것이 아니라, 그저 관찰에 의거한 소견을 아무렇게나 두서없이 늘어놓으면서 다소 기묘한 이야기의 서문을 쓰고 있는 것이다. 그러므로 이 기회를 빌려 주장하고 싶은 것은 고도의 사색적 지력이, 복잡하고 경박한 체스 게임에서보다 단순한 체커 게임*에서 더 확실하고 유용하게 발휘된다는 것이다.

체스 게임에서는 다양하고 변화무쌍한 가치를 지닌 말들이 각각 달리 기이하게 움직이기 때문에 사람들은 그저 복잡할 뿐

---

*체커 게임 : 체스 판 위에서 말을 대각선으로 움직여 상대편의 말을 뛰어넘어 다 잡거나 움직일 수 없도록 만들어 승부를 겨루는 것으로, 체스보다 단순한 게임이다.

인 것을 심오한 것으로 오인하게 된다(이는 드물지 않은 실수이다.). 체스 게임에서 요구되는 것은 강한 '주의력'이다. 주의력이 잠시라도 흐트러지면 수를 못 보고 지나치는 실수를 저지르게 되어 말을 잃거나 게임에서 지는 결과를 낳게 된다. 체스에서는 말들을 움직일 수 있는 수가 다양하고도 복잡하기 때문에 그런 실수가 일어날 가능성이 커진다. 따라서 십중팔구 예리한 사람보다는 집중력이 강한 사람이 이기게 된다. 이에 반하여 체커 게임에서는 말의 움직임이 단순하고 거의 변화가 없으므로 실수를 저지를 가능성이 줄어든다. 그리고 단순한 주의력도 비교적 필요하지 않으므로 이익을 얻는 쪽은 '통찰력'이 뛰어난 쪽이다.

조금 더 구체적으로 설명하기 위해, 체커 게임에서 말이 왕 네 개만 남은 상황을 떠올려 보라. 이런 상황에서는 당연히 수를 못 보고 지나치는 실수가 일어날 가능성이 적다. 분명 승부는(두 상대의 실력이 완전히 대등하다고 치면) 지력을 아주 강하게 발휘한 끝에 나온 엄선된 수에 의해서만 판가름이 날 것이다. 보통 쓰던 방책들로는 게임을 진행할 수 없게 된 분석가는 상대의 마음속에 자신을 투영해 그의 입장이 되어 본다. 그리고 이를 통해 상대의 실수를 유도하거나 성급한 오산을 부르는 단 하나의 묘수를(때로는 정말 터무니없을 정도로 간단한 묘수를) 한눈에 알아내는 경우가 많다.

휘스트*는 오래전부터 소위 계산력 향상에 좋은 게임으로 유명한데, 최고 수준의 지력을 지닌 사람들은 체스는 시시하다고 멀리하는 반면, 휘스트 게임은 명백히 설명할 수 없을 정도로 즐긴다고 알려져 있다. 의심할 여지없이 비슷한 종류의 게임 가운데 휘스트만큼 분석 능력을 크게 요하는 게임은 없다. 기독교 국에서 체스를 가장 잘하는 사람이라고 해도 그 사람은 그저 체스의 명수에 지나지 않는다. 하지만 휘스트에 능숙하다는 것은 서로 지력으로 승부하는 다른 모든 더 중요한 일에서 성공할 수 있는 역량을 지녔음을 의미한다. 여기에서 '능숙하다'는 말은 휘스트 게임을 완벽하게 한다는 뜻으로, 정당하게 이점을 얻을 수 있는 모든 요소들을 파악하는 것도 포함한다. 이런 요소들은 그 수도 많고 형태도 다양하며, 보통의 이해력으로는 도무지 이를 수 없는 사고의 깊숙한 곳에 숨겨져 있는 경우가 많다. 주의 깊게 관찰한다는 것은 뚜렷하게 기억하는 것이다. 그러므로 여기까지는 집중력이 강한 체스 선수라면 휘스트도 아주 잘할 수 있을 것이다. 또한 호일*의 규칙도 (게임을 하는 방법을 단순히 설명하고 있을 뿐이므로)누구나 충분히 이해할 수 있다. 이와 같이 뛰어난 기억력으로 규칙대로 게임을 하는 것을 흔히들 게임을 잘할 수 있는 핵심 요소로 여긴다. 그러나 단순한 규칙의 한계를 넘은 부분에서 분석가의 역량이 발휘된다. 분석가는 조용히 많은 것을 관찰하고 추론한다. 아마 상대방도 그렇게 할 것이다. 그리고 획득한 정보량의 차이는 추론의 타당성보다는 관찰의 질

---

*휘스트 : 네 사람이 둘씩 편을 짠 다음, 같은 편끼리 마주 보고 앉아서 하는 트럼프 카드 게임의 일종.

**호일 : 에드먼드 호일(1672~1769). 휘스트 게임을 비롯한 여러 카드 게임의 규칙을 설명하는 책들을 낸 기드 게임의 권위자로, 그의 이름은 카드 게임법이나 카드 게임법이 적힌 책을 가리키는 보통 명사처럼 쓰인다.

에 달려 있다. 이때 반드시 알아야 하는 것은 '무엇을' 관찰해야 하는가이다. 분석하며 게임을 하는 사람은 조금도 자신의 생각을 제한하지 않는다. 또한 게임이 목적이라고 해서 게임 외적인 요소로부터 추론하는 것을 거부하지도 않는다. 그는 자기편의 표정을 살핀 다음 그것을 상대편 각각의 표정과 주의 깊게 비교한다. 그는 각자 자기가 든 패에 흘긋 던지는 눈길을 통해 손에 든 카드들을 어떻게 분류하는지 유심히 관찰하는데, 흔히들 으뜸 패*는 으뜸 패끼리, 최고 패**는 최고 패끼리 분류해 놓는다. 그는 게임이 진행되는 동안 일어나는 사람들의 표정 변화 하나하나에 주목해 확신에 찬 표정, 놀라는 표정, 의기양양한 표정, 분한 표정으로 이리저리 달라지는 표정에서 추리의 조각들을 모은다. 분석가는 트릭***을 그러모으는 태도를 보고, 그것을 가져간 그 사람이 같은 무늬로 짝패 한 벌을 또 만들 수 있는지 없는지를 판단한다. 그는 또 테이블 위에 카드를 던지는 태도에서 거짓된 동작 속에 숨은 상대의 속셈을 알아차린다. 무심코 우연히 내뱉는 말 한 마디, 실수로 카드 한 장이 떨어지거나 뒤집혔을 때 당황하며 얼른 그 카드를 숨기려 하는지 태연한지, 트릭을 어떤 순서로 세서 배열하는지, 당황, 망설임, 열의, 손의 떨림 등

---

*으뜸 패 : 게임에서 이기는 데 유리한 패.

**최고 패 : 에이스, 킹, 퀸, 잭, 10.

***트릭 : 한 라운드에 네 사람이 각자 한 장씩 네 장의 카드를 내면 가장 높은 패를 낸 사람이 그 라운드에서 이겨 그 카드 네 장을 가져가게 되는데, 이때 가져가는 카드 네 장을 '트릭'이라 한다. 휘스트 게임에서는 이런 식으로 전체 라운드를 마친 뒤 같은 편과 점수를 합산해 트릭을 많이 가져간 쪽이 이기게 된다.

과 같은 모든 것들이 겉보기에는 직관적인 그의 지각력에 정확한 사태 파악을 위한 단서를 제공한다. 처음 두세 라운드가 진행되는 동안 그는 각자의 손에 든 패를 전부 훤히 파악한 다음, 그 때부터는 마치 상대방 모두가 카드 앞면을 바깥쪽으로 내보이고 있는 것처럼 확실하고 정확한 의도를 가지고 자신의 카드를 내놓는다.

분석력을 단순한 창의력과 혼동해서는 안 된다. 분석가는 하나같이 창의적이지만, 창의적인 사람 가운데는 분석력이 현저하게 떨어지는 경우가 흔히 있기 때문이다. 창의력은 대개 구성력이나 결합력에 의해 밖으로 드러난다. 그리고 골상학자들은 구성력이나 결합력을 원시적 능력으로 생각해 이런 능력을 담당하는 독립된 기관이 있다고 주장한다(나는 잘못된 생각이라고 믿지만.). 하지만 다른 면에서는 지적 능력이 거의 백치에 가까운 사람들이 구성력과 결합력을 보여 주는 경우가 아주 흔해서 정신분석학자들 사이에서 많은 주의를 끌었다. 창의력과 분석력 사이에는 공상과 상상력 사이보다 훨씬 더 큰 차이가 존재하지만 둘은 아주 유사한 특성을 지닌다. 실제로 창의적인 사람들은 하나같이 공상적이며, 정말로 상상력이 풍부한 사람들 치고 분석적이지 않은 사람들은 없다는 사실을 알게 될 것이다.

다음의 이야기는 독자들에게는 어쩌면 이제까지 제시한 명제에 대한 주석처럼 보일지도 모르겠다.

18XX년 봄부터 여름 얼마간 파리에 머무르는 동안, 나는 그곳에서 오귀스트 뒤팽이라는 친구를 사귀게 되었다. 이 젊은 신사는 양가, 아니 그야말로 명문가 출신이었지만, 불행한 사건이

잇따라 터지며 무척 가난해지는 바람에 실의에 빠져 활발한 사회 활동을 접었으며 재산을 되찾고자 하는 의욕도 없었다. 채권자들의 호의로 부모로부터 물려받은 유산 가운데 아주 조금이 아직도 그의 소유로 남아 있었다. 그는 거기에서 생기는 수입을 아끼고 아껴 겨우 생필품을 마련했으며, 없어도 되는 사치품은 애써 구하려 하지 않았다. 사실 책이 그의 유일한 사치품이었는데 파리에서는 책을 쉽게 구할 수 있었다.

우리가 처음 만난 곳은 몽마르트르 거리의 이름 없는 어느 도서관이었다. 그곳에서 둘 다 아주 진귀한 희귀본을 찾던 일이 계기가 되어 우리는 한층 더 친해지게 되었다. 우리는 되풀이해서 계속 만났다. 프랑스 사람들이 자기 이야기를 할 때면 늘 그렇듯이 그는 대단히 솔직하고 상세하게 집안 이야기를 들려주었는데, 나는 그 이야기에 몹시 흥미를 느꼈다. 또한 그의 방대한 독서량에도 깜짝 놀랐다. 그리고 무엇보다 격렬하고 열정적이면서도 생생하고 신선하기까지 한 그의 상상력에 자극 받아 내 안에서 영혼이 불타오르는 것을 느꼈다. 그 당시 파리에서 어떤 물건을 찾고 있던 나는 이런 사람과 교제하는 것이야말로 값을 매길 수 없을 만큼 귀중한 일 같다는 기분이 들었다. 나는 이런 기분을 그에게 솔직히 털어놓았다. 그리하여 마침내 우리는 내가 파리에 머무는 동안 함께 살기로 했다. 나의 주머니 사정이 그보다는 조금 나은 편이었으므로 내가 집세를 부담하고, 다소 별나고 우울한 우리의 공통 기질에 어울리는 스타일의 가구도 마련하기로 했다. 우리는 미신 때문에 오랫동안 버려져 있던 낡고 기괴한 저택을 빌렸는데, 어떤 미신인지는 묻지 않았다. 금방이라도 무

너져 내릴 것 같은 그 저택은 파리 근교 생제르맹의 적막하고 외
딴 곳에 있었다.

만약 이곳에서의 일상이 세상에 알려졌다면 사람들은 우리를
해를 끼치는 미치광이까지는 아니어도 아무튼 분명 미치광이라
고 여겼을 것이다. 우리는 완벽하게 은둔했다. 외부인은 누구도
들이지 않았다. 실제로 나는 우리 은둔처의 위치에 대해서는 나
의 옛 친구들에게 철저하게 비밀에 부쳤으며, 뒤팽은 이미 여러
해 전부터 파리의 지인들과 연락을 끊은 상태였다. 우리는 오롯
이 단둘이서만 살아가고 있었다.

밤 그 자체에 푹 빠져 거기에 매혹되는 것이 내 친구의 별난
기호(그걸 달리 뭐라고 불러야 할까?)였다. 그리고 그의 다른 모
든 기벽들에 그러했듯 나는 이 기벽에도 어느새 빠져들어, 그의
이랬다저랬다 하는 변덕에 완전히 나 자신을 내맡기게 되었다.
밤의 여신이 늘 우리와 함께 있을 수는 없지만 우리는 여신이 곁
에 있는 것처럼 꾸밀 수는 있었다. 첫새벽 동이 틀 무렵 우리는
낡은 건물의 육중한 덧문들을 모두 닫았다. 그런 다음 향이 강한
양초 두 자루를 켜면 굉장히 으스스하고 희미한 불빛만이 드리
웠다. 이 불빛 아래서 책을 읽고 글을 쓰고 이야기를 나누며 분
주히 꿈결 같은 시간을 보내다 보면, 어느새 시계가 진짜 밤이
도래했음을 알렸다. 그러면 우리는 나란히 거리로 뛰쳐나가 낮
에 하던 이야기를 계속하거나 늦은 시간까지 이리저리 돌아다니
며, 인파 가득한 도시의 거친 빛과 그림자의 한복판에서 조용히
사람들을 관찰하며 무한한 정신적 흥분을 구했다.

그럴 때마다 뒤팽 특유의 분석력에 감탄해 마지않을 수 없었

다(물론 그가 상상력이 풍부하다는 사실을 잘 알고 있던 터라 이미 예상하고 있던 바이기는 했지만.). 뒤팽 또한 자신의 분석력을 드러내 놓고 과시하지는 않았지만 그 능력을 발휘하는 것을 크나큰 낙으로 삼는 듯했으며, 거기에서 비롯되는 즐거움을 망설이지 않고 표현했다. 그는 나지막이 킥킥 웃으며 자기가 보기에는 대부분의 사람들이 가슴에 창문을 달고 다니는 것 같다고 나에게 호언장담했다. 그러고는 여세를 몰아 직접적이고 깜짝 놀랄 만한 증거로 나에 대해 그가 속속들이 파악한 지식을 들어 보이며 자신의 주장을 뒷받침하곤 했다. 이런 순간이면 그는 태도가 냉랭해지고 어딘가에 정신이 팔린 듯했다. 눈은 무표정해지고 평소의 그윽한 테너 같던 목소리는 소프라노처럼 높고 날카로워져, 만약 그가 찬찬히 아주 또렷한 말투로 말하지 않았더라면 화를 내고 있는 것처럼 들렸을 것이다. 이런 모습의 그를 바라보면서 나는 종종 '이중 영혼설'이라는 고대 철학에 대해 곰곰이 생각하며, 창조적인 뒤팽과 분석적인 뒤팽, 이렇게 둘로 나뉜 뒤팽을 상상하며 즐거워하곤 했다.

이제까지 말한 내용으로 미루어 내가 신비한 사건을 이야기하거나 공상 소설을 쓰고 있다고 짐작해서는 안 된다. 이 프랑스인에 대해서 내가 설명한 것은 단지 흥분한, 아니 어쩌면 병적인 지성에서 비롯된 결과일 뿐이다. 하지만 위에서 언급한 때와 같은 경우에 그가 어떤 식으로 말하는지는 실례를 들어 설명하는 것이 가장 좋을 것이다.

어느 날 밤 우리는 팔레 루아얄* 근처의 길고 지저분한 거리를 거닐고 있었다. 우리 둘 다 깊은 생각에 잠겨 적어도 15분 동안 말을 한 마디도 하지 않고 있었다. 그런데 뒤팽이 불쑥 이렇게 말했다.

"맞아, 그자가 키가 정말 작긴 하지. 그러니 바리에떼 극장의 희극 무대에 서는 편이 나을 거야."

"분명 그건 그래."

나는 무심코 대답했는데 처음에는 (생각에 푹 빠져 있던 탓에)기이하게도 뒤팽이 내 생각을 들은 듯 끼어들어 말을 걸었다는 사실을 알아차리지 못했다. 그 후 곧바로 퍼뜩 정신을 차리고는 화들짝 놀랐다.

"뒤팽."

나는 진지하게 말을 꺼냈다.

"이건 나로선 이해할 수 없는 일이야. 놀라서 내 귀를 의심할 정도라네. 도대체 어떻게 알았나, 내가 생각하고 있던 사람이 바로……?"

여기에서 나는 말을 멈췄다. 뒤팽이 정말로 내가 누구에 대해 생각하고 있었는지를 아는지 한 치의 의심도 없이 확실히 하고 싶었기 때문이다.

"샹틸리였잖아. 왜 말을 하다 마나? 그자가 체구가 아주 왜소해서 비극에는 맞지 않는다고 속으로 생각하고 있었지 않나?"

그는 내가 생각한 바를 정확히 알아맞혔다. 샹틸리는 한때 생드니 거리에서 일하던 구두 수선공이었는데, 연극에 미쳐 크레

---

*팔레 루아얄 : 루이 14세가 한때 살았던 프랑스 파리의 궁전으로 루브르 궁 가까이에 위치한다.

비용*의 비극에서 크세르크세스 역을 맡아 열연을 펼쳤으나 비웃음만 크게 샀다.

"제발 부탁이니, 내가 그런 생각을 한 걸 자네가 어떤 방법으로 알아냈는지, 만약에 그런 방법이 있다면 말일세, 제발 그 방법을 가르쳐 주게나."

나는 소리 높여 부탁했다. 사실 나는 겉으로 드러낸 것보다 마음속으로는 훨씬 더 놀란 상태였다.

"과일 장수네. 과일 장수 때문에 자네는 그 구두 수선공이 크세르크세스나 그 비슷한 역을 하기에 충분한 키가 아니라는 결론에 이르게 됐던 걸세."

나의 친구가 대답했다.

"과일 장수라니! 그게 무슨 소린가. 난 과일 장수는 하나도 모르는데."

"이 거리로 들어섰을 때 자네와 부딪친 사내 말일세. 한 15분쯤 전에 말이야."

그제야 C— 거리에서 지금 서 있는 거리로 들어섰을 때 머리에 커다란 사과 바구니를 인 과일 장수와 우연히 부딪쳐 넘어질 뻔했던 일이 떠올랐다. 하지만 그 일이 샹틸리와 무슨 관련이 있는지 도무지 알 수 없었다.

뒤팽에게는 털끝만큼도 사람을 속이고 있는 기색이 느껴지지 않았다. 그가 다시 말하기 시작했다.

---

*크레비용(1674~1762): 프랑스의 극작가. 공포와 스릴이 넘치는 제재로 인기를 얻었으며 9편의 비극을 남겼다.

"그럼 설명하지. 모든 게 분명히 이해되도록, 먼저 내가 자네에게 말을 건 순간부터 문제의 과일 장수와 마주치던 순간까지 자네 머릿속 사고의 경로를 되짚어 보도록 하겠네. 자네의 사고 사슬의 큰 연결 고리들은 '샹틸리, 오리온, 니콜라스 박사, 에피쿠로스, 스테레오토미*, 포석, 과일 장수' 하는 식으로 이어졌지."

인생의 어느 시기에 마음속으로 특별한 결론을 내렸을 때 그 결론에 이르기까지의 과정을 되짚어 보며 즐거워하지 않는 사람은 거의 없을 것이다. 그런 일은 대개 흥미로움으로 가득하다. 그리고 처음으로 그런 일을 해 보는 사람은 출발점과 목표점 사이의 무한한 거리와 모순에 놀랄 수밖에 없다. 그러니 이 프랑스인이 방금 한 말을 듣고 내가 얼마나 놀랐겠는가? 그리고 그의 말이 사실이라고 인정할 수밖에 없었으니 더더욱 놀라지 않았겠는가? 뒤팽은 계속 설명을 이어갔다.

"내 기억이 맞다면, 우리는 C— 거리를 벗어나기 바로 직전에 말에 대해 이야기를 나누고 있었네. 그것이 우리가 마지막으로 토론한 주제였지. 우리가 길을 건너 이 거리로 접어들었을 때 머리에 큰 바구니를 인 과일 장수가 우리 옆을 빠르게 스치고 지나다가 도로 보수 공사를 하는 지점에 쌓인 포석 더미 쪽으로 자네를 밀쳤지. 자네는 흔들리는 포석 조각을 밟고 미끄러지는 바람에 그만 발목을 살짝 삐었지. 자네는 짜증이 나고 언짢은 표정으로 몇 마디 투덜대며 포석 더미를 돌아보고는 조용히 다시 가던

---

*스테레오토미 : 돌 등의 고형 물질을 특정 모양으로 절단하는 기술.

길을 가기 시작했네. 내가 자네 행동에 특별히 주의를 기울이고 있었던 건 아닐세. 하지만 최근 관찰하는 습관이 일종의 필수품처럼 몸에 배어 버렸거든.

자네는 계속 시선을 땅에 고정시킨 채 언짢은 표정으로 포장한 길에 나 있는 구멍과 홈을 흘깃거리며 길을 갔지.(그래서 나는 자네가 여전히 돌에 대해서 생각하고 있다는 것을 알았다네.) 그러다 우리는 라마르틴이라 불리는 작은 골목길에 이르렀어. 그 길은 시험적으로 서로 겹쳐 고정시키는 보도블록으로 포장되어 있었네. 그 길에 접어들자 자네의 표정이 밝아졌지. 그리고 입술도 움직였는데, 그런 종류의 도로포장을 아주 그럴듯하게 일컫는 용어인 '스테레오토미'란 말을 중얼거린 게 틀림없었네. 자네가 '스테레오토미'란 단어를 중얼거렸으니 '원자*', 더 나아가 '에피쿠로스의 학설**'을 떠올리지 않을 리가 없었지. 그리고 얼마 전 우리가 이 주제에 대해 논하면서 내가 자네에게 대단히 기묘하게도 그 고귀한 그리스 인의 막연한 추측이 최근의 우주 성운 기원설에 의해 확인되었지만 사람들의 주의를 거의 끌지 못했다고 언급한 적이 있었지. 그래서 난 자네가 하늘의 오리온 대성운으로 시선을 던지지 않을 리가 없다는 생각이 들었고 틀림없이 그렇게 할 것이라고 예상했네. 그런데 정말로 자네가 하

---

*원자 : 원자라는 뜻의 아토미(atomy)는 스테레오토미 뒷부분과 발음이 유사하다.

**에피쿠로스의 학설 : 고대 그리스의 철학자인 에피쿠로스(B.C.341~B.C.270)는 고대 원자론의 영향을 받아, 내세란 없으며 죽은 후의 인간은 오로지 원소의 분해와 재조립을 통해 새로이 만들어지는 생명체나 사물이 될 뿐이니 현세에서 최대한의 즐거움과 행복, 쾌락을 얻어야 한다는 주장을 했다.

늘을 올려다보더군. 그래서 나는 내가 자네의 생각의 행로를 정확하게 잘 따라가고 있다고 확신하게 되었지. 그런데 어제판 〈뮈제〉에 실린 샹틸리에 대한 신랄하고 장황한 비판 글에서 풍자 작가가 구두 수선공이 비극 연기를 한다고 개명한 일을 치사하게도 넌지시 비꼬며 라틴어 시구를 인용했지. 우리가 자주 거론하곤 했던 바로 이 시구 말일세.

'첫 글자는 옛 소리를 잃었네.'

이 시구는 옛날에는 '우리온(Urion)'이라고 썼던 '오리온(Orion)'과 관련이 있다고 내가 자네에게 설명한 적이 있었는데, 그렇게 설명을 할 때 분위기가 약간 날카로웠던 탓에 자네가 이 시구를 잊어버렸을 리는 없을 거라고 생각했네. 그러니 자네가 오리온과 샹틸리라는 그 두 가지 생각을 결부시킬 게 분명했지. 난 자네의 입술에 띤 미소를 보고 자네가 그 두 가지 생각을 결부시켰다는 것을 알았지. 자네는 제물로 바쳐진 구두 수선공 생각을 했어. 그때까지 자네는 구부정하게 걷고 있었는데, 갑자기 몸을 곧게 쭉 펴더군. 그때 난 자네가 샹틸리의 왜소한 체구에 대해 생각하고 있다고 확신했네. 바로 그 시점에서 나는 자네의 생각에 끼어들어 사실 샹틸리 그자가 키가 정말 작으니 바리에떼 극장의 희극 무대에 서는 편이 나을 거라고 말한 거라네."

이런 대화를 나눈 뒤 얼마 지나지 않았을 때였다. 〈가제트 데 트리뷰노〉의 석간을 대충 훑어보고 있는데 다음과 같은 기사가 우리의 주의를 끌었다.

'기이한 살인 사건 - 오늘 새벽 3시경, 생로슈 지구의 주민들은 연이은 끔찍한 비명 소리에 잠을 깼다. 비명 소리는 레스파네 부인과 딸 카미유 레스파네 양, 둘만 살고 있는 것으로 알려진 모르그 거리에 있는 주택의 4층에서 새어 나오는 것 같았다. 여덟 명에서 열 명 정도 되는 이웃들이 경찰관 두 명과 함께 통상적인 방법으로 안으로 들어가려다가 실패한 탓에 잠시 시간이 지체된 뒤에야 비로소 쇠 지렛대로 현관문을 부수고 들어갔다. 이때쯤 비명 소리는 그쳐 있었다. 하지만 일행이 급하게 1층에서 2층으로 계단을 뛰어올라갈 때 두 사람 이상이 화가 나서 다투는 듯한 거친 목소리가 들렸는데 위쪽에서 나는 소리 같았다. 2층 층계참에 이르렀을 때는 그 소리도 그치고 집 전체에 완전한 정적이 감돌았다. 일행은 흩어져서 이 방 저 방을 급히 살폈다. 4층 뒤쪽에 있는 큰 방의 문을 열었을 때(그 방의 문은 안쪽에서 열쇠가 꽂힌 채 잠겨 있었기 때문에 강제로 열어야 했다.) 눈앞에 펼쳐진 광경에 그곳에 자리한 모든 사람들은 소스라치게 놀라며 공포에 휩싸였다.

방 안은 완전히 난장판이었다. 가구는 부서진 채 사방에 나뒹굴고 있었다. 하나뿐인 침대는 틀만 덩그러니 남은 채 바닥 한가운데에 내동댕이쳐져 있었다. 의자 위에는 피투성이가 된 면도칼이 하나 놓여 있었다. 벽난로에는 길고 굵은 회색의 사람 머리카락 두세 뭉치가 있었는데, 이 또한 피가 묻은 걸로 보아 뿌리째 뽑힌 듯했다. 바닥에는 나폴레옹 금화 4개, 토파즈 귀걸이가 한쪽, 큰 은 숟가락 3개, 작은 주석 숟가락 3개, 거의 4천 프랑의 금화가 든 자루 2개가 흩어져 있었다. 한쪽 구석에 있는 장롱의 서랍들은 열려 있었는데, 서랍 안에 물건이 많이 남아 있긴 했지만 분명 뭔가를 도둑맞은 듯했다. 작은 철제 금고가 침구 아래에서(침대 틀 아래가 아니다.) 발견되었는데, 금고 문에 열쇠가 꽂힌 채로 열려 있었다. 그 안에는 오래된 편지 몇 통과 별로 중요하지 않은 서류 몇 장밖에 없었다.

그 방 안에는 레스파네 부인의 흔적이 전혀 보이지 않았다. 하지만 벽난로 앞에 유별나게 검댕이 많아서 굴뚝을 수색해 보니, (글로 쓰기에도 끔찍하지만!)딸의 시신이 머리를 아래로 향한 채로 굴뚝에서 끌려 나왔다. 이런 식으로 딸의 시신은 굴뚝의 좁은 구멍 속 꽤 높은 곳까지 억지로 밀어 넣어진 모양이었다. 시신에는 온기가 꽤 남아 있었다. 시신을 조사해 보니 찰과상이 많이 나 있었는데, 시신이 위로 밀어 올려질 때와 끌어내려질 때 생긴 상처가 분명했다. 얼굴에는 심하게 할퀸 자국이 많았고, 목에는 시커먼 멍과 깊게 파인 손톱자국이 있는 것으로 보아 고인은 목이 졸려 죽은 듯했다.

온 집 안을 샅샅이 다 뒤졌지만 더 이상 발견되는 것이 없자 일행은 건물 뒤쪽에 있는, 돌을 깔아 놓은 작은 마당으로 나갔는데 그곳에 노부인의 시신이 있었다. 목이 완전히 잘려 있어 시신을 들어 올리려는 순간 머리가 떨어져 나갔다. 머리와 마찬가지로 몸도 심하게 훼손되어 있어서 차마 사람의 몸이라고 알아보기 힘들 정도였다.

아직까지는 이 끔찍한 사건을 풀어 줄 아주 작은 실마리조차

찾지 못한 것 같다.'

이튿날 신문에 다음과 같은 상세한 내용이 추가로 실렸다.

'**모르그 거리의 참극.** 이 기괴하고 끔찍한 사건과 관련하여 많
은 사람들이 조사를 받고 있다.('사건affaire'이란 단어는 프랑스
어에서는 아직 영어에서처럼 가벼운 뜻을 지니고 있지 않은데)
이 사건을 해결하는 데 도움이 될 만한 단서는 조금도 나오지 않
았다. 이제까지 나온 모든 중요한 증언은 아래와 같다.

세탁부 폴린느 뒤부르는 레스파네 모녀의 세탁 일을 하며 3
년째 알고 지내는 사이라고 증언했다. 노부인과 딸은 사이가 좋
아 보였으며 서로에게 무척 다정했다. 모녀는 세탁비를 후하게
지불했다. 증인은 모녀의 생활 양식이나 생계 수단에 대해서는
잘 알지 못하며, 레스파네 부인이 점을 쳐서 생계를 꾸려가고 있
다고 생각했다. 모녀는 저축해 둔 돈이 있다고 소문이 나 있었
다. 증인이 세탁물을 받으러 가거나 갖다 주러 갔을 때 그 집에
서 다른 사람을 본 적은 한 번도 없었다. 분명 하인을 고용한 것
같지도 않았다. 4층을 제외하고는 그 건물 어디에도 가구는 없
는 것 같았다.

담배 가게의 피에르 모로는 거의 4년 동안 레스파네 부인에
게 담배와 코담배를 조금씩 팔아왔다고 증언했다. 그는 이 근처
에서 태어나 지금까지 계속 그곳에서 살고 있었다. 고인이 된 모
녀는 시신들이 발견된 그 집에서 6년 넘게 살고 있었다. 그 전에
는 보석상이 그 집에 세 들어 살았는데, 그는 위층 방들을 여러

사람들에게 다시 세놓았다. 하지만 그 집은 레스파네 부인의 소유였다. 부인은 세입자가 자신의 건물을 함부로 사용하는 것이 못마땅해서 자신이 직접 그 집으로 이사 들어간 다음 누구에게도 세를 주지 않았다. 노부인에게는 어린애 같은 구석이 있었던 것이다. 증인은 6년 동안 딸을 대여섯 번만 봤을 뿐이다. 모녀는 극도로 은둔하는 생활을 했는데 돈이 많다고 소문이 나 있었다. 이웃 사람들 사이에 레스파네 부인이 점을 친다는 말이 나돌았지만 증인은 그 말을 믿지 않았다. 짐꾼이 한두 번, 의사가 여덟 번인가 열 번 정도 드나든 것을 제외하면, 그 집에 모녀 외에는 어떤 사람도 들어가는 것을 보지 못했다.

그 밖의 여러 이웃들도 이와 비슷한 증언을 했다. 그 집에 자주 드나들었다고 입에 오른 사람은 없었다. 레스파네 부인과 딸에게 살아 있는 친척이 있는지는 알려지지 않았다. 집 앞쪽 창의 덧문들은 좀처럼 열린 적이 없었다. 4층 뒤쪽의 그 큰 방을 제외하고는 뒤쪽 창의 덧문들도 늘 닫혀 있었다. 그 집은 그리 오래되지 않은 좋은 건물이었다.

경찰관 이시도르 뮈제는 새벽 3시경에 호출을 받고 그 집으로 출동하니 2, 30명쯤 되는 사람들이 현관문 앞에서 안으로 들어가려고 애쓰고 있었다고 증언했다. 결국에는 쇠 지렛대가 아니라 총검으로 강제로 문을 열었다. 양쪽으로 여닫는 접이식 문인 데다 위아래 어디에도 빗장이 질러져 있지 않아 그 문을 여는 것은 그리 어렵지 않았다. 문이 강제로 열릴 때까지 비명 소리가 계속되다가 갑자기 뚝 그쳤다. 그것은 극도의 고통을 받고 있는 어떤 한(어쩌면 여러) 사람이 지르는 비명 소리 같았는데, 짧고 빠르지 않고 크고 길게 끄는 소리였다. 증인은 앞장서서 계단으로 향했다. 첫 번째 층계참에 이르자 두 사람이 화가 나서 크게 다투는 듯한 소리가 들렸다. 한 사람의 목소리는 거칠었고 다른 한 사람의 목소리는 훨씬 날카로우면서도 아주 낯설었다. 거친 목소리를 지닌 사람이 하는 말 가운데 몇 마디를 알아들을 수 있었는데 그건 프랑스 어였다. 분명 그건 여자의 목소리는 아니었다. "빌어먹을!"이란 말과 "제기랄!"이란 말을 알아들을 수 있었다. 날카로운 목소리의 주인공은 외국인이었다. 남자 목소리인지 여자 목소리인지는 확실히 알 수 없었다. 무슨 말인지 알아들을 수는 없었지만 스페인 어 같았다. 그 방과 시신들의 상태에 대한 증인의 진술은 어제 본지에 보도된 바와 같았다.

이웃의 은세공사 앙리 뒤발은 자신이 맨 처음 그 집에 들어간 일행 가운데 한 사람이라고 증언했다. 그의 증언은 뮈제의 증언과 전반적으로 일치한다. 그들은 현관문을 강제로 열고 들어가자마자 다시 문을 걸어 잠가 사람들이 들어오지 못하게 했다. 아직 깊은 밤인데도 사람들이 아주 빠르게 모여들었던 것이다. 증인은 날카로운 목소리의 주인공이 이탈리아 인이라고 생각했다. 프랑스 인이 아닌 것은 분명했다. 남자 목소리였는지는 확신할 수 없으며 여자 목소리였을지도 모른다고 말했다. 증인은 이탈리아 어를 알지 못한다. 그래서 무슨 말인지 알아들을 수는 없었지만 억양으로 보아 그 목소리의 주인공이 이탈리아 인이라고 확신했다. 증인은 레스파네 부인과 딸과 알고 지냈으며 두 사람 모두와 자주 이야기를 나눴다. 증인은 날카로운 목소리는 고인들의 목소리가 아니라고 확신했다.

식당 주인 오덴하이머. 이 증인은 자청해서 증언에 나섰다. 프랑스 어를 할 줄 몰랐기 때문에 통역사를 통해 신문이 이루어졌다. 증인은 암스테르담 출신이다. 비명 소리가 났을 때 마침 그 집 앞을 지나고 있었다. 비명 소리는 몇 분간, 아마도 10분간 계속되었던 것 같다. 크고 길게 내지르는, 그야말로 끔찍하고 고통스러운 소리였다. 증인은 그 건물 안으로 들어간 일행 가운데 한 사람이었다. 모든 면에서 앞선 증인들의 증언과 일치하지만 한 가지가 달랐다. 증인은 날카로운 목소리의 주인공은 남자로 프랑스 인이라고 확신했다. 무슨 말인지는 알아들을 수 없었다. 크고 빠르고 높낮이 변화가 심한 말투로, 분명 화를 내면서도 겁에 질린 듯한 목소리였다. 그 목소리는 귀에 거슬렸다. 날카롭다기보다는 귀에 거슬리는 목소리였다. 그것을 날카로운 목소리라고 할 수는 없었다. 거친 목소리의 주인공은 "빌어먹을!", "제기랄!"이라는 말을 되풀이해서 여러 번, "어허, 저런!"이라는 말을 한 번 외쳤다.

들로렌 거리에 있는 미뇨부자(父子) 은행의 총재 쥘 미뇨. 증인은 아버지 미뇨다. 레스파네 부인에게는 얼마간의 재산이 있었다. 부인은 8년 전 봄에 그의 은행에 계좌를 개설했다. 소액을 자주 예금했다. 돈을 인출한 적은 한 번도 없었는데, 죽기 사흘 전에 직접 4천 프랑을 찾았다. 돈은 모두 금화로 지급되었으며 은행원 한 명이 그 돈을 부인의 집까지 가져다주었다.

미뇨부자 은행의 은행원 아돌프 르 봉은 문제의 그날 정오 무렵 4천 프랑을 두 개의 자루에 담아 레스파네 부인과 함께 집까지 동행했다고 증언했다. 현관문이 열리자 레스파네 양이 나와서 그의 손에 든 자루 하나를 받아 들었고 나머지 하나는 노부인이 건네받았다. 그래서 그는 인사를 하고 그곳을 떠났다. 그 시각 거리에는 사람이 하나도 없었다. 그곳은 뒷골목이어서 인적이 몹시 드문 곳이다.

재단사 윌리엄 버드는 자신이 그 집에 들어간 일행 가운데 한 사람이라고 증언했다. 증인은 영국인이다. 파리에서 2년째 살고 있다. 계단을 오를 때 선두에 선 사람들 가운데 하나로, 다투는 소리를 들었다. 거친 목소리는 프랑스 인이었다. 몇몇 단어를 알아들을 수 있었지만 지금은 다 기억하지 못한다. "빌어먹을!"이라는 말과 "어허, 저런!"이라는 말은 똑똑히 들었다. 그 순간 몇 사람이 뒤엉켜 난투극을 벌이는 듯한 소리가 났다. 날카로운 목소리는 무척 컸는데, 거친 목소리보다 더 컸다. 그건 분명 영국인의 목소리가 아니었다. 독일 인의 목소리 같았다. 어쩌면 여자의 목소리일지도 모른다. 증인은 독일어를 모른다.

위의 증인 가운데 네 사람이 다시 소환되어 증언한 바에 따르면, 레스파네 양의 시신이 발견된 방의 문은 그들이 그 앞에 이르렀을 때 안에서 잠겨 있었다. 완전한 정적이 감돌았으며 신음소리나 그 어떤 종류의 소리도 들리지 않았다. 방문을 강제로 열고 들어갔을 때 아무도 보이지 않았다. 뒤쪽 방과 앞쪽 방 모두 창문은 닫힌 채로 안에서 꼭 잠겨 있었다. 두 방을 연결하는 문은 닫혀 있었지만 잠겨 있지는 않았다. 앞쪽 방에서 복도로 나가는 문은 방 안쪽에서 열쇠가 꽂힌 채 잠겨 있었다. 건물 앞쪽의 4층 복도 맨 앞에 있는 작은 방은 문이 조금 열려 있었다. 그 방에는 낡은 침대와 상자 따위가 가득했다. 이런 물건들도 조심스레 옮겨 조사했다. 집 안 구석구석 한 군데도 빼놓지 않고 샅샅이 조사가 이뤄졌다. 굴뚝 청소 솔로 굴뚝 위아래를 쓸어 보기도 했다. 그 집은 4층 건물로 다락방(이중 경사의 맨사드 지붕 아래의 다락방)이 붙어 있었다. 지붕에 나 있는 작은 창은 못을 쳐서 아주 단단히 고정된 채로 수년간 열린 흔적이 없어 보였다. 다투는 소리를 듣고 방문을 뜯어 열기까지 걸린 시간에 대해서는 증인들마다 진술이 제각각이었다. 어떤 사람은 3분밖에 안 걸렸다고 했고 어떤 사람은 5분이나 걸렸다고 했다. 그 문은 힘겹게 열렸다.

장의사 알폰조 가르시오는 자신은 모르그 거리에 산다고 증언했다. 스페인 태생이다. 그 집에 들어간 일행 가운데 한 사람이었다. 하지만 위층으로 올라가지는 않았다. 신경이 과민한 탓에 흥분해서 불상사가 일어날까 봐 걱정스러웠기 때문이다. 그도 다투는 소리를 들었다. 거친 목소리는 프랑스 인의 목소리였다. 무슨 말을 하는지는 알아들을 수 없었다. 날카로운 목소리의 주인공이 영국인이라는 것만큼은 확신한다. 영어를 모르지만 억양으로 그렇게 판단했다.

제과점 주인 알베르토 몬타니는 자신이 계단을 오를 때 선두에 선 사람들 가운데 한 사람이라고 증언했다. 그도 문제의 그 목소리들을 들었다. 거친 목소리는 프랑스 인으로, 몇 마디는 알아들을 수 있었다. 타이르는 듯한 말투였다. 날카로운 목소리가 하는 말은 알아들을 수 없었다. 빠르고 높낮이 변화가 심했다. 러시아 인의 목소리 같았다. 전반적으로는 다른 증인들의 증언과 일치한다. 증인은 이탈리아 인이다. 러시아 인과는 한 번도 이야기해 본 적이 없다.

　다시 소환된 몇 명의 증인들이 4층에 있는 모든 방의 굴뚝들이 너무나도 좁아서 사람은 들어갈 수 없었다고 증언했다. 굴뚝 청소부들이 사용하는 원통형 '굴뚝 청소 솔'만이 들어갈 수 있었다. 그 솔로 온 집 안의 굴뚝 연통들을 위아래로 훑었다. 일행이 계단을 오르는 동안 누군가가 몰래 내려갈 만한 뒤쪽 통로는 없었다. 레스파네 양의 시신은 굴뚝에 워낙 단단히 끼어 있어서 일행 가운데 네댓 명이 힘을 합치고서야 겨우 끌어 내릴 수 있었다.

　내과 의사 폴 뒤마는 자신이 새벽녘에 검시를 위해 호출되었다고 증언했다. 모녀의 시신은 레스파네 양의 시신이 발견된 방의 틀만 덩그러니 남은 침대 위에 삼베를 깔고 안치되어 있었다. 딸의 시신에는 멍과 찰과상이 많이 나 있었다. 굴뚝에 억지로 밀어 넣어졌으니 시신의 상태가 그런 것은 충분히 설명이 된다. 목은 심하게 쓸려서 살갗이 벗겨져 있었다. 턱 바로 아래에는 깊게 할퀸 자국이 몇 군데 있고 검푸른 반점도 여럿 있었는데 손가락으로 세게 누른 자국이 분명했다. 얼굴은 끔찍할 정도로 변색되었고 눈알은 튀어나와 있었다. 혀는 물어 뜯겨 일부가 완전히 잘려 나가 있었다. 명치의 커다란 멍은 무릎에 눌려 생긴 것으로 보인다. 뒤마 씨의 의견에 따르면 레스파네 양은 신원 미상의 어떤 한 사람 혹은 여러 사람들에게 목 졸려 살해당했다. 어머니의 시신은 끔찍하게 훼손되어 있었다. 오른쪽 팔과 다리의 뼈는 정도의 차이는 있어도 하나같이 다 부러져 있었다. 왼쪽 갈비뼈 전부와 왼쪽 정강이뼈도 심하게 부러져 있었다. 온몸이 끔찍할 정도로 멍이 들고 변색되어 있었다. 어떻게 이런 상처를 입게 되었는지는 추정하기 어렵다. 묵직한 나무 몽둥이나 굵은 쇠막대기, 아니면 의자라든지, 아무튼 크고 묵직한 둔기를 아주 힘센 남자가 휘두른다면 이런 상처를 입힐 수 있을지도 모르겠다. 여자는 어떤 둔기로도 이런 타격을 입히는 것이 불가능하다. 고인의 머리는 증인이 검시했을 때 몸에서 완전히 떨어져 나간 상태로 심하게 손상되어 있었다. 목은 분명히 뭔가 아주 날카로운 도구로 잘려져 있었는데, 그 도구는 아마도 면도칼로 추정된다.

외과 의사 알렉상드르 에티엔은 검시를 위해 뒤마 씨와 함께 소환되었다. 증인은 사람들의 증언과 뒤마 씨의 의견을 뒷받침해 주었다.

이외에도 몇 사람을 더 불러 조사했지만 중요한 정보는 더 이상 나오지 않았다. 세세한 면 하나하나에서까지 이토록 불가사의하고 당혹스런 살인 사건은 이제껏 파리에서 단 한 번도 일어난 적이 없었다. 물론 이것이 살인 사건이라는 가정 하에 말이다. 경찰은 완전히 어찌할 바를 모르고 있는데, 살인 사건 앞에서 이런 모습을 보이는 것은 드문 일이다. 아무튼 사건 해결의 실마리는 조금도 보이지 않고 있다.'

그 신문의 석간에 따르면 생로슈 지구의 주민들 사이에서는 여전히 크나큰 흥분이 지속되고 있으며, 문제의 주택을 철저히 재수색하고 증인 신문도 새로 시작했지만 아무런 성과도 올리지 못했다고 한다. 하지만 기사 말미에 이미 상세히 보도한 사실 외에, 유죄를 입증할 만한 증거가 전혀 없는 것 같은데도 불구하고 아돌프 르 봉이 체포되어 수감되었다고 덧붙이고 있었다.

뒤팽은 이 사건의 추이에 유달리 흥미를 갖고 있는 듯했다. 그가 그렇다고 입 밖에 내어 말한 적은 없지만 아무튼 그의 태도로 판단하기에는 그랬다. 뒤팽은 르 봉이 수감되었다는 보도를 접한 뒤에야 이 살인 사건에 대한 나의 의견을 물었다.

나는 다른 모든 파리 사람들처럼 이 살인 사건을 해결할 수 없는 수수께끼 같은 사건으로 여긴다고 말할 수밖에 없었다. 나는 어떤 방법으로 살인범을 밝혀내야 할지 전혀 알지 못했던 것이다. 그러자 뒤팽이 말했다.

"이런 겉핥기식 수사를 하면서 방법을 논해선 안 되지. 파리 경찰은 대단히 명민하다고 칭송받지만 실은 잔꾀를 잘 부릴 뿐이야. 파리 경찰의 일 처리는 체계적이지 못해. 순간순간 닥치는 대로 일 처리를 할 뿐이지. 그들은 이런저런 수사 수단을 과시하듯 다 보여 주지. 하지만 이런 수단들을 수사 대상에 적용하는 것이 어찌나 서툰지 주르댕*이 '음악을 더 잘 듣기 위해서' '침실용 가운'을 달라고 하던 장면을 떠올리게 할 정도야. 그런 서툰 수사로도 가끔은 놀라운 성과를 올리기도 하지만 대개는 그저 부지런히 뛰어다닌 덕택에 어쩌다 얻은 성과일 뿐이야. 그런 식의 수사가 효과가 없을 때 그들의 계획은 실패로 끝나기 마

---

*주르댕 : 프랑스의 희극작가 몰리에르(1622~1673)의 「서민 귀족」에 나오는 인물. 갑자기 벼락부자가 된 서민으로 귀족이 되고 싶어 좌충우돌하며 우스꽝스런 소동을 벌인다. 우리나라에는 〈귀족 수업〉이란 연극으로 공연된 적이 있다.

련이지.

예를 들어 비독*은 추리에 능하고 끈기 있는 사람이었네. 하지만 지식에 근거한 사고력 없이 무턱대고 수사만 열심히 해 대는 바람에 계속해서 실수를 범했어. 대상을 너무 가까이에서 본 탓에 전체를 제대로 보지 못했던 거지. 한두 가지 정도는 유달리 명확하게 보이기도 하겠지만 그렇게 하면 어김없이 문제에 대한 전체적인 시각을 놓치게 되어 있어. 이처럼 한 가지 일에만 너무 깊게 파고드는 경우가 있는 법이지. 하지만 진실이 늘 우물 속 깊숙이에만 있는 건 아냐. 사실 나는 더 중요한 지식일수록 언제나 표면에 드러난다고 믿네. 우리는 진실이니 지식이니 하는 것을 깊은 골짜기에서 찾아 헤매지만 정작 그런 것들이 발견되는 곳은 전혀 깊지 않은 표면의 산꼭대기이지. 이런 종류의 실수 유형들과 근원들을 전형적으로 볼 수 있는 예로 천체 관측을 들 수 있네. 별을 흘긋 보는 편이–망막의 바깥쪽을 별 쪽으로 향하게 하면서 곁눈질로 슬쩍 보는 편이 (망막 바깥쪽이 안쪽보다 희미한 빛을 더 잘 감지하므로)별을 뚜렷하게 볼 수 있기 때문에–별의 빛을 가장 잘 감상하는 방법이지. 우리가 별 쪽으로 똑바로 시선을 돌리면 그만큼 별빛이 흐릿해지거든. 별을 똑바로 쳐다보면 엄청난 양의 빛이 우리 눈으로 쏟아져 들어오지만, 곁눈질로 슬쩍 보면 한층 걸러진 적은 양의 빛이 들어와 별을 더 잘 볼 수 있네. 이런 식으로 너무 과도하게 깊이 파고들다 보면 당황

*비독 : 악명 높은 범죄자였으나 파리 경찰의 정보원이자 비밀요원으로 일하게 된 것을 계기로 경찰이 되었다. 훗날 시설 수시 기관을 만들이 세계 최초의 사립 탐정으로 여겨지는 인물이다.

해서 사고력이 약화되곤 하지. 그러니 너무 지속적으로, 굉장히 집중해서, 지나치게 똑바로 뚫어지게 바라보면 아주 밝은 금성도 하늘에서 보이지 않게 될 수 있는 법일세.

이번 살인 사건 말인데, 거기에 대해 판단을 내리기 전에 먼저 우리가 직접 조사해 보는 게 어떻겠나? 조사를 해 보면 즐거울 걸세(나는 '즐겁다'는 말을 이런 경우에 쓰는 것은 맞지 않는다고 생각했지만 그냥 잠자코 있었다.). 게다가 난 르 봉에게 일전에 신세 진 일이 있는데 아직도 그의 은혜를 잊지 않고 있다네. 그 집에 가서 우리 눈으로 직접 살펴보세. 경찰국장인 G—와는 잘 아는 사이니까 출입 허가를 받는 건 어렵지 않을 걸세."

출입 허가를 받고 우리는 곧바로 모르그 거리로 향했다. 모르그 거리는 리슐리외 거리와 생로슈 거리 사이에 있는 초라한 거리 가운데 하나였다. 그곳은 우리가 사는 곳에서 상당히 멀리 떨어져 있었으므로 우리는 오후 늦게야 그곳에 도착했다. 쉽게 그 집을 찾을 수 있었는데, 아직도 많은 사람들이 길 건너편에 우두커니 서서 호기심 가득한 눈길로 닫힌 덧문을 올려다보고 있었기 때문이다. 그 집은 파리에서 흔히 볼 수 있는 그런 집이었다. 현관문이 있고 그 한편에는 미닫이 유리창이 달린 관리인실이 있었다. 집 안으로 들어가기 전에 우리는 길을 계속 걸어 올라가 골목으로 접어든 다음, 다시 한 번 모퉁이를 돌아 그 건물의 뒤쪽 길로 들어섰다. 그러는 동안 뒤팽은 그 집뿐만이 아니라 그 집 근처 일대를 세심하게 관찰했는데 나는 뒤팽이 왜 그렇게 하는지 전혀 알 수 없었다.

우리는 왔던 길을 되돌아가 다시 집 앞으로 가서 초인종을 울렸다. 출입 허가증을 보여 주자 담당 경찰이 우리를 안으로 들여보내 주었다. 우리는 위층으로 올라가 레스파네 양의 시신이 발견된 방으로 갔다. 그곳에는 아직 고인들의 시신이 그대로 놓여 있었다. 방 안의 엉망진창인 상태는 이런 사건의 경우에는 늘 그렇듯 그대로 보존되어 있었다.

내 눈에는 〈가제트 데 트리뷰노〉지에서 보도한 것 외에 새로운 점은 아무것도 보이지 않았다. 뒤팽은 모든 것을 면밀히 살펴보았는데, 피해자들의 시신도 예외는 아니었다. 그런 다음 우리는 다른 방들에도 가 보고 마당에도 나가 보았다. 그러는 내내 경찰관 한 명이 우리를 따라다녔다. 우리는 어두워질 때까지 조사를 한 다음 그곳을 떠났다. 집으로 돌아오는 길에 뒤팽은 어떤 일간 신문사에 잠시 들렀다.

앞서 말한 바 있듯이 내 친구는 변덕이 심한데 나는 '즈 레 므나제(je les menageais*)'했다. 영어로는 이와 똑같은 표현이 없어서 프랑스 어를 쓸 수밖에 없었다. 아무튼 이번에 뒤팽이 부린 변덕은 다음 날 정오 무렵까지 그 살인 사건에 대한 대화를 일체 거부하는 것이었다. 다음 날 정오 무렵, 뒤팽이 불쑥 잔혹한 범죄 현장에서 뭔가 '특이한' 점을 발견하지 못했느냐고 물었다.

'특이한'이라는 말을 강조하는 뒤팽의 말투에 뭔가가 있는 것 같아 나는 왜 그런지 모르지만 몸을 떨었다.

---

*je les menageais : '나는 그가 변덕을 피워도 건드리지 않고 조심하며 관대하게 대했다.'는 뜻의 프랑스 어.

"아니, 특이한 점은 없던데. 난 신문에서 봤던 것 외에 특이한 점을 더는 발견하지 못했네만."

내가 이렇게 대답하자 뒤팽이 말했다.

"〈가제트 데 트리뷰노〉지에서는 이 사건에서 유달리 혐오스런 면은 싣지 않은 것 같아. 그러니 그 신문의 쓸데없는 의견 따위는 무시하세. 내가 볼 때 이 수수께끼 같은 사건의 '기괴한' 특성 때문에 사람들은 이 사건을 해결 불가능하다고 여기는 것 같은데, 오히려 바로 그 특성 때문에 이 사건을 쉽게 해결할 수 있을 것 같네. 경찰은 동기가 없어 보여서 혼란에 빠져 있네. 살인 그 자체에 대한 동기가 아니라 그토록 잔혹한 살인을 저지를 동기 말이야. 또 경찰을 곤혹스럽게 하는 점은 분명 다투는 소리를 들었다는 증인들의 증언과 위층에서는 살해당한 레스파네 양 말고는 아무도 발견되지 않은 데다 위층으로 올라가는 일행의 눈에 띄지 않고 빠져나갈 수 있는 방법은 없다는 사실이 일치하지 않는다는 데 있지. 난장판이 된 방, 머리를 아래로 한 채 굴뚝에 박혀 있던 시신, 끔찍하게 훼손된 노부인의 시신. 이런 것들에 내가 앞서 말한 것들과 언급할 필요조차 없는 다른 것들이 더해진 탓에 '명민하다'고 칭송받던 경찰들이 능력을 완전히 잃고 무력하게 되어 버린 것이지. 경찰은 '드문' 것을 '난해한' 것으로 혼동하는, 중대하지만 흔한 오류를 범하게 된 거야. 하지만 바로 이처럼 평범한 차원에서 벗어난 점들 덕분에 적어도 우리의 이성이 진실을 찾아 나아갈 수 있는 법이지. 우리가 지금 하고 있는 이런 조사에서는 '어떤 일이 일어났는가?'보다는 '전에 한 번도 일어나지 않은 어떤 일이 일어났는가?'를 문제 삼아야 해. 사실, 경찰이 이 수수께끼 같은 사건을 해결 불가능하다고 보면 볼수록 나는 그만큼 더 쉽게 이 사건을 해결할 수 있을 걸세. 아니 어쩌면 벌써 해결했는지도 모르네."

나는 깜짝 놀라 아무 말도 못하고 뒤팽을 빤히 쳐다봤다.

"나는 지금 기다리고 있어."

뒤팽이 방문 쪽을 바라보며 말을 이어 갔다.

"나는 지금 어떤 사람을 기다리고 있네. 이 잔혹한 학살극의 범인은 아닐지 모르지만 이 범죄에 어느 정도 연루된 것이 틀림없는 사람을 말일세. 이번 범죄에 있어 최악의 부분에는 가담하지 않은 것 같아. 나의 이 추측이 맞기를 바라네. 왜냐하면 이 추측을 바탕으로 전체 수수께끼의 해답을 구하고자 하니까 말이야. 나는 여기 이 방에 그 사내가 오기를 계속해서 기다리고 있네. 그자가 오지 않을 수도 있겠지. 하지만 그자가 올 가능성이 높아. 그자가 오면 꼭 붙들어 둬야 해. 여기 권총이 있네. 이걸 써야 할 상황이 닥쳤을 때 어떻게 하는지는 잘 알고 있겠지?"

나는 내가 들은 말이 믿기지 않았지만 나도 모르게 권총을 받아들었다. 그러는 동안에도 뒤팽은 마치 독백처럼 말을 계속했다. 이럴 때면 뒤팽은 어딘가에 정신이 팔린 듯한 모습이라고 이미 말한 바 있다. 그의 대화 상대는 분명 나였지만 그의 목소리는 결코 크지는 않을지라도 아주 멀리 있는 누군가에게 말할 때 보통 사용하는 그런 억양을 띠고 있었다. 눈은 멍하니 벽만 주시하고 있었다.

"계단을 올라간 일행이 들었다던 다투는 목소리의 주인공들이 레스파네 모녀가 아니었다는 사실은 그들의 증언으로 완벽하게 입증이 되었네. 그러니 노부인이 먼저 딸을 살해한 다음 자살을 하지 않았을까 하는 의혹은 완전히 접어도 돼. 이 점에 대해서는 체계적으로 생각해 봐도 충분히 알 수 있어. 레스파네 부인에게는 발견되었을 때와 같은 모습으로 딸의 시신을 굴뚝에 쑤셔 넣을 만한 힘이 전혀 없는 데다, 노부인 자신의 몸에 난 상처도 도저히 자해로 생길 수 있는 성질의 것이 아니었으니까 말일세. 그러니 살인은 제삼자에 의해 저질러졌으며, 다투던 그 목소리가 바로 제삼자들의 목소리인 거지. 이제 목소리에 대한 전체 증언이 아니라 그 증언에서 '특이'했던 점으로 주의를 돌려 보세. 자네는 그 증언에서 뭔가 특이한 점을 발견하지 못했나?"

나는 증인들 모두가 거친 목소리의 주인공이 프랑스 사람이라는 데는 의견이 일치한 반면, 한 증인이 귀에 거슬리는 목소리라고 칭하기도 했던 날카로운 목소리의 주인공에 대해서는 증인들의 의견이 서로 크게 달랐다고 대답했다. 그러자 뒤팽이 말했다.

"그것은 증언 자체이지 증언의 특이성은 아니야. 자네는 특이한 점을 발견하지 못했군. 그런데 증언에는 분명 특이한 점이 있었어. 자네가 말했다시피 증인들은 거친 목소리에 대해서는 의견이 일치했네. 그 점에 있어서는 만장일치였지. 하지만 날카로운 목소리에 관한 증언에 있어서는 특이한 점이 있었어. 그건 바로 증인들의 의견이 일치하지 않았다는 점이 아니라, 이탈리아 인, 영국인, 스페인 인, 네덜란드 인, 프랑스 인이 그 목소리를 설명하면서 하나같이 '외국인'의 목소리라고 말했다는 점일세. 그들 모두가 그건 자기 나라 사람의 목소리가 아니라고 확신했네. 그들 모두 그 목소리는 자기가 아는 언어를 사용하는 나라 사람의 목소리가 아니라, 정반대로 자기가 전혀 모르는 언어를 사용하는 나라 사람의 목소리 같았다고 했지. 프랑스 인은 그 목소리가 스페인 인의 목소리라고 추측하면서 '자기가 스페인 어를 알고 있었더라면 몇 마디 알아들을 수도 있었을 것'이라고 말했네. 네덜란드 인은 그건 프랑스 인의 목소리였다고 주장했지만 신문 기사에 '이 증인은 프랑스 어를 할 줄 몰랐기 때문에 통역사를 통해 신문이 이루어졌다.'라고 실려 있었지. 영국인은 그것이 독일 인의 목소리라고 생각하지만 '독일어는 모른다.'고 했어. 스페인 인은 그것이 영국인의 목소리였다고 '확신'하면서도 '영어는 모르고' 전적으로 '억양으로 그렇게 판단'했고. 이탈리아 인은 그것이 러시아 인의 목소리라고 믿지만 '러시아 인과는 한 번도 이야기해 본 적이 없다.'고 했네. 게다가 두 번째 프랑스 인은 첫 번째 프랑스 인과 의견을 달리해 그 목소리는 이탈리아 인의 목소리라고 확신하지만 '이탈리아 어를 알지 못해서' 앞의 스페인 인과 마찬가지로 '억양으로 보아 그렇게 확신'한다고 했어. 자, 이런 식으로 증언이 하나같이 다르게 나오는 걸 보면 문제의 그 목소리는 틀림없이 굉장히 기묘하고 드문 목소리였지 않겠나! 유럽에서 규모가 큰 다섯 나라의 사람들에게조차 그 목소리의 어조가 전혀 익숙하지 않았던 거야! 그러면 자네는 아시아 인이나 아프리카 인의 목소리였을지도 모른다고 주장하겠지. 파리에는 아시아 인도 아프리카 인도 많지 않아. 하지만 그런 추론도 배제하지는 않을 테니, 난 그저 자네가 다음 세 가지 사실에만 주의를 기울여 주면 좋겠네. 문제의 그 목소리를 한 증인은 '날카롭다기보다는 귀에 거슬리는 목소리'라고 칭했다는 사실. 그 목소리를 다른 두 증인은 '빠르고 높낮이 변화가 심했다.'고 표현했단 사실. 어떤 증인도 그 목소리가 하는 말을 단 한 마디도, 아니 말 비슷한 소리조차도 알아듣지 못했다는 사실."

뒤팽은 말을 계속 이어 갔다.

"내가 이제까지 한 이야기를 자네가 어떤 식으로 이해했는지는 잘 모르겠네만 이것만은 서슴지 않고 말할 수 있네. 거친 목소리와 날카로운 목소리에 대한 증언을 통한 논리적인 추론 그 자체만으로도 충분히 의혹을 품을 수 있는데, 그 의혹은 이 수수께끼 같은 사건에 대한 앞으로의 모든 수사 과정에 방향을 제시하게 될 거라고 말일세. 나는 '논리적인 추론'이라고 말했지만 그것만으로는 내가 뜻하는 바를 충분히 표현할 수가 없네. 내가 말하고자 한 바는 논리적인 추론만이 '유일하게' 타당한 추론이며, 그러한 추론에서 필연적으로 생겨나는 단 하나의 결과가 바로 앞서 말한 의혹이라는 것일세. 하지만 그 의혹이 무엇인지는 아직 말하지 않겠네. 다만 그 의혹이 아주 강력했던 덕분에 내가 직접 그 방을 조사했을 때 명확한 조사 방법과 경향을 제시해 주었다는 사실만 자네가 기억해 뒀으면 하네.

자, 이제 우리가 그 방에 있다고 상상해 보세. 우린 먼저 이곳에서 무엇을 찾아야 할까? 살인자들이 이용한 탈출 수단이야. 우리 둘 다 초자연적인 현상 따위는 믿지 않는다고 해도 과언은 아니지. 레스파네 모녀는 유령에게 살해당한 것이 아니야.

살인을 저지른 자들은 형체가 있는 물리적인 존재였으며 물리적인 방식으로 도망쳤네. 그렇다면 어떻게? 다행스럽게도 이 점을 추리할 수 있는 방법은 단 하나밖에 없고, 그 추리 방법을 따르면 반드시 명확한 결론에 이르게 되어 있지. 그럼 이제 우리, 가능한 탈출 수단을 하나씩 살펴보세. 일행이 계단을 올라갈 때 살인자들이 레스파네 양의 시신이 발견된 그 방이나 적어도 그 옆방에 있었던 것은 분명하네. 그렇다면 우리가 출구를 찾아야 하는 곳은 이들 두 방밖에 없는 것이지. 경찰은 바닥, 천장, 그리고 벽까지 낱낱이 다 뜯어봤어. 그러니 '비밀' 출구가 있었다면 경찰의 눈을 피할 수 없었을 거야. 하지만 나는 경찰의 눈을 믿을 수 없어서 내 눈으로 직접 조사해 봤네. 그랬는데 비밀 출구는 없더군. 두 방 모두 복도로 나가는 문은 안에 열쇠가 꽂힌 채 단단히 잠겨 있었어. 다음으로 굴뚝을 살펴보세. 굴뚝들은 난로 위로 2.5에서 3미터까지는 보통 너비였지만 그 위로는 큰 고양이의 몸통도 들어가지 않을 정도로 좁았네. 따라서 굴뚝을 통해 탈출하는 건 절대적으로 불가능하니, 그럼 이제 남은 건 창문뿐이지. 앞쪽 방의 창문으로는 누구도 거리에 모인 사람들 눈에 띄지 않고 탈출하지는 못했을 걸세. 그렇다면 살인자들은 뒤쪽 방의 창문을 통해 빠져나간 게 틀림없다는 결론에 이르게 되지. 그런데 이 결론에 이토록 명확한 방법으로 도달해 놓고, 불가능해 보이는 일이라는 이유로 이 결론을 버리는 건 추론가로서 우리가 취할 태도가 아니야. 이제 우리에겐 이 불가능해 보이는 일이 실제로는 불가능하지 않다는 것을 입증할 일만 남았네.

　뒤쪽 방에는 창문이 둘이야. 하나는 가구에 가로막혀 있지 않아서 창문 전체가 다 보여. 다른 창문은 침대 틀의 머리 부분이 바짝 붙여져 있어서 아래쪽이 가려져 보이지 않더군. 커서 다루기 불편한 침대였네. 앞서 말한 전체가 다 보이는 창문은 안에서 단단히 잠겨 있었네. 여러 사람이 달려들어 창문을 들어 올려 보려고 안간힘을 썼지만 끄떡도 하지 않았어. 창틀 왼쪽에 송곳으로 뚫은 커다란 구멍이 있었는데 거기에는 아주 튼튼한 못이 거의 못대가리까지 꽉 박혀 있었지. 다른 창문을 조사해 보니 거기에도 같은 종류의 못이 비슷한 모양으로 박혀 있었네. 이 창문도 힘껏 열어 보려 했지만 앞의 창문과 마찬가지로 끄떡도 하지 않았지. 그러자 경찰은 창문으로는 탈출하지 않았다고 완전히 결론을 내렸어. 그 결과, 창틀에 박힌 못들을 뽑아내 창문들을 여는 것은 자신들이 하지 않아도 되는 일이라고 생각하게 됐던 걸세.

나는 경찰보다 조금 더 꼼꼼하게 수사를 했는데, 앞서 제시했듯 전혀 불가능해 보이는 일이 실제로는 불가능하지 않다는 사실을 입증해야 한다면 바로 이 대목이란 걸 알았기 때문이네.

나는 귀납적으로 생각해 나갔네. 살인자들은 분명히 이 두 창문 중 어느 한쪽 창문으로 달아났어. 그렇다면 안쪽에서 창문을 다시 잠글 수 없었을 텐데 분명 창문은 안에서 단단히 잠겨 있었어. 이 점 때문에 경찰은 창문으로는 빠져나가지 않았다고 확신하고 이 부분에 대한 수사를 중단했던 거야. 그래, 창문은 분명 잠겨 있었네. 그렇다면 창문에는 자동으로 잠기는 장치가 되어 있는 게 틀림없어. 이런 결론 말고 다른 결론은 내릴 수 없었지. 나는 가구에 가려지지 않은 창문으로 걸어가서 다소 힘겹게 못을 뽑아내고 창문을 들어 올리려고 했네. 하지만 예상했던 대로 온 힘을 다 쏟아도 창문은 끄떡도 하지 않았지. 그래서 난 숨겨진 용수철이 있는 게 틀림없다고 깨닫게 되었네. 이렇게 추리가 보강되자 나는 적어도 내 전제가 옳았다고 확신하게 되었지. 물론 아직도 못과 관련된 정황은 수수께끼 같아 보였지만 말일세. 주의 깊게 살펴보니 숨겨진 용수철을 금방 찾을 수 있었어. 난 그 용수철을 눌러 보기만 했네. 그것을 발견한 것만으로도 만족해서 창문을 들어 올려 보고 싶은 마음은 꾹 참았지.

이제 나는 못을 다시 제자리에 꽂고 면밀히 살펴봤네. 살인자가 이 창문으로 빠져나가 창문을 다시 닫았을 경우, 용수철은 안에서 저절로 다시 걸렸겠지만 못이 다시 제자리에 꽂힌다는 건 불가능해 보였네. 이런 분명한 결론이 내려지자 나의 수사 범위는 또다시 좁혀졌지. 살인자들은 이 창문이 아니라 옆의 창문으로 달아난 게 틀림없었네. 만약 두 창문의 창틀에 설치된 용수철이 똑같다고 한다면, 두 창문의 못이 다르거나 아니면 적어도 못이 다른 식으로 박혀 있을 게 틀림없었어. 나는 침대 틀에 깔아둔 삼베 위로 올라가 침대 머리판 너머로 두 번째 창문을 자세히 살펴봤네. 침대 머리판 뒤로 손을 넣어 보니, 용수철을 쉽게 찾을 수 있었지. 눌러 보니 아니나 다를까 앞의 창문의 용수철과 동일한 성질의 것이었어. 이번에는 못을 살펴봤네. 못은 앞 창문의 못처럼 튼튼했는데, 분명히 똑같은 방식으로 거의 못대가리 부분까지 박혀 있었어.

자네는 그래서 내가 당황했을 거라고 말할 테지만, 만약 그렇게 생각한다면 자넨 귀납법의 본질을 오해하고 있는 게 틀림없네. 사냥 용어로 표현하자면, 나는 한 번도 '냄새의 자취를 잃었던' 적이 없네. 추적의 단서가 되는 자취를 단 한 순간도 놓친 적이 없었지. 내 추리 사슬에는 아무런 결함이 없었어. 나는 이 불가사의한 문제를 추적한 끝에 최종적인 답을 얻었는데, 그것은 바로 그 창에 박힌 '못'이었네. 그 못은 어느 모로 보나 다른 창문의 못과 똑같아 보였지. 하지만 이제 그 사실은(결정적으로 보일지도 모르지만) 아무런 쓸모가 없었네. 바로 그 순간 떠오른 생각으로 사건의 실마리가 풀렸으니까 말일세. 나는 '이 못은 어딘가 이상해.' 하고 중얼거리며 못을 만져 보았지. 그랬는데 2.5센티미터 남짓 되는 못 몸통의 4분의 1쯤이 달린 상태로 못대가리가 떨어져 나오지 뭔가. 못의 나머지 몸통 부분은 부러진 채로 구멍 안에 그대로 박혀 있었네. 못이 그렇게 부러진 건 (부러진 단면이 잔뜩 녹슨 걸로 보아)오래된 듯했는데, 보아 하니 망치로 아래 창틀에 못을 박아 넣을 때 부러진 것 같았지. 이제는 못대가리 부분을 못을 뽑은 원래 자리에 조심스럽게 다시 꽂아 봤더니, 아주 멀쩡한 못 같았고 부러진 부분은 보이지 않았어. 나는 용수철을 누르고 창문을 10센티미터쯤 살짝 들어 올려 봤네. 못대가리 부분이 창문에 달린 채로 위로 딸려 올라가더군. 창문을 닫자 못의 겉모습은 또다시 완전히 멀쩡해졌어.

이제 이것으로 그 수수께끼는 풀렸네. 살인자는 침대 쪽 창문으로 달아난 거야. 살인자가 나가자마자 창문이 저절로 닫히면서(아니면 살인자가 밖에서 일부러 닫으면서) 용수철이 작동하며 창문이 잠기게 된 거지. 바로 이 용수철 때문에 창문이 고정되어 있는데 경찰은 못 때문이라고 착각해서 더 이상의 수사는 필요 없다고 여겼던 게지.

다음 문제는 범인이 어떻게 내려갔느냐 하는 걸세. 이 점에 대해서는 자네와 그 집 주변을 둘러보았을 때 만족할 만한 답을 얻었다네. 문제의 창문에서 170센티미터쯤 떨어진 곳에 피뢰침이 있었네. 이 피뢰침을 이용해선 어느 누구도 그 창문 안으로 들어가는 건 말할 것도 없고 그 창문에 손이 닿는 것조차 불가능할 걸세. 그런데 나는 4층의 덧문들이, 파리의 목수들이 '페라드'라고 부르는 특이한 종류의 것임을 알아차렸네. 요즘은 좀처럼 사용하지 않지만 리옹과 보르도의 아주 오래된 저택에서 흔히 볼 수 있는 그런 종류의 덧문이었지. 모양은 여느 덧문들(접이식이 아니라 통으로 된 한 장짜리 덧문)과 비슷했네. 하지만 이 집 덧문은 위쪽 절반이 여닫을 수 있는 격자무늬 창살로 되어 있어서 손으로 잡기가 아주 좋았네. 이 덧문들의 폭은 1미터가 조금 넘네. 우리가 집 뒤쪽에서 봤을 때 두 쪽 창문 다 덧문이 반쯤 열려 있었어. 즉 덧문들이 벽과 직각을 이루고 있었네. 물론 나뿐만 아니라 경찰도 집의 뒤쪽을 조사했겠지. 하지만 그렇다 할지라도 이 페라드를 정면으로 봤다면(틀림없이 그랬을 거야.), 폭이 이렇게 넓은지 몰랐을 걸세. 여하튼 간에 경찰은 그것을 충분히 고려하지 못했어. 사실 경찰은 창문으로는 빠져나가는 것이 불가능하다고 일단 결론을 내린 상태였기 때문에 자연히 이 부분에 대해서는 형식적으로만 조사했던 걸세. 하지만 내가 볼 때는 침대 머리맡 쪽 창의 덧문을 벽 쪽으로 완전히 다 열어젖히면 덧문과 피뢰침과의 거리는 60센티미터도 되지 않을 게 분명했네. 피뢰침에서 그 창문으로 뛰어들려면 굉장히 탁월한 활동력과 대단한 용기를 발휘해야 한단 사실 또한 명백

했지. 피뢰침을 잡고 80센티미터 정도 손을 뻗으면(덧문이 완전히 활짝 열려 있다고 가정하세.) 강도는 격자 창살을 단단히 움켜잡을 수 있었을 거야. 그런 다음에 피뢰침을 잡고 있던 쪽 손을 놓고 발을 벽에 단단히 디뎠다가 대담하게 차고 오르면 반동으로 덧문이 창문 쪽으로 움직이게 될 걸세. 그리고 만약 그때 창문이 열려 있었다면 강도는 그 방 안으로 뛰어들 수도 있었을 것이네.

그토록 위험하고 어려운 묘기에 가까운 행동을 해내려면 굉장히 탁월한 활동력이 필요하다고 했던 말을 각별히 기억해 주게나. 나의 의도는 말이지, 첫째는 그런 일이 가능하다는 사실을 자네에게 보여 주는 것이네. 하지만 둘째는, 사실 이것이 더 주된 것인데, 아주 보기 드문, 그야말로 거의 초자연적일 정도의 민첩성을 지녀야 그런 일을 해낼 수 있다는 사실을 자네에게 이해시키는 것이네.

아마도 자네는 틀림없이 법률 용어를 써서 이렇게 말하겠지. 내가 '나의 주장의 정당함을 입증하기 위해서는' 이런 일에 필요한 활동력을 최대로 추정하기보다는 오히려 낮게 추정해야 한다고 말일세. 법에서는 그것이 관례일지 모르지만 이성의 문제에 있어서는 그렇지가 않네. 나의 궁극적인 목적은 오직 진실을 밝히는 것뿐이야. 그리고 당면한 목표는 내가 방금 말한 굉장히 탁월한 활동력과 증인들마다 어느 나라 사람의 목소리인지 주장이 다 달랐고 무슨 말을 하는지 한 마디도 알아들을 수 없었던 아주 특이한 날카롭고(또는 귀에 거슬리고) 높낮이 변화가 심하다던 바로 그 목소리를 자네가 나란히 결부시킬 수 있도록 만드는 것일세."

이 말을 듣자 뒤팽이 말하고자 하는 바가 어렴풋하게나마 형체를 갖추며 내 마음속을 스쳐갔다. 나는 이제 금방이라도 그것을 파악할 수 있을 것만 같았지만 실제로는 파악하지 못했는데, 그건 마치 사람들이 가끔 금방이라도 기억이 날 듯하면서도 결국에는 기억이 나지 않는 그런 상태와 비슷했다. 내 친구는 계속 이야기를 해 나갔다.

"내가 화제를 탈출 방법에서 침입 방법으로 바꿨다는 것을 자네도 알아챘겠지. 그 두 가지 방법 모두 같은 지점에서 같은 방식으로 이루어졌다는 사실을 알려 주고 싶어서 그런 것이었네. 이제 다시 그 방으로 되돌아가서 방 안의 모습을 살펴보도록 하세. 장롱 서랍들에는 많은 옷가지들이 그대로 남아 있었지만 뭔가를 도둑맞은 것 같다고 했네. 하지만 그런 결론을 내린 건 터무니없는 일이야. 뭔가를 도둑맞은 것 같다는 결론은 단순한 추측, 그것도 아주 어리석은 추측에 불과해. 서랍 속에서 발견된 물건이 원래 그 속에 들어 있던 물건의 전부가 아니라는 사실을 우리가 어떻게 알 수 있단 말인가? 레스파네 모녀는 극도로 은둔하는 생활을 했네. 친구도 만나지 않았고 좀처럼 외출도 하지 않았으니 갈아입을 옷이 그다지 필요하지 않았어. 서랍에서 발견된 옷가지는 이런 여인들이 가지고 있을 법하게 아무튼 아주 고급스런 편이었네. 그런데 범인이 뭔가를 훔쳐 갔다면 왜 가장 좋은 것을 가져가지 않았을까? 왜 전부 다 훔쳐 가지 않았을까? 간단히 말해서, 왜 금화 4천 프랑을 놔두고 거추장스럽게 옷만 한 보따리를 훔쳐 갔난 말일세. 범인은 금화를 그냥 놔두고 갔단 말이야! 은행가인 미뇨 씨가 말했던 액수의 금화 거의 대부분이 자루에 든 채로 방바닥에서 발견되었어. 그러니 그 집의 현관문에서 돈을 건넸다는 증언을 듣고 경찰의 머릿속에 생긴 '살인 동기'에 대한 서투른 생각은 자네 머릿속에서 싹 지워 버리길 바라네. 이것(돈을 받고 사흘도 지나지 않아 그 돈을 받은 당사자가 살해당한 것)보다 열 배는 더 주목할 만한 우연의 일치가 우리 삶의 매 순간마다 모두에게 일어나고 있지만 순간적인 주의조차도 끌지 못해. 일반적으로 우연의 일치는, 배운 것은 많지만 확률론은 전혀 모르는 사색가들에게는 커다란 걸림돌이네. 이 이론 덕택에 인간은 가장 영예로운 대상을 연구해서 가장 눈부신 성과를 얻지. 이번 경우에 금화가 사라졌다면야 사흘 전 금화를 전달했다는 사실은 더 이상 그저 단순한 우연의 일치가 아닌 게 될 수도 있네. 그것은 확실히 범행 동기가 될 수 있었을 테지. 하지만 이번 사건의 실제 정황 아래서, 금화를 이 잔인무도한 범행의 동기라고 가정한다면, 우리는 또한 범인이 살인 동기도 잊은 채 금화를 내팽개치고 달아날 정도로 우유부단한 천치라고밖에 생각할 수 없네.

이제 내가 지금까지 자네의 주의를 환기시킨 점들—특이한 목소리, 보기 드문 민첩성, 그리고 대단히 놀랍게도 이토록 극악무도한 살인 사건에 범행 동기가 없다는 점—에 계속 유의하면서 살인 그 자체를 살펴보도록 하세. 한 여자가 목 졸려 살해당한 뒤 굴뚝에 거꾸로 처박혔네. 보통의 살인범이라면 이런 방식으로 살인을 저지르지 않아. 특히 시체를 그렇게 처리하지는 않지. 시체를 굴뚝에 쑤셔 넣은 그 방식에는 극도로 기괴한 뭔가가 있단 걸 자네도 인정할 걸세. 우리가 그런 짓을 저지른 자들을 가장 저열한 인간들이라고 가정하더라도, 인간의 행위에 대한 우리의 통념과는 절대 양립할 수 없는 뭔가가 있단 걸 말일세. 또한 시체를 그렇게 좁은 구멍에 밀어 넣으려면 힘이 얼마나 세야 할지도 생각해 보게. 여러 사람이 힘을 합해 겨우 끌어 내릴 수 있었다질 않나!

이번에는 대단히 놀라운 그 힘이 쓰인 다른 흔적들을 살펴보세. 벽난로에는 굵은 회색의 머리카락 뭉치가 있었네. 대단히 굵은 뭉치였지. 뿌리째 뽑혀 있었네. 이삼십 가닥의 머리카락도 이런 식으로 한꺼번에 뽑아내려면 얼마나 큰 힘이 필요한지 자네도 잘 알 걸세. 나뿐만 아니라 자네도 문제의 머리카락 뭉치를 봤지. 그 머리카락의 뿌리에는(참으로 섬뜩한 모습이었지!) 두피에서 떨어져 나온 살점들이 들러붙어 있었는데, 이것은 아마도 한 번에 수십만 가닥의 머리카락을 뿌리째 뽑는 데 쓰인 그 힘이 얼마나 엄청난가에 대한 확실한 증거일 것이네. 노부인의 목은 단순히 잘린 것이 아니라 머리가 몸통에서 완전히 분리되어 있었어. 사용한 흉기는 평범한 면도칼에 불과했지. 또한 이런 행위의 '야수적인' 흉포성에 주의해 주기를 바라네. 레스파네 부인의 몸에 나 있던 멍들에 대해서는 따로 언급하지 않겠네. 검시를 한 뒤마 씨와 그의 검시를 잘 보좌한 에티엔 씨는 그 멍들이 어떤 둔기에 의한 것이라는 의견을 냈지. 거기까지 그 두 사람의 의견은 아주 정확해. 그 둔기는 뒷마당에 깔아 놓은 돌이 분명하네. 피해자는 침대 쪽 창문에서 그 위로 떨어졌던 걸세. 이런 생각이 지금은 아주 간단해 보일지도 모르네. 하지만 경찰은 덧문의 폭을 간과했던 것과 같은 이유로 이런 생각은 하지도 못했지. 창문에 못이 박혀 있었기 때문에 그것이 열릴 가능성은 아예 밀봉해 놓음으로써 그럴 가능성은 전혀 지각하지 못했던 것처럼 말일세.

자, 이제 이 모든 것들에 더해서 그 방이 이상하리만치 난장판이 되어 있었다는 점까지 제대로 심사숙고했다면, 우리는 대단히 놀라운 민첩성, 초인적인 힘, 야수적인 흉포성, 동기 없는 살인, 인간으로서는 절대로 상상도 못할 정도로 소름 끼치는 기괴한 짓, 그리고 여러 나라 사람들 그 누구의 귀에도 생소한 어조의, 또렷이 알아들을 수 있는 음절이라고는 단 한 마디도 없었던 목소리 등 여러 가지 사항들을 결합할 단계에 이르렀네. 그럼 어떤 결론이 나올까? 이제까지 내 설명을 들으니 자네는 어떤 생각이 드나?"

뒤팽의 질문에 나는 오싹 소름이 돋았다. 나는 이렇게 대답했다.

"미치광이가 이런 짓을 저지른 거로군. 인근 정신 병원에서 탈출한 어떤 흉포한 미치광이의 짓이야."

그러자 뒤팽이 대답했다.

"어떤 점에서는 자네 생각도 일리가 없진 않네. 하지만 미치광이들의 목소리는 아무리 심하게 발작을 일으킨 상태라고 해도 그때 계단에서 사람들이 들은 그런 특이한 목소리 같지는 않을 거야. 미치광이들에게도 각자 자기 나라가 있으니 언어도 있을 테고, 아무리 맥락 없이 횡설수설한다 할지라도 음절만큼은 늘 일관되게 제대로 된 소리를 낼 걸세. 게다가 미친 사람의 머리카락은 내가 지금 손에 쥐고 있는 것 같지는 않아. 이 털은 레스파네 부인이 손에 꽉 움켜쥐고 있던 털에서 조금 빼내 온 것이네. 이걸 보니 무슨 생각이 떠오르나?"

나는 완전히 안절부절못하며 말을 꺼냈다.

"뒤팽! 이 머리카락은 굉장히 특이하군. 이건 틀림없이 사람의 머리카락이 아니야."

그러자 뒤팽이 말했다.

"난 이게 사람의 머리카락이라고는 하지 않았네. 하지만 이 점에 대해 판단을 내리기에 앞서 내가 여기 이 종이에 베껴 온 작은 스케치를 한번 봐 줬으면 해. 이건 증언 가운데 레스파네 양의 목에 '시커먼 멍과 깊게 파인 손톱자국'이 있었다는 부분과 (뒤마 씨와 에티엔 씨가 증언한)'손가락으로 세게 누른 자국이 분명한 검푸른 반점도 여럿' 있었다는 부분을 그대로 옮겨 그린 그림일세."

나의 친구는 우리 앞의 탁자에 종이를 펼치며 계속 말을 이어 갔다.

"이 그림을 보면 손가락으로 목을 단단히 꽉 쥔 걸 알 수 있네. 분명 헐겁게 쥔 손가락 자국은 없어. 손가락 하나하나가 아마도 피해자가 죽을 때까지 처음 쥔 그대로 목을 꽉 움켜쥐고 있었던 거야. 이제 이 그림의 손가락 자국에 딱 맞춰 자네 손가락 모두를 동시에 대 보게."

나는 뒤팽이 시킨 대로 해 보려 했지만 실패했다. 그러자 뒤팽이 말했다.

"우리가 공정하게 실제와 똑같이 해 보지 않은 것 같군. 지금 이 그림은 평평한 표면에 펼쳐져 있네. 하지만 사람의 목은 원통형이야. 여기 이 장작개비의 둘레가 사람 목둘레와 비슷하군. 그림을 여기에 둘러서 다시 시도해 보게나."

나는 뒤팽이 말한 대로 다시 해 보았지만 이전보다 훨씬 더 어려웠다. 그래서 나는 결론 내렸다.

"이건 사람의 손자국이 아니로군."

그러자 뒤팽이 대꾸했다.

"자, 이제 퀴비에*가 쓴 이 구절을 읽어 보게."

그것은 동인도 제도의 커다란 황갈색 오랑우탄을 해부학적으로 상세히 설명하고 개괄적으로 묘사한 글이었다. 이 포유류의 거대한 몸집, 엄청난 힘과 활동력, 야만적인 흉포성, 그리고 흉내 내기 좋아하는 성향은 모든 사람에게 아주 잘 알려져 있다. 나는 이 살인 사건의 소름 끼치는 전모를 단번에 파악했다.

나는 그 글을 다 읽고 나서 말했다.

"손가락에 대한 묘사는 이 그림과 정확히 일치하는군. 이 글에서 언급한 종류의 오랑우탄 말고는 어떤 동물도 자네가 베껴 온 것과 같은 손가락 자국을 낼 수가 없겠어. 이 황갈색 털 뭉치도 퀴비에가 설명해 놓은 그 짐승의 털과 동일한 성질의 것이야. 하지만 나는 이 끔찍한 수수께끼 같은 사건의 세부적인 사항들은 잘 이해가 안 되네. 게다가 다투는 두 사람의 목소리가 들렸다는데 그중 하나는 의심할 여지없이 프랑스 인의 목소리였다고 했지 않나."

---

*퀴비에(1769~1832) : 프랑스의 동물학자이자 고생물학자. 동물의 화석을 해부학적으로 비교 연구함으로써 비교 해부학 및 고생물학을 확립했다.

"맞네. 그리고 자네도 증인들이 거의 이구동성으로 그 목소리의 주인공이 한 말이라고 증언했던 말을 기억할 걸세. 바로 '어허, 저런!'이라는 말 말이야. 증인 가운데 한 사람이(제과점 주인 몬타니) 이 말이 타이르거나 꾸짖는 듯한 어조였다고 말했는데, 정황상 그 사람이 정확하게 짚어 냈어. 그래서 나는 이 두 마디 말에 수수께끼 같은 사건을 완전히 해결할 수 있다는 희망을 걸었네. 한 프랑스 인이 이 살인에 대해 알고 있었어. 그자는 아마 이 잔혹한 사건에 개입될 줄 전혀 몰랐을 것이네. 그래, 그랬을 가능성이 훨씬 높아. 아마도 그 오랑우탄이 그자에게서 달아났을 거야. 그자는 오랑우탄을 쫓아 그 방까지 가게 됐을 거고. 하지만 뒤이어 일어난 그 끔찍한 소동 탓에 오랑우탄을 다시 잡지는 못했을 걸세. 오랑우탄은 지금까지도 잡히지 않고 있고. 하지만 이런 추측은 이쯤에서 그만둬야겠어. 더 이상 나아가 봤자 이런 것들을 추측 이상의 것으로 부를 권리가 내게는 없으니까 말일세. 추측의 근거인 여러 미묘한 생각들이 나 자신의 지력으로 감지할 수 있을 정도로 충분히 깊이 있는 것이 못 되고, 또 내가 감히 이런 추측을 다른 사람에게 이해시킬 수 없기도 하고 말이야. 그러니 그것들을 그냥 추측이라고 부르고 그것 나름으로 증명해 보도록 하세. 문제의 그 프랑스 인이 정말로 내가 생각한 것처럼 이 잔혹한 사건에 개입되지 않았다면, 어젯밤 집으로 돌아오는 길에 〈르몽드〉지*의 사무실에 들러 내가 낸 이 광

---

*〈르몽드〉지 : 해운과 관련된 일을 전문으로 다뤄 신원들이 많이 찾는 신문. ―원주. 현재 프랑스 파리에서 간행되는 대표적인 일간 신문. ―옮긴이 주

고를 보고 우리 집으로 찾아올 걸세."

뒤팽이 내게 건넨 신문에는 다음과 같은 광고가 실려 있었다.

포획물 – 불로뉴 숲에서 이달 ××일 이른 아침(살인 사건이 있던 날 아침임.) 아주 큰 보르네오 종 황갈색 오랑우탄을 포획했음. 주인은(몰타 섬 선박 소속의 선원으로 추정됨.) 오랑우탄이 자신의 소유임을 증명하고, 포획과 관리에 든 약간의 비용을 지불한 다음 오랑우탄을 찾아가기 바람. 파리 근교 생제르맹 ××거리 ××번지 4층으로 연락 바람.

"그 사내가 선원이고 몰타 섬 선박 소속이란 걸 자넨 대체 어떻게 알았나?"

내가 이렇게 묻자 뒤팽이 대답했다.

"실은 나도 잘 몰라. 확신은 못하네. 하지만 여기 이 작은 끈 조각을 좀 보게나. 이 끈의 형태나 기름 묻은 모양을 보면 아무래도 선원들이 아주 선호하는 길게 땋은 머리를 묶는 데 쓰던 끈인 듯하네. 게다가 이런 매듭은 선원들 외에는 묶을 줄 아는 사람이 거의 없고 몰타 섬 사람들 특유의 매듭이기도 해. 나는 이 끈을 피뢰침 밑에서 주웠네. 고인들 것 같지는 않아. 그런데 만약에 말일세, 그 프랑스 인이 몰타 섬 선박 소속의 선원이라는 이 끈에서 비롯된 나의 귀납적 추리가 결국에는 틀렸다 하더라도, 광고에 내가 추리한 바를 싣는다고 해서 해가 될 건 없잖나. 만약 내가 틀렸다면, 그자는 단순히 내가 뭔가 사정이 있어서 잘

못 알았다고 추측할 뿐, 무슨 사정인지 수고스럽게 더 알아보려고는 하지 않을 걸세. 하지만 내가 맞다면, 큰 이점을 얻게 되지. 비록 살인에 가담하지는 않았지만 살인이 일어난 줄은 알고 있으니, 그 프랑스 인은 당연히 그 광고를 보고 오랑우탄을 찾으러 오는 걸 망설일 거야. 그자는 이런 식으로 추론할 걸세. '나는 결백해. 나는 가난해. 나의 오랑우탄은 대단한 가치가 있어. 나와 같은 처지에 있는 사람에게는 그 자체로 큰 재산인데, 위험할지 모른다는 쓸데없는 불안 때문에 내가 왜 그걸 잃어야 한단 말이야? 그것은 지금 손만 뻗으면 닿는 거리에 있어. 오랑우탄이 불로뉴 숲에서 발견되었다고 했는데, 그곳은 살인 현장에서 상당히 멀리 떨어진 곳이야. 어떻게 한낱 짐승이 그런 짓을 저질렀다고 의심하겠어? 경찰은 아주 작은 단서 하나 입수하지 못하고 쩔쩔매고 있어. 설사 경찰이 오랑우탄을 쫓는다 하더라도, 내가 살인에 대해 알고 있었다고 입증하지 못할 거야. 또 내가 알고 있었단 이유로 나를 유죄로 몰아가지도 못할 거야. 무엇보다 내 정체가 드러났어! 광고를 낸 자가 나를 오랑우탄의 주인이라고 지목했잖아. 그자가 어디까지 알고 있는지는 잘 모르겠어. 이제 내가 오랑우탄의 주인이라고 알려져 있는데 그토록 대단한 가치를 지닌 재산을 찾으러 가지 않는다면, 나 때문에 적어도 그 오랑우탄이 의심을 사게 될 거야. 나 자신이나 그 짐승에게 주의가 쏠려선 좋을 게 없어. 광고를 낸 사람을 찾아가서 오랑우탄을 찾아온 다음, 이 문제가 잠잠해질 때까지 숨겨 둬야겠어.'라고 말이야."

바로 그 순간 계단을 올라오는 발자국 소리가 들렸다. 그러자 뒤팽이 말했다.

"권총을 준비하게. 하지만 내가 신호할 때까지는 권총을 쏘거나 보여서는 안 돼."

현관문이 열려 있었기 때문에 방문객은 초인종을 누르지 않고 안으로 들어와 계단을 몇 칸 올라왔다. 하지만 그러다 문득 망설이는 듯했다. 이내 그 사람이 계단을 되돌아 내려가는 소리가 들렸다. 뒤팽이 재빨리 문 쪽으로 가는데, 그 사람이 다시 계단을 올라오는 소리가 들렸다. 이번에는 다시 되돌아 내려가지 않고 결연하게 계단을 올라와 방문을 쾅쾅 두드렸다.

"들어오시오."

뒤팽이 쾌활하고 다정한 어조로 말했다.

한 사내가 들어왔다. 그는 선원임이 분명했다. 키가 크고 체격이 좋은 근육질의 남자였는데, 저돌적이지만 그다지 나쁘지 않은 인상을 풍겼다. 햇볕에 많이 그을린 얼굴은 반 이상이 구레나룻과 콧수염으로 덮여 있었다. 커다란 참나무 몽둥이를 들고 있었지만 다른 무기는 없는 것 같았다. 그가 어색하게 머리를 숙이며 "안녕하세요?" 하고 프랑스 말로 인사했다. 그의 말투에 뇌샤텔*의 억양이 조금 섞여 있었지만 그래도 파리 태생이라는 것을 충분히 알 수 있었다.

뒤팽이 말했다.

"앉으시오. 오랑우탄 때문에 여기를 찾아온 것이지요? 무척 멋진 데다 의심의 여지없이 아주 값비싼 그런 동물을 가지고 계

─────────────
*뇌샤텔 : 프랑스 노르망디 북쪽에 있는 도시.

130

시다니 정말이지 부러울 따름입니다. 그 오랑우탄은 몇 살쯤 됐습니까?"

그 선원은 견딜 수 없는 부담을 벗어난 사람처럼 길게 한숨을 내쉬더니 자신감 넘치는 말투로 대답했다.

"잘은 모르겠지만 많아야 네댓 살 정도 됐을 겁니다. 녀석은 여기 있습니까?"

"오, 아니오. 여기엔 오랑우탄을 놔둘 만한 데가 없어요. 바로 옆의 뒤부르 거리에 있는 말 보관소의 우리에 맡겨 놓았소. 내일 아침이면 당신이 데려갈 수 있을 거요. 물론 당신이 오랑우탄 주인이라는 것을 증명할 준비가 되어 있겠죠?"

"물론이지요."

"그 녀석을 내놓으려니 좀 섭섭하군요."

뒤팽이 말했다.

"이렇게 폐를 끼쳐 놓고 거저 데려갈 순 없지요. 그럴 생각은 하지도 않았어요. 오랑우탄을 찾아 주신 데 대해 기꺼이 보답하겠습니다. 그러니까 무리가 되지 않는 선에서라면 무엇이든지요."

그 사내의 말에 내 친구가 대답했다.

"음, 참으로 그럴싸한 제안이로군요. 정말로요. 뭐가 좋을지 생각해 보죠! ……뭘 받아야 할까요? 오! 말씀드리리다. 내가 받고 싶은 보답은 말이오, '모르그 거리에서 일어난 살인 사건'에 대해 당신이 아는 전부를 내게 말해 주는 것이오."

뒤팽은 '모르그 거리에서 일어난 살인 사건'이란 부분은 아주 나지막한 어조로 굉장히 조용하게 말했다. 또한 조용히 문 쪽으로 걸어가 문을 잠그고 열쇠를 호주머니에 넣었다. 그러고는 품에서 권총을 꺼내 아주 침착하게 탁자 위에 놓았다.

선원은 마치 숨이 막힌 사람처럼 얼굴이 확 달아올랐다. 그는 자리에서 벌떡 일어나 나무 몽둥이를 움켜쥐었다. 하지만 다음 순간 그는 몸을 심하게 덜덜 떨면서 죽을 것 같은 표정으로 자리에 털썩 주저앉았다. 그는 한 마디도 하지 않았다. 나는 진심으로 그가 가여웠다.

그러자 뒤팽이 부드러운 목소리로 말을 건넸다.

"이보시오, 그렇게 겁먹을 것 없소. 정말이오. 우린 당신에게 전혀 해를 끼칠 마음이 없소. 신사의 명예와 프랑스 인의 명예를 걸고 당신에게 맹세하리다. 당신을 다치게 하려는 의도는 전혀 없다고. 나는 당신이 모르그 거리에서 일어난 그 잔혹한 사건의 범인이 아니라는 것을 아주 잘 알고 있소. 하지만 그 사건에 어느 정도 연루되어 있다는 사실을 부인해선 안 될 거요. 내가 이제껏 한 말로 미루어 당신은 내가 이 사건에 대한 정보를 얻는 수단이 있단 걸 틀림없이 알아챘을 거요. 당신이 절대 꿈도 꾸지 못할 수단이지만 말이오. 지금 상황은 다음과 같소. 당신이 한 행동은 모두 피하지 못해 어쩔 수 없이 한 것들이오. 즉 죄가 될 만한 행동은 분명 전혀 하지 않았소. 들키지 않고 무사히 도둑질을 할 수도 있었을 테지만 당신은 도둑질도 하지 않았소. 그러니 당신은 숨길 게 아무것도 없소. 숨길 이유가 전혀 없단 말이오. 그러니 명예를 지키기 위해서라도 당신은 알고 있는 걸 전부 다 털어놓아야 하오. 지금 무고한 한 사내가 수감되어 있소. 당신이 범인을 지목해 줄 수 있는 범죄로 기소된 채 말이

외다."

뒤팽이 이렇게 말하는 동안 선원은 마음의 평정을 꽤 되찾았다. 하지만 처음의 대담한 태도는 모두 사라지고 없었다.

"하느님, 저를 굽어 살피소서."

선원은 이렇게 말하고는 잠시 멈췄다가 다시 말을 이어 나갔다.

"좋아요. 이 사건에 대해 제가 알고 있는 전부를 말씀드리죠. 하지만 제가 하는 이야기의 절반도 믿지 않으실 겁니다. 그걸 믿을 거라고 생각한다면 제가 정말 바보인 거죠. 하지만 저는 결백합니다. 설령 그것 때문에 죽는다 해도 모두 다 털어놓겠습니다."

그가 한 이야기는 대충 다음과 같다. 그는 최근 동인도 제도로 항해를 떠났었다. 그가 속한 일행은 보르네오 섬에 상륙해 재미삼아 내륙으로 구경을 나섰다. 그는 동료 한 사람과 함께 오랑우탄을 포획했다. 그런데 그 동료가 죽자 오랑우탄은 온전히 그의 차지가 되었다. 포획한 오랑우탄이 다루기 힘들 정도로 흉포해서 돌아오는 항해 길에 대단히 고생을 한 끝에, 그는 마침내 파리에 있는 자신의 집까지 오랑우탄을 무사히 데려오는 데 성공했다. 그리고 이웃 사람들의 불편한 호기심이 자신에게 쏠리지 않도록 그는 오랑우탄을 사람들 눈에 안 띄게 철저히 격리시켜 두었다. 일단 배에 타고 있을 때 가시가 박혀 오랑우탄의 발에 생긴 상처가 아물 때까지 그대로 두었다가 결국에는 팔아 치울 속셈이었다.

살인 사건이 있던 날 밤, 아니 정확히는 새벽에, 그는 선원들끼리 유쾌한 자리를 가진 뒤 집으로 돌아왔는데 오랑우탄이 자신의 침실을 차지하고 있었다. 옆의 벽장에 자기 딴에는 단단히 가둬 두었는데, 그걸 부수고 침실로 들어와 있었던 것이다. 오랑우탄은 면도칼을 손에 들고 얼굴이 온통 면도 거품투성이가 된 채 면도를 하려는 듯한 자세로 거울 앞에 앉아 있었다. 전에 벽장의 열쇠 구멍을 통해 주인이 면도하는 모습을 지켜본 게 틀림없었다. 흉기로도 쓰일 수 있는 무척 위험한 도구를, 엄청나게 흉포하고 또 그걸 아주 잘 사용할 수 있기까지 한 동물이 쥐고 있는 모습에 혼비백산해서 그는 잠깐 동안 어찌할 바를 몰라 쩔쩔맸다. 하지만 그 짐승은 무척 사납게 날뛰다가도 채찍을 들면 늘 곧바로 온순해진다는 사실이 떠올랐다. 그래서 이번에도 그는 채찍을 꺼내 들었다. 채찍을 보자마자 오랑우탄은 바로 펄쩍 뛰어 방문으로 뛰쳐나가 계단을 내려간 다음, 마침 공교롭게도 열려 있던 창문을 통해 거리로 달아나 버렸다.

　그 프랑스 인은 절망에 빠져 오랑우탄을 뒤쫓았다. 오랑우탄은 손에 여전히 면도칼을 든 채로 가끔씩 멈춰 서서 뒤돌아보며 자기를 쫓는 그를 향해 손짓을 하다가 그가 거의 따라 잡을라치면 다시 부리나케 달아났다. 추격은 이런 식으로 오랫동안 계속되었다. 새벽 3시경이었으므로 거리는 굉장히 조용했다. 모르그 거리 뒤쪽의 골목길을 지나갈 때, 레스파네 부인의 집 4층 방의 열린 창문에서 어슴푸레 새어 나오는 빛이 도망치던 오랑우탄의 눈길을 끌었다. 그 집으로 돌진한 오랑우탄은 피뢰침을 알아보고는 상상조차 할 수 없을 정도로 민첩하게 기어올라, 벽 쪽으로 완전히 젖혀져 있던 덧문을 붙잡더니 거기 매달린 채로 몸을 흔들면서 침대 머리판 위로 뛰어들었다. 이처럼 곡예 같은 일을 하는 데는 1분도 채 걸리지 않았다. 덧문은 오랑우탄이 방에 뛰어들면서 생긴 반동으로 다시 열렸다.

그 모습을 본 선원은 한편으로는 기뻤지만 동시에 당혹스럽기도 했다. 오랑우탄이 스스로 뛰어든 덫에서 빠져나올 길이라고는 피뢰침밖에 없으니, 오랑우탄이 그걸 타고 내려올 때 가로막아 잡을 수 있다는 강한 희망이 생겼다. 그런데 다른 한편으로는 오랑우탄이 그 집 안에서 무슨 짓을 저지를지 몰라 대단히 불안하기도 했다. 불안한 마음에 그는 도망친 오랑우탄을 계속 뒤쫓았다. 피뢰침을 올라가는 건 별로 어렵지 않았는데 선원에게는 특히 더 쉬운 일이었다. 하지만 창문 높이만큼 올라갔을 때 창문이 그의 왼쪽 멀리에 떨어져 있어서 거기서 멈출 수밖에 없었다. 그가 할 수 있는 것이라고는 몸을 뻗어 방 안을 흘끗 보는 것뿐이었다. 방 안을 흘끗 봤다가 그는 공포에 질려 하마터면 피뢰침을 잡고 있는 손을 놓치고 아래로 떨어질 뻔했다. 모르그 거리의 주민들을 깜짝 놀라게 해 잠을 깨운 끔찍한 비명 소리가 밤을 뚫고 터져 나온 건 바로 그때였다. 레스파네 부인과 딸은 잠옷을 입은 채 앞서 언급했던 철제 금고를 방 한가운데로 끌고 와 그 안에 든 서류를 정리하고 있었던 모양이었다. 금고는 열려 있었고 금고 안의 내용물은 그 옆의 방바닥에 놓여 있었다. 피해자들은 창을 등지고 앉아 있었던 게 틀림없었다. 그리고 오랑우탄이 침입하고 나서 비명을 지르기까지 시간이 걸린 것을 보면 모녀는 짐승이 들어온 것을 곧바로 알아차리지는 못했던 것 같다. 덧문이 덜컹거리는 소리도 당연히 바람에 흔들려 나는 소리로 여겼던 듯하다.

선원이 방 안을 들여다봤을 때 그 거대한 짐승은 레스파네 부인의 머리채를 꽉 그러잡고(부인의 머리는 빗질을 한 뒤라 풀려 있었다.) 이발사의 동작을 흉내 내며 그녀의 얼굴 앞에서 면도칼을 휘두르고 있었다. 딸은 엎드린 채 꼼짝도 하지 않았다. 아마도 기절한 모양이었다.

노부인이 비명을 지르고 몸부림을 치자(이러는 동안 머리카락이 머리에서 뜯겨 나갔다.) 아마도 좋은 뜻으로 그러고 있었을 오랑우탄의 마음이 분노로 바뀌어 버리고 말았다. 오랑우탄이 힘센 팔을 크게 한 번 휘두르자 노부인의 머리는 거의 몸통에서 떨어져 나갔다. 피를 보자 흥분해 오랑우탄의 분노는 광란으로 치달았다. 오랑우탄은 이를 갈고 눈에서 불을 뿜으며 딸의 몸을 덮쳐 무시무시한 발톱으로 목을 꽉 쥐고 숨이 끊어질 때까지 놓지 않았다. 그 순간 이리저리 방황하던 오랑우탄의 사나운 눈길이 침대 머리 쪽으로 향했는데, 그 너머로 공포로 굳어 버린 주인의 얼굴이 눈에 딱 들어왔다. 무서운 채찍에 대한 기억이 여전히 마음속에 남아 있었던 탓에 짐승의 분노는 곧바로 두려움으로 바뀌었다. 처벌 받을 만한 짓을 저질렀단 사실을 알아챈 오랑우탄은 자신이 저지른 피비린내 나는 짓을 감추고 싶었던 모양인지 극도의 흥분 상태로 방 안을 펄쩍펄쩍 뛰어다니면서 가구를 넘어뜨리고 부수기도 하고 침대에서 침구를 끌어내리기도 했다. 결국에는 먼저 딸의 시체를 움켜잡고 사람들에게 발견됐을 때의 모습으로 굴뚝에 처박아 넣더니, 그런 다음 곧바로 노부인의 시체를 창문 밖으로 거꾸로 휙 집어 던졌다.

오랑우탄이 심하게 훼손된 시체를 들고 창가로 다가왔을 때, 선원은 겁에 질려 피뢰침에 바짝 달라붙었다. 그리고 기어 내려온다기보다는 미끄러지듯 내려와 곧장 집으로 줄행랑을 쳤다. 이런 학살의 결과가 너무나 두려워 겁에 질린 나머지 오랑우탄의 운명에 대한 염려 따위는 모조리 내팽개쳐 버린 채 말이다. 계단에서 일행이 들었던 소리는 그 짐승이 흥분해서 악마 같이 깩깩거리는 소리와 그 프랑스 인 선원이 공포에 질리고 놀라서 절규하는 소리가 뒤섞인 소리였던 것이다.

이제 여기에 덧붙일 이야기는 거의 없다. 오랑우탄은 틀림없이 그 방의 문이 부서지기 직전에 피뢰침을 타고 방에서 달아났을 것이다. 또한 틀림없이 나가면서 창문을 닫았을 것이다. 그 후 오랑우탄은 주인의 손에 잡혀 아주 비싼 값에 동물원으로 팔아 넘겨졌다. 우리가 파리 경찰국장의 사무실에 들러 이 사건의 자초지종을(뒤팽의 논평을 약간 곁들여) 설명한 뒤, 르 봉은 곧바로 석방되었다. 경찰국장은 아무리 내 친구에게 호의적이라 하더라도 사건이 그런 식으로 풀린 데 대해 분한 마음을 완전히 숨기지는 못하고, 다들 각자 자기 본분에만 충실하면 좋을 거라며 대놓고 빈정거리는 투로 한두 마디 했다.

그 말에 대꾸할 필요가 없다고 생각한 뒤팽이 내게 속삭였다.

"그냥 내버려 두게. 마음대로 지껄이게 내버려 둬. 그럼 그의 마음이 좀 풀리겠지. 난 그의 진영에서 그를 패배시킨 것으로 만족하네. 하지만 그가 이 수수께끼 같은 사건을 푸는 데 실패한 것은 그가 생각하는 만큼 놀랄 일은 아니야. 사실 우리의 친구인 경찰국장은 깊이 있는 사고를 하기에는 다소 좀 교활한 편이니까 말일세. 그의 지혜는 수술 없는 꽃과 같아. 라베르나 여신*처럼 머리만 있고 몸통은 없지. 아니면 기껏해야 대구처럼 머리와 어깨만 있는 정도야. 그래도 따져 보면 그는 좋은 사람이야. 나는 그가 위선적으로 말하는 솜씨가 뛰어나서 특히 맘에 들어. 그 덕택에 그는 독창적이라는 평판을 얻었지. 그러니까 '있는 것은 부정하고 없는 것은 설명하는' 식의 그 태도로 말일세."

---

*라베르나 여신 : 도둑과 사기꾼의 여신.

절름발이 개구리

나는 그 왕만큼 농담에 그토록 강렬하게 반응하는 사람은 결코 알지 못한다. 그 왕은 오직 농담을 위해서만 사는 것 같았다. 농담 같은 재미있는 이야기를 잘하는 것이 그의 총애를 얻는 가장 확실한 길이었다. 그래서 그의 일곱 대신들 모두 우스갯소리를 잘하기로 유명했다. 그들은 농담을 하는 데 있어서 타의 추종을 불허한다는 점뿐만 아니라 체구가 크고 뚱뚱하고 기름이 질질 흐른다는 점에서도 다들 왕을 닮았다. 사람들이 농담을 해서 뚱뚱해지는 것인지, 뚱뚱하면 저절로 농담을 잘하게 되는 것인지 도무지 잘 알 수는 없지만, 마른 재담꾼이 지상에서 보기 드문 것만은 확실하다.

왕은 자신이 재치의 '혼령'이라고 부르는 품위에 대해서는 별로 신경 쓰지 않았다. 내용이 풍부한 농담을 특히 찬양했으며 그런 농담을 듣기 위해서라면 이야기가 아무리 길어도 참아내는 경우가 많았다. 지나치게 까다로운 농담에는 싫증을 냈다. 왕은 볼테르의 『자디그』보다는 라블레의 『가르강튀아』를 좋아했으며, 대체로 말장난보다는 사람을 웃음거리로 만드는 짓궂은 농담이 그의 취향에 맞았다.

내가 지금 이야기하고 있는 시대에는 직업적인 익살꾼들이 궁전에서 완전히 사라지지 않았을 때다. 유럽 대륙의 몇몇 '열강'들은 아직도 '광대'를 궁전에 두고 있었다. 광대들은 모자를 쓰고 방울을 단 알록달록한 복장으로 대기한 채 왕의 식탁에서 떨어진 빵 부스러기를 소재로도 즉석에서 언제든 날카로운 재담을 던질 준비가 되어 있어야 했다.

우리의 왕도 당연히 자신의 '광대'를 두고 있었다. 사실 왕에게는 우스꽝스러운 짓이 **필요했다.** 왕 자신은 말할 나위도 없고 일곱 명의 현명한 대신들의 묵직한 지혜를 상쇄하기 위해서라도 말이다.

하지만 왕의 광대, 즉 전문 익살꾼은 그저 단순한 광대가 아니었다. 그 광대는 난쟁이에 절름발이였기에 왕의 눈에는 세 배나 값어치 있어 보였다. 그 당시 난쟁이는 광대만큼이나 궁전에서 흔한 존재였다. 그리고 함께 웃을 익살꾼과 조롱의 대상인 난쟁이가 없었더라면 (다른 곳에서보다 궁전에서는 하루가 좀 더 길기 때문에)하루하루를 보내기 어려웠을 군주들이 많았다. 하지만 앞서 말했듯이, 익살꾼들은 백에 아흔아홉은 뚱뚱하고 동글동글하고 거구이다. 그러므로 '절름발이 개구리'(이것이 그 광대의 이름이다.) 한 사람이 세 가지 보물을 지니고 있어서 우리의 왕이 얻는 만족은 결코 적지 않았다.

'절름발이 개구리'란 이름은 이 난쟁이가 세례를 받을 때 대부가 지어 준 것이 아니라 다른 사람들처럼 걷지 못한다는 이유로 일곱 대신들이 만장일치로 붙인 이름이었을 것이다. 사실 절름발이 개구리는 껑충껑충 뛰는 것도 꿈틀거리는 것도 아닌 감탄을 자아낼 만한 걸음걸이로 걸어 다녔다. 그런 움직임은 왕에게 무한한 즐거움과 더불어 위안도 주었는데, 왕이 궁 전체에서 가장 중요한 인물이었음에도 배가 불룩 튀어나오고 머리도 태어날 때부터 엄청 컸기 때문이다.

절름발이 개구리는 뒤틀린 다리 때문에 길이나 바닥을 걸어갈 때 무척 고통스러워하며 힘겹게 겨우 움직일 수 있었지만, 다리의 결함에 대한 보상으로 조물주가 하사한 듯한 엄청난 팔 힘 덕택에 나무나 밧줄이 있거나 뭐든 잡고 올라갈 수 있는 곳에서는 여러 가지 놀라운 재주를 부릴 수 있었다. 그런 재주를 부릴 때 그는 분명 개구리보다는 다람쥐나 작은 원숭이와 훨씬 더 비슷했다.

나는 절름발이 개구리가 본래 어느 나라에서 왔는지는 정확히 알지 못한다. 하지만 어느 누구도 들어본 적 없는, 우리 왕의 궁전에서 꽤 멀리 떨어진 어느 미개한 지역에서 온 것만은 분명하다. 절름발이 개구리와 (몸의 비율은 굉장히 훌륭하고 경탄할만한 무용수였지만)그에 못지않게 작은 어린 난쟁이 소녀는 인접 지역에 있는 각자의 고향에서 백전백승 하는 어떤 장군에게 강제로 끌려와 그 왕에게 전리품으로 바쳐진 것이었다.

사정이 이러하니, 이 두 작은 난쟁이 포로 사이에 친밀감이 싹텄다 해도 전혀 놀랄 것이 없다. 실제로 그들은 곧 둘도 없는 친구 사이가 되었다. 절름발이 개구리는 온갖 재주를 부렸지만 전혀 인기가 없어서 트리페타에게 별로 도움이 되지 못했다. 하지만 트리페타는 (비록 난쟁이였지만)우아하고 무척 아름다웠기 때문에 누구에게나 칭송받고 사랑을 받았다. 그래서 그녀는 대단한 영향력을 지니게 되었는데, 할 수 있을 때면 언제나 절름발이 개구리를 위해서 영향력을 발휘하고는 했다.

어떤 행사였는지는 잊었지만 어느 웅장한 국가 행사를 맞아왕은 가장무도회를 열기로 결정했다. 가장무도회나 그 비슷한 연회가 궁전에서 열릴 때마다 절름발이 개구리와 트리페타는 둘다 재주를 펼쳐야 했다. 특히 절름발이 개구리는 야외극을 기획하고 가장무도회를 위해 새로운 배역을 제안하고 의상을 준비하는 데 아주 재능이 뛰어나서 그의 도움을 받지 않고서는 어떤 일도 진행할 수 없을 것 같았다.

드디어 연회가 열리는 날 밤이 되었다. 트리페타의 눈앞에 펼쳐진 호사스러운 연회장은 가장무도회를 화려하게 보일 수 있게해 주는 온갖 장식으로 꾸며져 있었다. 궁전은 기대의 열기로 가득했다. 의상과 배역 면에서는 모든 사람이 미리 결정한 바대로입고 꾸미고 온 듯했다. 많은 사람들이 일주일, 심지어는 한 달전에 (어떤 역할로 꾸밀지)미리 정해 뒀고, 실제로 어느 누구에게서도 망설인 흔적은 조금도 찾아볼 수 없었다. 그런데 왕과일곱 대신들만은 그렇지 못했다. 장난삼아 그러는 게 아니라면그들이 왜 머뭇거리는지 전혀 알 수 없었다. 어쩌면 너무 뚱뚱해서 결정을 하기가 어려웠을지도 모른다. 여하튼 시간이 빠르게흘러가고 있었다. 그들은 최후의 수단으로 트리페타와 절름발이 개구리를 불러들였다.

자그마한 두 친구가 왕의 부름을 받고 가서 보니, 왕은 일곱 대신들과 함께 술판을 벌이고 있었다. 하지만 왕은 기분이 몹시 언짢아 보였다. 왕은 절름발이 개구리가 술을 좋아하지 않는다는 것을 알고 있었다. 이 불쌍한 절름발이는 술을 마시면 흥분해서 거의 미친 사람처럼 되곤 했는데 그런 상태가 되면 기분이 좋지 않았기 때문이었다. 하지만 왕은 사람을 놀려 먹는 짓궂은 장난을 무척 좋아했고 절름발이 개구리에게 억지로 술을 마시게 해서 (왕의 표현을 빌리자면)'흥겹게' 만드는 것을 즐거움으로 삼았다.

"이리 오너라, 절름발이 개구리야."

자신의 어릿광대와 그의 친구가 안으로 들어오자 왕이 말했다.

"고향에 있는 네 친구들의 건강을 위해 가득 채운 이 술잔을 쭉 들이켜라.(여기에서 절름발이 개구리는 한숨을 쉬었다.) 그런 다음 우리는 네 재주 덕을 좀 봐야겠구나. 우리에겐 배역이 필요하다. **배역**이 말이다. 에잇. 뭔가 참신한 걸로. 진기한 배역으로 말이지. 우리는 늘 똑같은 단조로운 배역에 신물이 나. 자, 어서 마셔라! 술을 마시면 머리가 더 잘 돌아갈 터이니."

절름발이 개구리는 왕의 이러한 명령에 평소처럼 익살스런 대답을 하려고 애를 썼지만 그건 그에게 너무 버거운 일이었다. 그날은 우연히도 가엾은 이 난쟁이의 생일이었는데 '고향에 있는 친구들'을 위해 술을 마시라는 왕의 명령에 그의 눈에 왈칵 눈물이 솟구쳤다. 폭군의 손에서 겸허히 건네받은 술잔 안으로

143

쓰라리고 굵은 그의 눈물방울이 뚝뚝 떨어졌다.

"아! 하! 하! 하!"

난쟁이가 술잔을 마지못해 비우자 폭군이 큰 소리로 웃음을 터트렸다.

"자, 이제 좋은 술이 어떤 작용을 하는지 보자꾸나! 이런, 네 눈이 벌써 빛나지 않느냐!"

가엾게도 절름발이 개구리의 커다란 눈은 빛난다기보다는 흐릿해졌다. 흥분을 잘하는 그의 뇌에 술이 끼친 영향은 즉각적이면서도 강력했던 것이다. 절름발이 개구리는 술잔을 탁자에 힘차게 탁 내려놓더니 반쯤 미친 듯한 시선으로 주위의 사람들을 둘러봤다. 다들 왕의 '장난'이 성공하자 크게 즐거워하는 듯했다.

"그럼 이제 슬슬 시작해 볼까요?"

무척 뚱뚱한 수상이 말하자 왕이 대답했다.

"그러도록 하지. 자, 절름발이 개구리야, 우리를 도와다오. 무슨 배역이 좋겠느냐, 나의 어릿광대여? 우린 배역이 필요해. 우리 모두 다. 하! 하! 하!"

이것은 농담으로 한 말이 분명했기에 왕이 소리 내어 웃자 일곱 대신들도 따라 웃었다.

절름발이 개구리도 따라 웃었지만 희미하고 다소 공허한 웃음이었다.

"자, 어서, 제안할 게 없느냐?"

왕이 조바심을 내며 말했다.

"뭔가 참신한 게 없나 열심히 궁리 중이옵니다."

술 때문에 정신이 많이 나간 상태였기 때문에 난쟁이는 멍하니 대답했다.

"궁리 중이라니!"

폭군이 사납게 버럭 소리를 질렀다.

"그게 대체 무슨 뜻이냐? 아, 알겠다. 술을 더 마시고 싶어서 골이 난 게로구나. 옜다, 마셔라!"

그러면서 왕은 다른 술잔에 술을 가득 부어서 절름발이에게 건넸는데, 절름발이 개구리는 거칠게 숨을 쉬며 그저 술잔을 빤히 노려볼 뿐이었다.

"마시라지 않았느냐! 마시지 않는다면 내 당장……."

괴물 같은 왕이 소리쳤다.

난쟁이는 머뭇거렸다. 왕은 화가 나서 얼굴이 시뻘게졌다. 대신들은 히죽히죽 웃었다. 트리페타가 송장처럼 창백한 얼굴로 군주가 앉은 자리 쪽으로 걸어 나가 그 앞에 무릎을 꿇고 자신의 친구를 용서해 달라고 애원했다.

폭군은 트리페타의 대담한 행동에 깜짝 놀라 잠시 동안 그녀를 쳐다봤다. 그는 어떻게 해야 할지, 뭐라고 말해야 할지, 어떻게 자신의 분노를 표현하는 게 좋을지 몰라서 머뭇거리는 듯했다. 마침내 말 한 마디 없이 왕은 트리페타를 거칠게 밀치고는 술잔에 가득 찬 술을 트리페타의 얼굴에 확 끼얹었다.

불쌍한 소녀는 있는 힘을 다해 겨우 일어나 감히 한숨조차 쉬지 못한 채로 탁자 끝에 있는 자기 자리로 돌아갔다.

한 30초 정도 죽음과도 같은 정적이 흘렀는데 나뭇잎 한 장이나 깃털 하나가 떨어지는 소리도 들릴 것만 같았다. 정적은 그 방 안의 모든 구석에서 동시에 나오는 듯한, 나지막하지만 거칠고 길게 끌어 신경에 거슬리는 소리에 의해 깨졌다.

"왜, 대체, 무엇 때문에 이런 소리를 내는 것이냐?"

왕이 미친 듯이 분노하여 난쟁이를 돌아보며 소리쳤다.

난쟁이는 술이 많이 깬 듯한 모습으로 폭군의 얼굴을 침착하게 쳐다보며 그저 이렇게 외쳤다.

"저, 저 말입니까? 어떻게 제가 그런 소리를 낼 수 있겠사옵니까?"

"소리는 안에서 난 것이 아닌 듯하옵니다. 창가의 앵무새가 새장의 철사에 부리를 가는 소리 같사옵니다."

대신 가운데 하나가 말했다.

그 말에 무척 안도한 듯이 군주가 대꾸했다.

"그렇군. 하지만 난 그게 이 못된 놈이 이 가는 소리인 줄 알았노라."

이 말에 난쟁이가 웃음을 터트리며(왕은 익살이라면 사족을 못 쓰는 사람이었던지라 누구든 웃는 사람에게 아주 관대했다.) 아주 큼지막하고 강하며 혐오스러운 이를 한껏 드러내 보였다. 게다가 난쟁이는 왕이 바라시는 만큼 얼마든지 기꺼이 술을 마시겠다고 공언했다. 그러자 군주는 화가 가라앉았다. 절름발이 개구리는 술을 가득 채운 잔을 또 한 잔 쭉 들이켰지만 아무런 문제도 일으키지 않고 곧바로 활기차게 가장무도회 계획을 세우기 시작했다. 그러면서 아주 차분하게 평생 처음 술을 마셔 보는 사람처럼 말했다.

"왜 이런 생각이 떠올랐는지는 모르겠습니다만 폐하께서 트리페타를 밀치며 얼굴에 술을 끼얹은 바로 직후에, 그러니까 폐하께옵서 그렇게 하신 뒤 창밖에서 앵무새가 이상한 소리를 내는 동안 제 머릿속에 느닷없이 생각이 하나 떠올랐사옵니다. 그건 제 고향에서 즐겨하던 놀이이온데, 고향에서는 가장무도회에서 즐겨 하던 흔한 것이지만, 이곳에서는 완전히 새로울 것입니다. 하지만 불행히도 그 놀이를 하는 데는 여덟 사람이 필요하온데……."

"우리가 있지 않느냐!"

우연히도 여덟 명이 된다는 사실을 얼른 발견하고는 왕이 소리 내어 웃으며 소리쳤다.

"딱 여덟 명이지 않느냐. 나와 일곱 대신이 있으니 말이다. 자! 그 놀이는 어떤 것이냐?"

그러자 절름발이 개구리가 대답했다.

"그 놀이는 '쇠사슬에 묶인 여덟 마리 오랑우탄'이라고 하는 놀이이옵니다. 잘만 하면 정말이지 재미있사옵니다."

"그 놀이를 하겠노라."

왕이 가슴을 펴고 똑바로 서서 눈을 가늘게 뜨고 말하자 절름발이 개구리가 설명했다.

"이 놀이의 묘미는 여자들을 소스라치게 놀라게 한다는 데 있사옵니다."

"멋진데!"

군주와 대신들이 한목소리로 외치자 절름발이 개구리는 설명을 계속 해 나갔다.

"제가 폐하와 대신 분들을 오랑우탄으로 변장시켜 드리겠사옵니다. 모든 걸 제게 맡겨 주십시오. 오랑우탄과 아주 똑같이 변장시켜서 가장무도회에 참석한 사람들이 폐하와 대신 분들을 진짜 오랑우탄으로 여기게 만들겠습니다. 물론 사람들은 놀라는 것 못지않게 겁에 질리기도 할 것입니다."

그러자 왕이 감탄해서 외쳤다.

"오, 그것 참으로 훌륭하구나! 절름발이 개구리야! 내 너를 훌륭한 자리에 앉혀 주마."

"쇠사슬은 철커덩거리는 소리를 내서 혼란을 더 야기시키기 위한 것입니다. 폐하와 대신 분들께서는 집단으로 관리인에게서 도망쳐 나온 오랑우탄이 되셔야 하옵니다. 폐하께서는 가장무도 회에서 쇠사슬에 묶인 여덟 마리의 오랑우탄이 어떤 소동을 일 으킬지 상상도 못하시겠지요. 가장무도회에 참석한 대부분의 사 람들은 폐하와 대신 분들을 진짜 오랑우탄이라 생각할 것입니 다. 폐하와 대신 분들께서 사납게 소리를 지르며 우아하고 화려 한 옷차림의 남녀 손님들 사이로 난입해 들어가시는 겁니다. 그 러면 그 대조가 타의 추종을 불허할 것이옵니다."

"틀림없이 그렇겠군."

왕이 말했다. 그런 뒤 대신들은 (점점 시간이 늦어지고 있었 으므로)절름발이 개구리의 계획을 실행에 옮기기 위해 서둘러 자리에서 일어났다.

절름발이 개구리가 여덟 사람을 오랑우탄으로 변장시키는 방 법은 아주 간단했지만 그의 목적을 위해서는 충분히 효과적이었 다. 문제의 동물은 지금 내가 이야기를 하는 그 시대에는 문명 화된 세계 어디에서도 아주 보기 드물었다. 난쟁이가 여덟 사람에게 해 준 분장은 충분히 짐승 같이 보이는 데다 아주 무시무시하기까지 했으므로, 실물과 다를 바 없는 진짜 모습을 구현해 낸 것으로 생각되어졌다.

난쟁이는 왕과 대신들에게 먼저 꼭 끼는 메리야스* 셔츠와 바지를 입혔다. 그런 다음 온몸에 타르를 칠했다. 이 단계에서 대신 한 명이 깃털을 붙이면 어떻겠냐고 제안했지만 난쟁이는 그 제안을 바로 물리쳤다. 난쟁이는 아마포를 실제로 보여 주며 오랑우탄 같은 짐승의 털은 **황갈색 아마포**로 표현하는 게 훨씬 더 효과적이라고 그 여덟 명을 금방 납득시켰다. 타르를 칠한 그들의 몸에 난쟁이는 아마포를 두껍게 붙였다. 그런 뒤 긴 쇠사슬을 구해 왔다. 먼저 쇠사슬을 왕의 허리에 둘러서 **동여맸다**. 그런 다음 대신에게도 쇠사슬을 두르고 동여매, 모두를 똑같은 방식으로 잇따라 묶었다. 이렇게 쇠사슬로 묶는 일을 마친 다음에는 여덟 명 각각이 최대한 멀리 떨어져 원을 이루며 서게 했다. 그리고 모든 것을 자연스럽게 보이도록 만들기 위해서 절름발이 개구리는 남은 쇠사슬을 그 원을 가로질러 십자 모양으로 교차시켰는데, 그것은 요즘 보르네오 섬에서 침팬지나 큰 원숭이를 포획하는 사람들이 쓰는 방식과 같은 것이었다.

가장무도회가 열릴 웅장한 연회실은 천장이 굉장히 높은 원형 홀로, 천장에 난 유일한 창을 통해서만 햇빛이 들어오는 곳이었다. 밤에는(그 방은 특히 그 시간을 위해 설계되었다.) 주로

---

*메리야스 : 면사나 모사로 신축성이 있고 촘촘히게 찐 친. 속옷, 장갑 따위를 만드는 데에 쓴다.

큰 샹들리에 하나로 불을 밝혔는데, 그 샹들리에는 천장 채광창 가운데에 쇠사슬로 매달린 채로 보통 그렇듯이 평형추로 위로 올리기도 하고 아래로 내려지기도 했다. 하지만 (보기 흉하지 않도록)평형추는 둥근 천장 밖으로 빼서 지붕 위로 올라가 있었다.

연회실 안의 준비는 트리페타가 지휘했다. 그러나 몇 가지 점에 있어서는 친구인 난쟁이의 더 냉정한 판단을 따른 것 같았다. 이번에 샹들리에를 떼어 낸 것은 바로 절름발이 개구리의 제안에 따른 것이었다. 샹들리에에서 촛농이 뚝뚝 떨어져(날씨가 무척 더워서 그걸 막기란 거의 불가능했다.) 손님들의 화려한 드레스를 심하게 망쳐 버릴지도 모르는데, 연회실이 붐비는 상태에서는 손님들 모두가 연회실 한가운데 즉 그 샹들리에 아래를 피하기를 기대하는 건 무리였기 때문이다. 트리페타는 연회실 여기저기 걸리적거리지 않는 곳에 추가로 벽 촛대를 여럿 걸어 놓았다. 그리고 다 합하면 오륙십 개쯤 되는 벽에 기대어 세워 놓은 여인상 기둥의 오른손에 달콤한 향을 풍기는 횃불도 하나씩 들려 놓았다.

여덟 마리의 오랑우탄들은 절름발이 개구리의 충고에 따라 사람들 앞에 모습을 드러내지 않고 (연회실이 가장무도회 참석자들로 완전히 꽉 찬)자정이 될 때까지 꾹 참고 기다렸다. 하지만 자정을 알리는 시계 종소리가 그치자마자 그들은 방으로 돌진해 들어갔다. 사실 다 함께 굴러 들어갔다고 하는 편이 맞다. 그들을 묶어 놓은 쇠사슬 때문에 대부분이 넘어지는 바람에 연회실로 들어가면서 다들 비틀거렸던 것이다.

가장무도회에 참석한 사람들 사이에서 크게 동요가 일자 왕의 마음은 환희로 가득했다. 예상했던 대로, 흉포한 모습의 그들을 정확히 오랑우탄은 아니더라도 어쨌든 진짜 동물이라고 생각하는 손님들이 많았다. 많은 여자 손님들이 깜짝 놀라 기절했다. 연회실에 무기를 하나도 들이지 못하게 왕이 사전 조치를 취해 놓지 않았더라면, 왕의 일행은 곧바로 자신들의 장난을 피로 속죄하게 됐을 것이다. 그러나 실제는 그렇지 않았으므로 사람들은 도망치려고 문을 향해 돌진했다. 하지만 왕은 자신이 연회실로 들어가자마자 문을 걸어 잠그라고 명령을 해 둔 상태였다. 그리고 난쟁이의 제안에 따라 열쇠는 그에게 맡겨 놓았다.

소란이 절정에 달해 가장무도회에 참석한 사람들이 각자 자신의 안전을(사실 흥분한 군중들이 서로 밀쳐 대서 **실제로** 위험한 상황이 많았기 때문이다.) 챙기기에만 급급한 사이, 평소에는 샹들리에가 매달려 있었지만 그것을 떼 낸 다음 위로 끌려 올라가 있던 쇠사슬이 점점 아래로 내려오는 것이 보였는데 급기야 그 쇠사슬의 갈고리 끝이 마룻바닥에서 채 1미터도 안 되는 높이까지 내려왔다.

이런 뒤 얼마 지나지 않아 온 사방으로 비틀거리며 돌아다니던 왕과 일곱 대신들은 마침내 연회실 한가운데로 가게 되었고 당연히 샹들리에 쇠사슬 고리에 닿게 되었다. 그들이 이런 상황에 처하는 동안, 계속 동요를 일으키도록 부추기며 조용히 그들 바로 뒤를 따르던 난쟁이는 그 여덟 명을 원으로 엮어 십자로 가로질러 묶은 쇠사슬의 한가운데를 붙잡았다. 그러고는 재빨리 머리를 굴려 거기에다 샹들리에를 달 때 쓰는 갈고리를 걸었다.

그러자 눈 깜짝할 사이에 어떤 보이지 않는 작용에 의해 샹들리에에 쇠사슬이 위로 끌려 올라가 갈고리는 이제 손이 닿지 않는 곳까지 올라가 있었고, 필연적인 결과로서 여덟 오랑우탄들도 서로 따닥따닥 붙어 얼굴을 맞댄 채로 다 함께 끌려 올라갔다.

이때쯤 가장무도회 참석자들은 놀란 마음이 어느 정도 진정된 상태였다. 그리고 이 모든 일이 잘 꾸며진 한 편의 장난이란 걸 깨닫고는 곤경에 처한 오랑우탄들을 보며 한바탕 크게 웃음을 터트렸다.

이때 "저자들을 내게 맡겨 두시오!" 하고 절름발이 개구리가 소리쳤는데, 그의 날카로운 목소리는 아주 소란스런 가운데서도 잘 들렸다.

"저자들을 내게 맡겨 두시오. 난 저들이 누군지 알 것 같소. 유심히 보면 저들이 누군지 금방 알 수 있을 거요."

이렇게 말을 한 뒤 절름발이 개구리는 군중들의 머리 위를 잽싸게 기어 넘어가 벽 쪽으로 갔다. 그곳에서 여인상 기둥에 있던 횃불 하나를 집어 들고는 벽 쪽으로 갈 때와 똑같은 방식으로 연회실 중앙으로 돌아와서 원숭이처럼 민첩하게 왕의 머리 위로 뛰어 올랐다. 그러고는 쇠사슬을 1미터 정도 기어 올라가 횃불을 아래로 내려 오랑우탄 무리를 살펴보며 계속 소리쳤다.

"이들이 누군지 내가 금방 밝혀내겠소!"

이제 이 말에 연회실 안의 모든 사람들이(오랑우탄들을 포함해서) 포복절도하고 있는데, 갑자기 절름발이 개구리가 날카로운 휘파람 소리를 냈다. 그러자 쇠사슬이 10미터 정도 위로 확 당겨 올라갔고, 당황해서 발버둥치는 오랑우탄들도 함께 딸려 올라가 천장 채광창과 마룻바닥 사이의 공중에 대롱대롱 매달린 상태가 되었다. 절름발이 개구리는 위로 올라가는 쇠사슬에 매달린 채로 여덟 오랑우탄들을 향해 계속 같은 자세를 유지하며 그들이 누구인지 알아내려고 애쓰는 것처럼 여전히(마치 아무 일도 없었던 것처럼) 횃불을 아래의 여덟 오랑우탄 쪽으로 계속 들이밀었다.

이렇게 쇠사슬에 매달린 채 그들이 위로 올라가자 그곳에 모인 모든 사람들이 완전히 깜짝 놀랐고, 뒤이어 1분 정도 죽음과도 같은 정적이 흘렀다. 그 정적은 앞서 왕이 트리페타의 얼굴에 술을 끼얹었을 때 왕과 대신들의 주의를 끌었던 나지막하지만 거칠고 신경에 거슬리는 그 소리에 의해 깨졌다. 하지만 이번에는 어디에서 그 소리가 나오는지 의심할 여지가 없었다. 그것은 난쟁이가 입에 거품을 물며 송곳니를 뿌드득뿌드득 가는 소리였다. 그러면서 난쟁이는 미친 듯이 격노한 표정으로 자신을 올려다보고 있는 왕과 일곱 대신들의 얼굴을 쏘아봤다. 그러더니 마침내 격노한 어릿광대가 외쳤다.

"아하! 그래! 이제야 이자들이 누군지 알겠군!"

이렇게 외치며 절름발이 개구리는 왕을 더 자세히 살피는 척하며 왕의 몸을 감싼 아마포에 횃불을 갖다 댔다. 그러자 곧바로 아마포로 불이 확 옮겨 붙어 훨훨 타올랐다. 밑에서 많은 사람들이 그들을 도울 길이 없어 공포에 질린 채 그냥 우두커니 올려다보며 비명을 질러 대는 가운데, 순식간에 여덟 마리 오랑우탄이 전부 불길에 휩싸였다.

갑자기 불길이 맹렬한 기세로 치솟자 결국 어릿광대는 불길을 피해 쇠사슬을 타고 더 높이 위로 올라갔다. 그가 이렇게 올라가는 동안 아래의 군중들은 또다시 아주 잠깐 동안 침묵에 빠졌다. 난쟁이는 이 기회를 놓치지 않고 다시 한 번 큰 소리로 말했다.

"오랑우탄으로 분장한 이자들이 누군지 이제 똑똑히 알겠구나. 이들은 왕과 일곱 대신들이다. 무방비 상태의 소녀를 밀치고도 양심의 가책을 조금도 느끼지 않는 왕과 그런 짓을 하도록 왕을 부추긴 일곱 대신들 말이야. 나로 말할 것 같으면, 그저 절름발이 개구리인 어릿광대에 불과하지. 그리고 이것이 나의 마지막 익살극이다."

아마포도 또 타르도 둘 다 불에 잘 타는 물질이었기 때문에 난쟁이가 짧은 연설을 마치기가 무섭게 복수극도 완료되었다. 여덟 구의 시체는 악취를 풍기며 새까맣게 타서 그지없이 끔찍하고 서로 분간할 수 없는 한 덩어리가 되어 쇠사슬에 매달린 채 흔들리고 있었다. 절름발이는 그 여덟 구의 시신을 향해 횃불을 집어 던지고는 유유히 천장까지 기어 올라가더니 천장 채광창을 통해 밖으로 사라졌다.

그 후로 다시는 트리페타와 절름발이 개구리의 모습을 볼 수 없었던 것으로 보아, 트리페타가 연회실 지붕에 올라가 친구의 불타는 복수극을 돕고 둘이 함께 자신들의 나라로 도망쳤을 것이라고 추측된다.

아몬티야도 술통

포르투나토의 수많은 못된 짓을 나는 최대한 참아 왔다. 하지만 그가 감히 나에게 모욕까지 주자 나는 복수를 맹세하기에 이르렀다. 하지만 내 성격을 아주 잘 아는 사람이라면 내가 대놓고 그를 위협했으리라고는 생각하지 않을 것이다. '기필코 복수하고 말리라.'라는 결심만큼은 확고히 섰다. 하지만 결심이 아주 확고한 만큼 위험의 여지도 없어야 했다. 나는 그에게 벌을 주되 내가 벌을 받지 않게 해야 했다. 잘못을 바로잡은 사람에게 징벌이 가해진다면 그건 잘못을 바로잡은 게 아니다. 마찬가지로 잘못을 저지른 자가 자신이 복수를 당하고 있다고 느끼지 못한다면, 그것 또한 잘못을 바로잡은 게 아니다.

단언컨대 나는 말로도 행동으로도 포르투나토에게 내 선의를 의심할 만한 원인을 제공한 적이 없었다. 늘 그랬듯 나는 계속 그의 면전에서는 미소를 지어 보였고, 그는 지금의 내 미소가 그를 제물로 삼을 것이란 생각으로 띤 것임을 알아채지 못했다.

포르투나토에게도 약점이 있었다. 비록 다른 여러 면에서는 존경을 받고 경외감마저 갖게 만드는 사람이었지만 말이다. 포르투나토는 자신의 포도주 감식 능력에 대한 자부심이 대단했다. 포도주 감식에 있어 이탈리아 인들 가운데 진정한 명인의 자세를 지닌 사람은 거의 없다. 대개의 경우 이탈리아 인들의 열정은 때와 기회에 맞춰, 가령 영국이나 호주의 백만장자들에게 사기를 친다거나 할 때 발휘된다. 그림이나 보석에 있어서는 포르투나토도 자기 나라 사람들처럼 사기꾼이었다. 하지만 오래된 포도주에 관해서만큼은 진지했다. 이 점에 있어서는 나도 그와 크게 다르지 않았다. 나는 이탈리아산 포도주에 정통해서 기회가 닿을 때마다 대량으로 사들이곤 했다.

사육제의 축제 열기가 최고조에 이른 어느 날 저녁 해질 무렵, 나는 거리에서 그 친구와 마주쳤다. 그는 술을 거나하게 마신 탓에 지나치게 반가워하며 내게 다가와 말을 걸었다. 그는 얼룩덜룩한 광대 복장을 하고 있었다. 그는 몸에 꼭 맞는 다채로운 줄무늬 옷을 입고 머리에는 방울이 달린 원뿔 모양의 모자를 쓰고 있었다. 난 그를 만나 굉장히 기쁜 나머지 그의 손을 꽉 잡고 절대로 놔줄 생각을 하지 않았다. 내가 그에게 말했다.

"이보게 친구, 포르투나토, 마침 잘 만났네. 오늘 자네 정말로 멋져 보이는군! 그런데 말일세, 아몬티야도 술이라고 해서 내가 큰 통으로 하나 사들이긴 했는데 아무래도 좀 미심쩍다네."

그러자 포르투나토가 대꾸했다.

"뭐? 아몬티야도를? 그것도 한 통을? 말도 안 돼! 게다가 사육제가 한창인 이때에!"

"아무래도 나도 좀 의심스럽다네. 정말 어리석게도 자네와 상의도 하지 않고 아몬티야도 술값을 전부 다 지불해 버렸다네. 자네를 찾았지만 어디에도 보이지 않고, 그렇다고 헐값에 판다는데 기회를 놓치고 싶지도 않았거든."

"아몬티야도라니!"

"아무래도 의심스러워."

"아몬티야도라!"

"아몬티야도가 맞는지 확인해 봐야겠어."

"아몬티야도라고!"

"자네가 바쁜 것 같으니, 루케시에게 가 봐야겠네. 그걸 제대로 감식할 만한 사람은 그자밖에 없어. 그자라면 알려……."

"루케시는 아몬티야도와 셰리*도 구분 못 해."

"그래도 몇몇 어리석은 자들은 포도주 감식에 있어서는 그가 자네에게 필적한다고 주장하지."

"자, 어서 가세."

"어디로 말인가?"

"어디라니, 자네 집 지하 저장실 말이지."

"이보게, 안 그래도 되네. 착한 자네에게 폐를 끼치고 싶지 않네. 자넨 볼일이 있는 것 같은데. 그냥 루케시한테……."

---

*아몬티야도와 셰리 : 둘 다 스페인산 백포도주의 일종이다.

"난 아무런 볼일도 없네. 그러니 어서 가세."

"이보게, 안 그래도 된다니까 그러네. 사실 볼일이 문제가 아니라 자네가 무척 추울까 봐 그러네. 우리 집 지하 저장실이 참을 수 없을 정도로 축축하네. 게다가 질산칼륨으로 뒤덮여 있기까지 해."

"그래도 괜찮네, 어서 가세. 추위는 아무것도 아니야. 아몬티야도라니! 자넨 속은 거야. 그리고 루케시 말인데, 그자는 셰리와 아몬티야도도 구분 못해."

이렇게 말하면서 포르투나토는 내 팔을 잡아끌었다. 나는 검정색 비단으로 된 가면을 쓰고 무릎까지 오는 긴 망토를 몸 쪽으로 바싹 끌어당기고서, 못 이기는 척 그에게 이끌려 집으로 서둘러 갔다.

집에는 하인들이 남아 있지 않았다. 사육제를 즐기려고 다 놀러 나가고 없었다. 나는 아침까지 돌아오지 않을 것이라고 미리 일러두며, 다들 집에서 꼼짝 말고 있으라고 단단히 명령을 내려놓았다. 그렇게 명령을 내리면 분명 내가 등을 돌리자마자 한 명도 빠짐없이 전부 다 곧바로 집에서 나가리란 사실을 나는 잘 알고 있었다.

나는 횃대에서 횃불을 두 개 집어서 하나를 포르투나토에게 건넨 다음, 여러 방을 지나 지하 저장실로 이어지는 아치형 통로로 안내했다. 나는 그에게 조심해서 따라오라고 말하며 길고 구불구불한 계단을 내려갔다. 우리는 마침내 계단을 다 내려가 몬트레소르가의 지하 묘지의 축축한 바닥에 함께 서게 되었다.

내 친구가 비틀거리며 걷는 바람에 성큼성큼 한 걸음 내디딜

158

때마다 그의 모자에 달린 방울이 딸랑거렸다.

"술통은?"

그가 물었다.

"더 가야 있네. 그런데 여기 지하 동굴의 벽에서 빛나는 하얀 거미줄 좀 보게나."

그가 내 쪽으로 돌아서서 술에 취해 촉촉해진 흐린 눈으로 내 눈을 들여다봤다. 그러더니 마침내 이렇게 물었다.

"질산칼륨이랬나?"

"그래. 질산칼륨이네. 이렇게 기침한 지는 얼마나 됐나?"

"콜록! 콜록! 콜록!……콜록! 콜록! 콜록!……콜록! 콜록! 콜록!……콜록! 콜록! 콜록!……콜록! 콜록! 콜록!"

가엾게도 내 친구는 한참 동안 대답을 할 수가 없었다.

"별거 아냐."

마침내 그가 말했지만 나는 단호히 대꾸했다.

"이보게. 안 되겠네. 자네 건강이 중요하니 그냥 돌아가세. 자네는 부유한 데다 사람들의 존경과 칭송과 사랑을 한 몸에 받는 사람이네. 그리고 내가 한때 그랬던 것처럼 행복한 사람이지. 자네는 없어지면 사람들이 섭섭해 할 사람이라네. 나야 어찌 되든 상관없는 사람이지만 말이야. 우리 그만 돌아가세. 자네가 병에 걸리기라도 하면 난 책임 못 지네. 게다가 루케시도 있으니……."

"이제 그만하게. 기침은 정말 별거 아냐. 설마 기침으로 죽을라고. 난 기침 따위로는 죽지 않아."

"그래, 그래, 맞는 말이야. 사실 자네를 쓸데없이 불안하게

만들려던 건 아니었네. 하지만 최대한 조심해야 해. 이 메독*
을 한 모금 마시면 이곳의 축축한 기운쯤은 물리칠 수 있을 걸
세."

이렇게 말하며 나는 선반에 길게 줄지어 놓여 있는 포도주 가
운데 하나를 집어 병의 마개를 땄다.

"자, 마시게."

내가 그에게 포도주를 건네며 말했다.

그는 곁눈질을 하며 포도주 병을 입으로 가져갔다. 그러고는
잠깐 머뭇거리다가 내게 친근하게 고개를 끄덕였는데, 그의 모
자에 달린 방울이 딸랑거렸다.

"우리 주위에 잠든 고인들을 위해 건배하겠네."

그가 말했다.

"그럼 나는 자네의 장수를 위해 건배하겠네."

그가 다시 내 팔을 잡았고 우리는 앞으로 걸어갔다.

"여기 지하 묘지는 굉장히 넓군."

그의 말에 내가 대답했다.

"우리 몬트레소르가는 사람들로 북적이는 대가족이었으니
까."

"자네 가문의 문장이 생각이 안 나는군."

"하늘색 바탕에 황금빛의 거대한 사람 발이 있고, 꼿꼿이 몸
을 세운 채 독니로 발뒤꿈치를 물고 있는 뱀을 그 발로 짓밟고
있는 것이라네."

---

*메독 : 프랑스 메독 지방에서 생산되는 포도주.

"그럼 문장의 제명은 무엇인가?"

"'나를 건드린 자에게는 반드시 보복을'이지."

"멋지군!"

포도주가 그의 눈에서 반짝였고, 모자 방울이 딸랑거렸다. 메독을 마시자 나의 상상력도 점점 열기를 더해 갔다. 우리는 뒤죽박죽 놓인 크고 작은 나무 술통들과 함께 뼈들이 벽처럼 쌓인 통로를 지나 지하 묘지의 가장 깊숙한 곳으로 들어섰다. 나는 다시 잠깐 멈춰 서서 이번에는 포르투나토의 팔 윗부분을 과감하게 꽉 붙잡고 말했다.

"질산칼륨이네! 보게, 질산칼륨이 많아지고 있네. 지하실 천장에 이끼처럼 매달려 있군. 우리는 지금 강 밑에 있네. 뼈들 사이로 물방울이 뚝뚝 떨어지는군. 자, 너무 늦기 전에 돌아가세. 자네 기침이……."

"별거 아니라니까 그러네. 그냥 계속 가세나. 하지만 먼저 메독을 또 한 모금 마신 다음 가세."

나는 드 그라브* 한 병을 따서 그에게 건넸다. 그는 그 술병을 단숨에 비웠다. 그의 눈이 격렬한 빛으로 번득였다. 그는 깔깔 소리 내 웃고 내가 알 수 없는 몸짓을 하며 술병을 위로 던졌다.

나는 놀라서 그를 쳐다보았다. 그가 그 몸짓을, 그 기괴한 동작을 다시 했다.

---

*드 그라브 : 프랑스 보르도 그라브 지역에서 나는 포도주. 그라브는 묘지를 뜻하기도 한다.

"자넨 모르나 보군?"

그가 말했다.

"난 모르겠는걸."

"그렇다면 자넨 단원이 아니군."

"뭐라고?"

"자네는 프리메이슨* 단원이 아니라고."

"아니, 맞네. 단원이 맞아."

"자네가? 말도 안 돼! 자네가 프리메이슨 단원이라고?"

"나도 프리메이슨 단원이네."

"그럼 증거를 보여 주게."

"바로 이걸세."

나는 망토 자락 속에서 흙손**을 꺼내 보이며 대답했다.

"자네 장난 말게!"

그가 이렇게 외치며 몇 걸음 뒤로 물러서더니 다시 말했다.

"어쨌든 아몬티야도를 놔둔 곳으로 계속 가세나."

"그러세."

나는 흙손을 도로 망토 속에 챙겨 넣고는 그에게 다시 팔을 내밀었다. 그는 내 팔에 무겁게 기댔다. 우리는 아몬티야도를 찾아 계속 나아갔다. 일련의 낮은 아치 길을 지나 아래로 내려간 다음, 다시 길을 계속 가다가 또 아래로 내려가서 마침내 깊숙한

---

*프리메이슨: 영국의 석공 조합에서 시작하여 전 세계로 퍼진 세계 시민적 박애주의를 주장하는 비밀 결사 조직.

**흙손: 프리메이슨이 석공 조합에서 출발하였으므로 석공들이 사용하던 흙손은 프리메이슨의 상징 가운데 하나였다.

곳에 있는 지하 묘지에 도착했다. 그곳은 공기가 탁해서 우리의 횃불도 활활 타오르기보다는 은은하게 빛이 났다.

지하 묘지의 가장 안쪽 끝에 그보다 더 작은 지하 묘지가 하나 더 나타났다. 파리의 커다란 지하 묘지에서처럼 그곳에도 벽을 따라 사람의 유골들이 머리 위의 천장까지 수북이 쌓여 있었다. 이 안쪽 묘지는 삼면이 이런 식으로 장식되어 있었다. 네 번째 벽면에는 뼈들이 무너져 내려 바닥에 마구잡이로 나뒹굴며 한 지점에서는 상당히 큰 무더기를 이루고 있었다. 뼈들이 무너져 내린 탓에 드러난 그 네 번째 벽면 안으로 깊이 1.2미터, 너비 0.9미터, 높이 2미터 정도의 우묵하게 들어간 공간이 보였다. 그것은 특별한 용도로 지어진 곳이 아니라 그저 지하 묘지의 천장을 받치는 거대한 두 기둥 사이에 생겨난 공간 같았는데, 그곳의 뒤쪽 벽은 단단한 화강암으로 둘러싸여 있었다.

포르투나토는 흐릿한 횃불을 들어 올려 우묵하게 들어간 그곳을 깊숙이까지 탐색해 보려 했지만 허사였다. 희미한 불로는 우묵하게 들어간 그곳의 안쪽 끝을 볼 수 없었다.

"이 안으로 들어가 보게. 바로 이 안에 아몬티야도가 있네. 루케시라면……."

"그자는 아무것도 몰라."

내 친구가 내 말을 가로막으며 비틀비틀 앞으로 발걸음을 옮겼고, 나는 바로 그 뒤를 따라갔다. 순식간에 그는 움푹 들어간 그곳의 안쪽 끝에 이르렀는데, 바위벽에 나아갈 길이 막힌 걸 발견하고는 당황해서 멍하니 서 있었다. 바로 다음 순간 나는 그를 화강암 벽에 묶어 버렸다. 화강암 표면에는 꺾쇠 두 개가 60

센티미터 정도 떨어져 나란히 박혀 있었다. 꺾쇠 하나에는 짧은 쇠사슬이 달려 있었고 다른 하나에는 맹꽁이자물쇠가 달려 있었다. 쇠사슬을 던져 포르투나토의 허리에 두른 뒤 자물쇠를 채우는 데는 몇 초도 안 걸렸다. 그는 너무나 놀란 나머지 미처 저항도 하지 못했다. 나는 열쇠를 빼낸 뒤, 움푹 들어간 그곳에서 뒷걸음질해 물러났다.

"손으로 벽을 쓰다듬어 보게. 분명 질산칼륨이 만져질 걸세. 정말이지 여긴 축축하네그려. 다시 한 번 자네에게 돌아가자고 간청하겠네. 싫다고? 그렇다면 할 수 없이 자네를 여기 놔두고 나 혼자 가야겠군. 하지만 먼저 내 힘닿는 데까지 자네에게 아주 사소한 주의할 점까지 알려 줘야겠네."

"아몬티야도!"

내 친구가 아직 놀라움이 가시지 않은 상태에서 불쑥 외쳤다.

"맞네. 아몬티야도일세."

내가 대꾸했다.

이렇게 말하며 나는 앞서 언급했던 뼈 무더기 사이에서 분주히 움직였다. 뼈들을 옆으로 치워 이내 많은 양의 건축용 돌과 회반죽을 찾아냈다. 흙손을 이용해 돌과 회반죽으로 열심히 벽을 쌓아서 움푹 들어간 그곳의 입구를 막아 나가기 시작했다.

돌로 첫째 단을 쌓자마자 나는 포르투나토가 술이 거의 다 깼다는 사실을 알게 되었다. 맨 처음 그 사실을 알게 된 건 움푹 들어간 그곳 깊숙이에서 들려오는 나직하게 끙끙 앓으며 우는 소리를 듣고서였다. 그건 술에 취한 사람의 울음소리가 아니었다. 그런 뒤 길고 완고한 침묵이 흘렀다. 나는 돌로 둘째 단, 셋째 단, 넷째 단을 쌓아 나갔다. 그런데 그때 쇠사슬이 소란스럽게 흔들리는 소리가 들렸다. 그 소리는 몇 분간 계속되었는데, 그러는 동안 나는 하던 일을 멈추고 뼈 더미 위에 주저앉아 귀를 기울이며 그 소리를 음미했다. 마침내 쇠사슬이 철커덩거리는 소리가 가라앉았고, 나는 다시 흙손을 들고 다섯째 단, 여섯째 단, 일곱째 단까지 연달아 쌓아 올렸다. 벽은 이제 거의 내 가슴께까지 올라왔다. 나는 다시 작업을 잠시 멈추고 돌을 쌓아 만든 그 벽 위로 횃불을 들어 그 안에 있는 사람을 향해 희미한 불빛을 비추었다.

쇠사슬에 묶인 형체의 목구멍에서 갑작스레 연달아 터져 나온 크고 날카로운 비명 소리에 나는 뒤로 확 난폭하게 떠밀리는 것만 같은 기분이었다. 아주 잠깐 동안 나는 망설이며 몸을 덜덜 떨었다. 나는 가늘고 긴 쌍날칼을 칼집에서 뽑아 움푹 들어간 그곳을 더듬기 시작했다. 하지만 순간적으로 든 생각에 나는 다시 안심하게 되었다. 지하 묘지의 단단한 벽에 손을 대자 만족감을 느꼈다. 나는 다시 벽으로 다가갔다. 그리고 시끄럽게 고함을 질러 대는 그의 외침에 응수했다. 나도 그처럼 소리치며 외침에 가세했다. 나의 외침은 크기에 있어서도 세기에 있어서도 그의 외침을 능가했다. 내가 이렇게 하자 그의 외침이 잠잠해졌다.

이제 한밤중이 되었고 나의 일도 거의 막바지에 이르렀다. 나는 여덟째 단, 아홉째 단, 열째 단을 완성했다. 마지막 단인 열한째 단도 거의 다 마친 상태로, 돌 하나만 끼워 넣고 회반죽을 바르면 끝이었다. 돌이 무거웠기에 힘겹게 들어 올려 목표로 한 위치에 반쯤 걸쳐 놓았다. 하지만 바로 그때 움푹 들어간 그곳에서 나지막한 웃음소리가 새어 나와서 나는 머리칼이 쭈뼛 섰다. 웃음소리에 이어 슬픈 목소리가 새어 나왔는데, 고귀한 포르투나토의 목소리라고 하기는 힘든 목소리였다. 그 목소리는 이렇게 말했다.

"하! 하! 하!……히! 히! 히!……정말 아주 재밌는 장난이로군.……아주 훌륭한 농담이야. 우리는 집에서 이 장난에 대해 이야기하며 배꼽을 잡고 웃겠지.……히! 히! 히!……포도주를 마셔 가면서……히! 히! 히!"

"아몬티야도를!"

내가 말했다.

"히! 히! 히!……히! 히! 히!……그래, 아몬티야도를. 그런데 시간이 너무 늦은 거 아냐? 집에서 나의 부인을 비롯한 식구들이 우리를 기다리고 있지 않을까? 이제 그만 가세."

"그래, 이제 그만 가야지."

"제발 부탁이야, 몬트레소르!"

"그래, 제발 부탁이야!"

하지만 이 마지막 말에 대한 대답을 기대하고 귀를 기울였으나 헛된 일이었다. 나는 조바심이 나서 큰 소리로 불렀다.

"포르투나토!"

대답이 없었다. 나는 다시 불렀다.

"포르투나토!"

여전히 아무 대답이 없었다. 나는 벽에 난 구멍 사이로 횃불을 밀어 넣었다. 그러자 대답으로 나온 소리는 방울이 딸랑거리는 소리뿐이었다. 가슴이 아려왔는데, 그건 지하 묘지의 축축한 기운 때문이었다. 나는 서둘러 일을 끝냈다. 마지막 돌을 제자리에 밀어 넣고 회반죽을 발랐다. 나는 새로 쌓은 벽 앞에 오래된 뼈들로 성벽을 다시 쌓아 올렸다. 이제까지 반세기 동안 이것을 건드린 사람은 아무도 없었다. 부디 고이 잠들기를!

도둑맞은 편지

현자에게 과도한 영리함만큼 지긋지긋한 것은 없다.

―세네카

18XX년 파리, 바람이 거센 어느 가을 저녁 날이 막 저문 뒤, 나는 내 친구 오귀스트 뒤팽과 함께 파리 근교 생제르맹의 뒤노 거리 33번지 4층에 있는 뒤팽의 작은 안쪽 서재에서 명상과 해포석 파이프 담배라는 두 가지 사치를 즐기고 있었다. 적어도 한 시간 동안 우리는 깊은 침묵에 빠져 있었는데, 누가 우연히 그 모습을 봤다면 그 방의 공기를 짓누르는 소용돌이치는 담배 연기에 우리가 완전히 파묻혀 버린 것처럼 보였을지도 모른다. 하지만 나는 그날 초저녁에 우리 둘이 이야기를 나눴던 어떤 주제에 대해 마음속으로 논하고 있었다. 그러니까 모르그 거리의 살인 사건과 마리 로제 살인 사건에 얽힌 미스터리에 대해 골똘히

생각하고 있던 참이었다. 그러므로 우리 집 문을 휙 열어젖히며 우리의 오랜 지인인 파리 경찰국장 G―가 들어왔을 때, 나는 그것을 우연의 일치로 여겼다.

뒤팽과 나는 그를 반갑게 맞이했다. 그자는 야비한 구석이 있기는 해도 또 그만큼 재미있는 구석도 많은 사람인 데다 몇 년 만에 보는 것이기도 했기 때문이다. 우리가 어둠 속에 앉아 있었던 터라 등불을 켜려고 자리에서 일어난 뒤팽은, 무척 골치 아픈 어떤 공무에 대해 우리와 상의를 하려고, 아니 보다 정확히는 내 친구의 의견을 구하려고 찾아왔다는 G― 국장의 말에 등불을 켜지 않고 다시 자리에 앉았다. 등불 심지에 불을 붙이려다 관두고는 뒤팽이 말했다.

"심사숙고해야 할 문제가 있다면, 어둠 속에서 생각하는 편이 더욱 효과적이지요."

"이것 또한 자네의 이상한 개념인 모양이군."

G― 국장이 말했는데, 그는 자신이 이해할 수 없는 일은 뭐든 '이상'하다고 말하는 식이었고 이리하여 수많은 '이상한 것들' 한가운데서 살고 있었다.

"예, 맞습니다."

뒤팽은 이렇게 대답하며 손님에게 파이프 담배를 건네고 편안한 의자를 그의 앞으로 밀어 주었다.

"그래, 이번에는 무슨 일입니까? 또 살인 사건은 아니겠지요?"

내가 물었다.

"오, 아닐세. 그런 성질의 것은 아니야. 사실 그 일은 실로 대단히 단순해서 우리 경찰끼리도 충분히 해결할 수 있다고 확신하네. 하지만 워낙 지나치게 '이상한' 일인지라 뒤팽이 그 일에 대해 자세히 듣고 싶어 할 것이라고 생각했네."

"단순하나 이상하다."

뒤팽이 중얼거렸다.

"음, 그렇다네. 하지만 꼭 그렇지만도 않아. 사실 너무나 단순한 사건인데도 아직 풀지 못하고 있어서 다들 많이 곤혹스러워하고 있다네."

"어쩌면 사건이 지나치게 단순한 탓에 헤매는 것일지 모르겠군요."

내 친구가 이렇게 말하자 G- 국장이 한껏 웃어 젖히며 대꾸했다.

"무슨 그런 허튼 소리가 다 있나!"

"어쩌면 지나치게 단순한 수수께끼라서 그럴지 모르지요."

뒤팽이 말했다.

"오, 맙소사! 어떻게 그런 생각을 하지?"

"너무나 뻔한 걸요."

"하하하! 하하하! 으하하하! 오, 뒤팽, 자네, 날 웃겨 죽일 셈이로군!"

우리의 손님이 대단히 즐거워하며 크게 웃었다.

"그런데 대체 어떤 사건입니까?"

내가 물었다.

"그래, 말해 주겠네."

G- 국장이 대답하며 생각에 잠긴 듯한 표정으로 파이프 담

배를 길게 쭉 한 모금 빨아들인 뒤 의자에 푹 기대앉았다.

"간략하게 말하지. 하지만 이야기를 시작하기 전에 자네들에게 당부하겠네. 이것은 극비를 요하는 사건이니, 내가 이것을 누군가에게 털어놓은 사실이 알려지면 내 자리에서 아마 십중팔구 쫓겨나게 될 걸세."

"알겠으니 계속 말씀하세요."

내가 말했다.

"내키지 않으면 안 하셔도 됩니다."

뒤팽이 말했다.

"자, 이제 말하겠네. 나는 아주 고위급 인사에게 왕궁의 방에서 굉장히 중요한 어떤 문서를 도둑맞았다는 신고를 사적으로 받았네. 그 문서를 훔친 사람이 누군지는 이미 알고 있는데, 그건 의심할 여지가 없었지. 그 사람이 훔치는 장면을 목격한 사람이 있으니 말일세. 또한 아직도 그자가 훔친 문서를 가지고 있다는 사실도 확실하지."

"그런 사실은 어떻게 알게 되었습니까?"

뒤팽이 물었다.

"그 문서의 성질로 봐도 그렇고 그게 도둑의 손을 떠났다면, 다시 말해 도둑이 그 문서를 결국 계획한 대로 사용했다면, 당장 일어났을 모종의 결과가 아직 일어나지 않은 걸 봐도 확실히 그렇게 추측할 수 있지."

"조금 더 분명하게 말씀해 주시면 안 되겠습니까?"

내가 부탁했다.

"음, 그 문서는 그것의 소지자에게 어떤 권력을 부여해 준다는 것까지는 말해 줄 수 있네. 그 권력이 굉장히 유용한 특정 방면에서 말일세."

G— 국장은 외교관처럼 점잔 빼는 말투를 좋아했다.

"저는 아직도 무슨 말씀인지 잘 모르겠군요."

뒤팽이 말했다.

"모르겠다고? 음, 그 문서가 익명의 제삼자에게 알려지면, 최고위층 저명인사의 명예에 문제가 생길 걸세. 그리고 이 사실로 인해 그 문서의 소지자는 명예와 평화가 대단히 위태롭게 된 그 저명인사에게 지배력을 행사하고 있지."

그 말에 내가 끼어들었다.

"하지만 그러한 지배력은 문서를 잃은 사람이 도둑을 알고 있다는 사실을 그 도둑 또한 알아야 행사할 수 있지 않습니까? 누가 감히……."

"그 도둑은 바로 D— 장관이네. 그는 사람이 할 짓 못 할 짓 뭐든 다 하는 사람이지. 도둑질 수법은 대담하면서도 교묘했네. 문제의 문서는 사실 '편지'였는데, 그 저명인사가 왕궁의 여성용 내실에 혼자 있을 때 받은 것이었네. 그 여성분이 편지를 읽고 있는데 다른 고위층 인사가 불쑥 들어왔네. 그녀는 누구보다 그 사람에게서 편지를 감추고 싶었네. 얼른 서랍 속에 넣으려 했지만 실패해서 어쩔 수 없이 편지를 펼친 채로 탁자 위에 올려놓아야 했지. 그래도 주소가 맨 위에 있고 내용은 노출되지 않아서 편지로 주의가 쏠리지는 않았네. 바로 이때 D— 장관이 들어왔네. 그는 스라소니 같은 날카로운 눈으로 즉각 편지를 포착했고 주소를 보고는 누구의 필적인지 알아봤는데, 편지를 받은 그 저명인사가 당황스러워 하는 모습에 그녀의 비밀을 짐작했네. D-장관은 평소와 같은 태도로 서둘러 사무를 처리한 뒤, 문제의 편지와 비슷한 편지를 꺼내 펼쳐서 읽는 척하다가 문제의 편지 바로 옆에 나란히 놓았네. 그러고는 또다시 공무에 대해 약 15분간 이야기를 나눴지. 마침내 그곳을 나올 때 탁자에서 자기 것이 아닌 편지를 집어 들었네. 그 편지의 진짜 주인은 그걸 보았지만 바로 곁에 또 다른 고위층 인사가 서 있었기 때문에 D- 장관의 행동을 감히 제지하지 못했지. D- 장관은 자신의 보잘것없는 편지만 탁자 위에 남겨 놓은 채 서둘러 그곳을 나갔네."

그러자 뒤팽이 내게 말했다.

"자, 이제 이 대목에서 자네가 말한 지배력을 완벽하게 행사하기 위한 조건이 갖춰졌군. 편지를 잃어버린 사람이 도둑을 알고 있다는 사실을 그 도둑 또한 알아야 한다던 자네의 말 말일세."

뒤팽의 말에 G- 국장이 대꾸했다.

"그렇지. 그리고 D- 장관은 그렇게 얻은 힘을 지난 몇 달 동안 아주 위험한 정도로 정치적 목적을 위해 휘두르고 있네. 편지를 도둑맞은 그 저명인사는 날이 갈수록 점점 더 절실하게 편지를 되찾고 싶어 해. 하지만 이것은 물론 공개적으로 할 수 있는 일이 아니야. 편지를 도둑맞은 그 여성분은 절망에 빠져서 결국 내게 그 문제를 맡기게 된 걸세."

뒤팽이 완벽한 소용돌이를 이루는 자욱한 담배 연기 속에서 말했다.

"국장님보다 더 명민한 수사관이 있을 거라고는 바라지도, 아니 상상조차도 하지 않은 겁니다."

"과찬이야. 하지만 그 비슷한 생각으로 내게 맡겼을 수도 있
지."

G− 국장이 말한 뒤 내가 끼어들어 말했다.

"국장님이 파악하신 대로 그 편지는 아직도 D− 장관의 수중
에 있는 게 분명합니다. 편지를 지니고 있되 사용하지 않아야 그
힘을 계속 지닐 수 있으니까요. 편지를 사용하는 순간 그 힘은
사라질 테니."

"맞네. 그리고 그런 확신을 바탕으로 나는 수사를 해 나갔네.
나는 먼저 D− 장관의 저택부터 철저히 수색했네. 그런데 수색
을 하며 가장 낭패스러웠던 점은 장관이 모르게 해야 한다는 거
였지. 무엇보다도 우리의 계획을 D− 장관이 알아챌 빌미를 제
공했을 경우 일어나게 될 위험에 대해 경고를 받은 터였으니
까."

"하지만 국장님은 이런 수사에는 상당히 정통하시잖아요. 파
리 경찰이 전에도 자주 해 오던 일이니까요."

내가 말했다.

"그래, 그렇지. 그래서 나는 절망하지 않았네. D− 장관의 습
관 또한 내게 큰 도움이 됐네. 그는 밤새 집을 비우는 일이 잦
았네. 그리고 하인들은 별로 많지 않았지. 그들은 주인의 방에
서 멀리 떨어진 곳에서 잠을 잤고, 거의 나폴리 사람들이어서 술
에 취해 쉽게 곯아떨어졌지. 알다시피 내게는 파리의 어떤 방이
나 캐비닛이라도 열 수 있는 열쇠들이 있잖나. 지난 3개월 동안
D− 장관의 저택을 손수 샅샅이 뒤지지 않은 밤은 하루도 없었

네. 나의 명예가 걸린 일이고 극비를 말하자면 포상금도 막대했으니까. 그러나 나는 그 도둑이 나보다 더 기민한 사람이란 사실을 수긍한 채 수색을 포기할 수밖에 없었네. 나는 그 편지가 숨겨져 있을 가능성이 있는 장관의 집 안 구석구석을 모두 샅샅이 수색했다고 생각하네."

G— 국장의 말에 내가 의견을 내놓았다.

"하지만 장관이 그 편지를 갖고 있다는 사실이 의심할 나위가 없다면, 자신의 집이 아닌 다른 곳에 편지를 숨길 수도 있지 않습니까?"

그러자 뒤팽이 말했다.

"그건 거의 불가능하네. 궁전에서 발생한 데다, 특히 D— 장관이 연루되어 있기까지 한 현 사건의 특이한 상황으로 봤을 때, 그 문서를 즉각적으로 사용할 수 있어야 한다는—그러니까 어느 순간에라도 바로 꺼낼 수 있어야 한다는— 점도 그 문서를 소지하고 있어야 한다는 점만큼이나 중요한 사항이니까."

"바로 쉽게 꺼낼 수 있어야 한다니?"

니의 물음에 뒤팽이 대답했다.

"다시 말하자면, 그 자리에서 바로 **없애** 버릴 수 있어야 한단 말일세."

"그렇군. 그렇다면 그 편지는 분명히 D— 장관의 집에 있겠군. 장관에게 편지가 있다는 사실은 논외로 할 수 있겠어."

그러자 국장이 끼어들어 말했다.

"전적으로 동의하네. 노상강도처럼 D— 장관을 갑자기 불러 세워 내가 직접 그의 몸을 샅샅이 뒤진 적도 두 번이나 있었지."

"그런 수고는 하지 않아도 됐을 텐데요. D- 장관은 아주 바보가 아니며, 그러니 이런 식의 불시 검문쯤은 틀림없이 예상하고 있었을 겁니다."

뒤팽이 이렇게 말하자 G- 국장이 대꾸했다.

"아주 바보는 아니지만 장관은 시인이지. 그런데 나는 바보와 시인은 종이 한 장 차이라고 생각하네."

"맞는 말씀이십니다."

뒤팽은 생각에 잠겨 파이프 담배를 길게 한 모금 빤 뒤 말을 이어 갔다.

"나 자신도 졸렬한 시를 쓰는 죄를 지은 적이 있지만 말이지요."

"수색 이야기를 좀 더 자세히 들려주시겠습니까?"

내가 말했다.

"음, 사실, 우리는 시간을 들여 천천히 여기저기를 모두 샅샅이 뒤졌네. 난 이런 사건에는 경험이 많았네. 집 전체를 뒤지고 방도 하나씩 다 뒤졌네. 방을 하나하나 수색하면서 일주일 밤을 통째로 쏟았지. 우리는 먼저 각 방의 가구를 조사했네. 서랍이란 서랍은 다 열어 보았어. 그리고 잘 훈련 받은 경찰관이라면 비밀의 서랍 따위는 놓치지 않는다는 걸 자네들도 알 걸세. 이렇게 샅샅이 수색하면서 그것을 놓친다면 그야말로 얼뜨기지. 그것을 찾는 일은 굉장히 간단하네. 비밀의 서랍이 있으려면 옷장이나 수납장 따위의 장 안에 일정한 부피, 즉 공간이 있어야 하니까 말일세. 그래서 우리는 정확한 자를 준비했네. 아주 미세한 틈도 우리를 피해갈 수는 없었네. 옷장이나 수납장 같은 장을 모두 수색한 뒤에는 의자를 수색했네. 쿠션은 자네들도 본 적이 있는 가늘고 긴 바늘로 찔러 가며 조사했고. 탁자에서는 상판도 뜯어냈지."

"상판은 왜 뜯어냈습니까?"

"뭔가 물건을 숨기고 싶을 때 사람들은 탁자나 이와 비슷한 모양의 가구에서 상판을 뜯어내고 가구의 다리 속을 파서 물건을 그 안에 넣고 상판을 다시 덮어 놓기도 하거든. 침대 기둥의 밑바닥과 꼭대기도 똑같은 방식으로 이용될 수 있네."

"하지만 속이 파여 있다면 두드려서 소리를 들어 보면 알 수 있지 않습니까?"

내가 물었다.

"물건을 숨기고 그 주위를 솜으로 채워 놓으면 소리로는 알 수 없네. 게다가 우리의 경우에는 소리를 내서는 안 됐으니까."

"하지만 국장님이 말씀하신 방법으로 속을 파서 물건을 넣어 놨을 만한 가구를 모조리 다 뜯어볼 수는 없었을 것 아닙니까? 편지는 얇게 돌돌 말면 모양이나 부피가 큰 뜨개바늘과 크게 차이가 나지 않으니, 이런 형태로는 의자 가로대 같은 데도 넣을 수 있지요. 모든 의자를 다 분해해 보지는 않으셨지요?"

"그렇다네. 하지만 우리는 그보다 더 열심히 수색했네. 우리는 그 집 안에 있는 모든 의자의 가로대뿐만 아니라 아주 성능 좋은 확대경을 동원해 모든 가구의 이음새 부분까지 다 조사했네. 최근에 손 댄 흔적이 조금이라도 있었다면, 우리가 바로 알아차리지 못할 리가 없었지. 예를 들어, 가구에 목공용 송곳 때문에 생긴 톱밥이 단 한 톨이라도 있었다면 사과만큼이나 뚜렷하게 보였을 것이네. 접착 상태가 튄다면-이음새 부분이 유달리 벌어져 있다면- 분명히 알아채고도 남았을 것이네."

"거울도 판과 틀 사이까지 살펴보셨겠지요? 커튼과 카펫뿐만 아니라 침대와 침구도 조사해 보셨을 테고요."

"그야 물론이지. 우리는 이런 식으로 모든 가구를 하나하나 완전히 조사한 뒤, 집 자체도 조사했네. 우리는 그 집의 전체 표면을 여러 구획으로 나눠, 한 구획도 놓치지 않도록 번호를 매겼지. 그런 다음 그 저택뿐만 아니라 바로 인접해 있는 집 두 채까지 앞서와 같이 확대경을 들고 6제곱센티미터씩 자세히 조사해 나갔네."

"인접해 있는 집 두 채까지! 정말 수고가 많았겠군요."

내가 외쳤다.

"그랬지. 하지만 내걸린 포상금이 엄청나잖나."

"그 집들 주위의 땅까지 조사에 포함하셨고요?"

"땅은 전부 벽돌로 포장되어 있었네. 그 덕분에 비교적 수고가 덜 했지. 우리는 벽돌 사이에 낀 이끼를 조사해 봤는데 건드린 흔적은 없었네."

"당연히 D- 장관의 서류도 다 뒤져 보고 서재의 책들도 조사하셨겠죠."

"물론이지. 우리는 모든 상자와 꾸러미를 다 열어 보았네. 책도 전부 다 펼쳐 보았을 뿐만 아니라, 일부 경찰관들이 하는 방식대로 책을 단순히 털어 보는 걸로는 만족할 수가 없어서 각 권의 낱장을 한 장씩 다 넘겨 가며 살폈네. 또한 책 표지의 두께도 가장 정확한 계량으로 측정하고 확대경으로 하나하나 아주 정밀하게 조사했네. 표지 제본에 최근에 손을 댄 흔적이 있었다면 우리의 눈에 띄지 않기란 불가능했을 것이네. 최근 제본된 대여섯 권의 책을 우리는 바늘로 길게 찔러 가며 꼼꼼히 조사했네."

"양탄자 밑의 바닥도 살펴보셨겠지요?"

"여부가 있겠나. 우리는 양탄자를 다 걷어 내고 마루판을 확대경으로 조사했네."

"벽지도요?"

"그럼."

"지하실도 조사하셨겠지요?"

"했네."

"그렇다면 국장님이 오판을 하신 거로군요. 국장님 생각처럼 그 편지는 장관의 저택에 있지는 않나 봅니다."

내가 말했다.

"유감스럽게도 그럴지도 모르겠군. 자, 뒤팽, 그럼 이제 내가 어떻게 해야 할지 충고해 주겠나?"

"장관의 저택을 다시 철저히 재수색 하셔야죠."

"그건 전혀 쓸데없는 일일세. 편지가 그 집에 없다는 건 내가 숨 쉬는 것만큼이나 확실하네."

"국장님께 해 드릴 더 나은 충고가 없습니다. 물론 국장님은 그 편지를 정확히 묘사해 주실 수 있으시겠죠?"

뒤팽이 말했다.

"그럼 있다마다!"

이렇게 대답하며 G─ 국장은 수첩을 꺼내 잃어버린 편지의 안과 특히 겉모양에 대한 자세한 설명을 큰 소리로 읽어나갔다.

그는 그것을 다 읽고 난 뒤 바로 그곳을 떠났는데, 나는 그 착한 신사가 그처럼 완전히 의기소침해 하는 모습은 본 적이 없었다.

이로부터 약 한 달 뒤 G− 국장이 우리를 다시 찾아왔는데, 우리는 지난번과 거의 똑같은 모습으로 앉아 있었다. G− 국장은 파이프 담배를 받고 의자에 앉은 다음 이런저런 일상적인 대화를 이어갔다. 마침내 내가 물었다.

"그런데, G− 국장님, 도둑맞은 편지는 어떻게 됐습니까? 결국에는 D− 장관을 도저히 뛰어넘을 수 없다고 결론을 내린 겁니까?"

"망할 자식! 그래, 맞네. 나는 뒤팽이 제안했던 대로 재수색을 했지. 하지만 내가 예상했던 것처럼 다 헛수고였네."

"포상금이 얼마라고 하셨습니까?"

뒤팽이 물었다.

"음, 굉장히 많은, 정말로 아주 후한 금액인데, 정확히 얼마인지는 밝히고 싶지 않아. 하지만 이것 한 가지는 말하고 싶네. 누구든 그 편지를 찾게 해 주는 사람에게 기꺼이 내 개인 수표로 5만 프랑을 줄 수 있다고 말일세. 사실은 편지를 찾는 일이 날이 갈수록 점점 더 중요해지고 있네. 포상금은 최근 두 배로 올랐어. 하지만 세 배로 오른다 해도 이젠 내가 더 이상 할 수 있는 일이 없네."

그러자 뒤팽이 해포석 파이프 담배를 빨며 느릿느릿 말을 해 나갔다.

"글쎄, 그럴지도 모르죠. 사실 제 생각은 말입니다, G− 국장님, 국장님께서는 이 문제에 있어서 최대한으로 전력을 다 쏟지 않은 것 같습니다. 조금 더 전력을 다할 수 있지 않았을까요, 네?"

"어떻게? 어떤 식으로?"

"글쎄요.⋯⋯훅, 훅⋯⋯ 국장님께서는⋯⋯ 훅, 훅⋯⋯ 이 문제에 조언을 구하실 수도 있지 않았을까요? 훅, 훅, 훅. 애버너시란 사람에 대한 이야기를 기억하십니까?"

"아니, 난 애버너시 같은 사람 모르네!"

"그렇군요! 뭐 모르셔도 괜찮습니다. 하지만 옛날에 어떤 부유한 구두쇠가 이 애버너시란 의사에게 슬그머니 의학적 소견을 공짜로 구할 계획을 세웠습니다. 이를 위해 구두쇠는 의사를 찾아가 일상적인 대화를 나누다가 자신의 증상을 다른 사람의 증상인 것처럼 넌지시 꺼냈지요. '그 친구의 증상이 이러이러한 것 같소. 그러니 의사 양반, 선생이라면 그 친구에게 어떤 처방을 내리겠소?' 하고 그 구두쇠가 물었습니다. 그러자 애버너시가 '그야 물론 의사에게 조언을 구하라고 해야지요!' 하고 대답했습니다."

이 이야기를 듣고는 G− 국장이 살짝 침착성을 잃은 표정으로 말했다.

"하지만 나는 정직하게 조언을 구하고 그에 대한 보답도 기꺼이 할 것이네. 나는 누구든 이 문제를 도운 사람에게 정말로 5만 프랑을 줄 걸세."

그러자 뒤팽이 서랍을 열어 수표책을 내보이며 말했다.

"그렇다면 지금 제게 앞서 말한 액수의 수표를 써 주시는 게 좋겠군요. 수표에 서명하면 그 편지를 드리지요."

나는 아연실색했다. G- 국장은 완전히 벼락을 맞은 사람 같았다. 국장은 몇 분 동안 한 마디 말도 못하고 꼼짝도 못한 채로 입을 딱 벌리고 눈이 튀어나올 것처럼 휘둥그레진 채 뒤팽을 믿을 수 없다는 듯이 쳐다봤다. 그러더니 정신을 조금 차렸는지 펜을 쥐고 잠시 동안 멍하니 바라보더니, 마침내 수표에 5만 프랑을 기입하고 서명해 탁자 너머로 뒤팽에게 건넸다. 뒤팽은 수표를 꼼꼼히 살펴본 뒤 그것을 수첩 안에 넣었다. 그런 다음 서랍을 열고 편지를 꺼내 국장에게 건넸다. 경찰국장은 기뻐서 어쩔 줄 몰라 하며 그 편지를 꽉 쥐고 떨리는 손으로 펼쳐서 재빨리 내용을 훑어보았다. 그런 다음 서둘러 문으로 향했고, 뒤팽에게 수표를 써 달라는 요구를 받은 뒤로는 말을 한 마디도 않은 채로 인사고 뭐고 없이 결국 그 방에서 그리고 그 집에서 뛰쳐나가 버렸다.

G- 국장이 가고 난 뒤, 뒤팽이 설명하기 시작했다.

"파리 경찰은 그들 나름으로는 굉장히 유능하네. 그들은 끈기 있고, 재간이 뛰어나고, 노련하고, 업무 수행에 주로 요구되는 지식도 완전히 통달해 있네. 그래서 G- 국장이 D- 장관의 저택을 수색한 방식을 우리에게 자세히 설명해 주었을 때, 나는 그가 만족스런 조사를 했다고 완전히 확신했네. 그의 힘이 닿는 한은 말일세."

"그의 힘이 닿는 한이라고?"

내가 물었다.

"그렇다네. 경찰은 최고의 수색 방법을 택해서 아주 완벽하게 수색을 했네. 편지가 그들이 수색하는 범위 내에 있었더라면,

경찰들은 의심의 여지없이 찾아냈을 것이네."

그 말에 나는 그냥 웃었지만 뒤팽은 말하는 내내 꽤 진지해 보였다.

"수색 방법은 좋았고 수색도 잘 행해졌네. 하지만 거기에는 이 사건과 D— 장관에게는 그 방법을 적용할 수 없다는 결함이 있었네. G— 국장은 일련의 이런 아주 기발한 방법들을 프로크루스테스*의 침대처럼 사용해서 강제로 그의 계획을 거기에 맞춰 재단했네. 하지만 그는 당면한 문제에 있어서는 조사를 너무 깊거나 너무 얕게 하는 바람에 계속해서 실수를 범했네. 어린 아이들도 G— 국장보다 추리를 훌륭하게 잘하는 경우가 많아. 나는 여덟 살가량의 아이를 하나 아는데, 그 아이가 '홀짝 맞추기' 놀이에서 홀짝을 추리해 맞추는 실력은 모두에게서 감탄을 자아낼 정도지. 이것은 구슬을 갖고 하는 단순한 놀이야. 한 아이가 구슬 몇 개를 손에 쥐고 그것의 개수가 홀인지 짝인지 다른 아이에게 묻네. 그 아이가 개수를 맞히면 구슬을 하나 따게 되고, 틀리면 구슬을 하나 잃게 돼. 내가 앞서 언급한 소년은 학교의 모든 구슬을 싹쓸이했지. 물론 그 아이에게는 홀인지 짝인지 추리할 때 어떤 원칙이 있었는데, 그것은 상대방의 예리한 통찰력을 단순히 관찰하고 측정하는 것이었지. 예를 들면 순 얼간이가 그 아이를 상대로 손에 구슬을 꽉 쥔 채 '홀이게, 짝이게?' 하고 물

---

*프로크루스테스 : 그리스 신화에 나오는 고대 그리스의 강도로, 잡은 사람을 쇠 침대에 눕혀 키 큰 사람은 다리를 자르고 키가 작은 사람은 잡아 늘였다고 한다. '무리하게 기준에 맞추려고 하는' 경우를 나타내는 말로 보통 명사처럼도 쓰인다.

으면, 그 아이는 일단 '홀.' 하고 대답하고는 지게 돼. 그렇지만
두 번째 판에서는 이기는데, '저 얼간이는 첫 번째 판에서 짝수
로 쥐고 있었으니, 저 애가 생각하는 수준을 봐서는 두 번째 판
에서는 홀수로 쥐고 있을 가능성이 높아. 그러니 홀수라고 추측
할 수 있겠군.'이라고 추리해서 홀이라고 외치고 이긴 것이지.
이번에는 첫 번째 얼간이보다는 그래도 조금 더 똑똑한 얼간이
를 예로 들어 보세. 이번 얼간이를 상대할 때 그 아이는 '이 얼간
이가 첫 번째 판에서는 홀이라고 짐작한 나를 짝으로 이겼으니,
두 번째 판에서는 첫 번째 얼간이가 그랬듯이 이 얼간이도 그저
짝수에서 홀수로 바꾸고 싶은 충동이 먼저 일어날 테지. 하지만
그런 뒤 곧바로 그렇게 바꾸는 건 너무나 단순하다는 생각이 들
어서 마침내 첫 번째 판과 똑같이 짝수로 쥐고 있기로 결정할 거
고. 그러니 나는 짝수라고 추측해야겠어.'라고 추론할 걸세. 이
렇게 해서 그 아이는 짝이라고 대답해 그 판에서 이기지. 그 아
이의 이런 방식의 추론을 상대 아이들은 그저 '운이 좋아서'라고
치부하지만 말일세. 끝까지 분석해 보면 어떤 결과가 나올까?"

"그건 그저 추론을 한 그 아이가 자신의 지적 수준을 상대방
의 지적 수준과 동일시한 것일 뿐이잖나."

내가 이렇게 대답하자 뒤팽이 대꾸했다.

"그렇지. 그리고 어떻게 그렇게 상대방의 지적 수준과 철저히
동일시해서 상대방의 마음을 맞추는 데 성공할 수 있느냐고 그
아이에게 묻자 다음과 같은 대답이 돌아왔네. '누군가가 얼마나
현명한지, 어리석은지, 또는 얼마나 착한지, 악한지, 또는 그 순
간 그 사람이 무슨 생각을 하는지를 알아내고 싶을 때 나는 내

얼굴로 그 사람의 표정을 최대한 정확하게 따라해 보죠. 그런 다음 내 마음이나 머릿속에 그 표정에 일치하거나 어울릴 것 같은 생각이나 감정이 떠오르길 기다렸다 살펴보는 거예요.' 그 아이의 이런 대답이야말로 라 로슈푸코, 라 브뤼예르, 마키아벨리, 캄파넬라 같은 자들의 겉으로는 그럴싸한 모든 심오한 사상의 근저를 이루는 것이지."

"내가 뒤팽 자네의 말을 제대로 이해했다면, 추론을 하는 사람이 자신의 지적 수준을 상대방의 지적 수준과 동일시할 수 있느냐 하는 건, 상대방의 지적 수준을 얼마나 정확하게 측정할 수 있느냐에 달려 있겠군."

"실질적으로는 그렇다고 볼 수 있지. 그리고 경찰국장과 그의 부하들이 그렇게 자주 실패한 이유는 첫째는 이러한 동일시를 하지 못했기 때문이고, 둘째는 그들이 다루고 있는 상대의 지적 수준에 대한 측정을 잘못했기 때문에, 아니 보다 정확히는 아예 측정을 하지 않았기 때문이지. 그들은 자신들의 교묘한 아이디어에만 관심을 가졌네. 그래서 숨겨진 물건을 수색할 때도 그들 자신이라면 그것을 어떻게 숨겼을지 하는 데만 주의를 기울인 것일세. 경찰의 교묘함이 일반 대중의 교묘함의 신뢰할 만한 표본이라는 것은 물론 맞네. 하지만 중죄인의 교활함이 경찰의 교활함과는 성질에 있어서 다르기 때문에 중죄인은 경찰을 따돌리기 마련이네. 이런 일은 중죄인이 경찰보다 더 교활할 때야 늘 벌어지는 일이고, 중죄인이 경찰보다 교활하지 않을 때도 아주 흔히 벌어지는 일이지. 경찰이 자신들의 수사 원칙을 바꾸는 법은 없어. 기껏해야 보기 드문 비상사태가 발생했거나 엄청난 포상금이 내걸렸을 때에야 경찰은 마지못해 오랜 수사 방식만 확대하거나 과장할 뿐 자신들의 수사 원칙은 손대지 않아. 예를 들어 이번 D- 장관의 경우, 경찰이 행동 원칙을 바꾸기 위해 한 일이 무엇인가? 구멍을 파고 찔러 보고 소리를 들어 보고 확대경으로 면밀하게 조사하고 건물 표면을 제곱센티미터로 나누는 그 모든 일은 수색의 원리를 그저 과장해서 적용한 것에 불과하지 않은가. 경찰국장이 아주 오랫동안 통상적으로 업무를 수행하다 보니 익숙해진, 인간의 교묘함에 대한 일련의 개념들을 바탕으로 하는 수색 원리를 말일세. G- 국장이 모든 사람이 정확히 의자 다리에 뚫린 작은 구멍 안에 편지를 숨기는 것은 아니지만, 그런 식으로 편지를 숨겨야겠다는 똑같은 생각을 하게 돼 적어도 조금 외진 구멍이나 구석에 편지를 숨기는 것을 당연하다고 여기는 것을 자네도 알지? 뭔가를 숨기기 위해 그렇게 엄선된 외딴 곳을 개조하고 선택하는 것은 보통의 경우와 평범한 사고력을 지닌 사람들이라는 것을 자네도 또한 알지? 물건을 숨긴 모든 경우에 이런 식으로 엄선해서 물건을 숨겼을 것이라고 먼저 추정할 수 있고 또 당연히 그렇게 추정되지. 그러므로 숨긴 물건을 발견하는 것은 절대 수색자의 통찰력에 달려 있는 것이 아니라 전적으로 수색자의 주의, 끈기, 투지에 달려 있네. 그리고 중요한 사건이라면—경찰의 눈에는 다 똑같은 사건으로 보이겠지만— 혹은 포상금이 엄청나다면, 문제의 특징이 알려지지 않은 적이 결코 없네. 도둑맞은 편지가 경찰국장의 조사 범위에 숨겨져 있었더라면, 즉 은닉의 원칙이 경찰국장의 원칙 안에 포함되었더라면, 그 편지는 틀림없이 발견되었을 것이라는 내 말

속에 담긴 뜻을 자넨 이제 이해할 걸세. 하지만 경찰국장은 완전히 혼란에 빠졌지. D- 장관이 시인으로 명성을 얻었기 때문에 그를 바보라고 추정한 것도 경찰국장이 실패한 원인 가운데 하나라고 할 수 있네. '모든 바보는 시인이다.'라고 경찰국장은 생각했는데, 그로부터 '모든 시인은 바보다.'라는 추론을 하면서 논리적 오류를 범했지."

그 말에 내가 물었다.

"그런데 D- 장관이 정말로 시인인가? 내가 알기로는 D- 장관에게 형제가 둘 있다던데, 둘 다 문단에서 명성을 얻었지. 내 생각에 D- 장관은 미분학에 관한 학술적인 글을 썼던 것 같은데. D- 장관은 수학자이지 시인은 아니야."

"자네가 잘못 알고 있어. 나는 D- 장관을 잘 알아. 그는 둘 다야. 시인이면서 수학자이기 때문에 추론을 잘하지. 그저 수학자에 불과했더라면 그는 추론을 전혀 하지 못해서 경찰국장의 손에 놀아났을 걸세."

"세상 사람들과는 반대되는 의견으로 자네가 나를 놀라게 하는군. 수세기에 걸쳐 잘 전해져 내려온 개념을 무시하려는 건 아니겠지. 수학적 추론은 오랫동안 탁월한 것으로 여겨져 왔네."

나의 이 말에 뒤팽이 샹포르의 글을 인용하며 대꾸했다.

"'모든 대중적인 관념이나 일반적으로 인정된 관습이 어리석다는 것은 틀림없는 사실이다. 그것은 대다수의 사람들에게 적합한 것이었기 때문이다.'란 말이 있지. 수학자들이 자네가 언급한 대중적 오류를 퍼뜨리기 위해 최선을 다하고 있다는 사실은 나도 인정하네. 그럼에도 불구하고 그걸 아무리 진리로 선포

한다 할지라도 오류에 불과할 뿐이지. 예를 들어 수학자들은 더 나은 대의명분에 어울릴 만한 기교로 대수학에 '분석'이란 용어를 적용해 넌지시 갖다 붙였네. 프랑스 수학자들이 이 특별한 속임수를 처음으로 썼지. 하지만 만약 용어가 중요하다면, 즉 단어를 적용해서 어떤 가치를 끌어낼 수 있다면 말일세, 그렇다면 라틴어에서 '앰비투스(ambitus, 돌아다니다)'가 영어 '앰비션(ambition, 야망)'을, '렐리기오(religio, 초자연적인)'는 영어 '릴리젼(religion, 종교)'을 '호미네스 호네스티(homines honesti, 저명한 사람들)'는 영어 '아너러블 멘(honorable men, **명예로운 인간들**)'을 함축한다고 억지로 갖다 붙일 수 있듯이 '분석'이 '대수학'을 나타낸다고도 할 수 있겠지."

"자넨 지금 파리의 대수학자들과 논쟁을 벌이려는 모양이로군. 그래 계속해 보게나."

내가 말했다.

"나는 추상적 논리가 아닌 다른 특별한 형태로 나온 그런 추론의 유용성과 가치에 이의를 제기하는 걸세. 나는 특히 수학적 연구에 의해 끌어낸 추론에 이의를 제기하는 거야. 수학은 형태와 수량에 관한 학문이지. 수학적 추론은 그저 형태와 수량에 대한 관찰에 적용되는 논리일 뿐이네. 순수한 대수학이라 불리는 것의 진리조차도 추상적 진리나 일반적인 진리라고 가정하는 데에는 크나큰 오류가 있네. 그리고 이렇게 굉장히 터무니없는 오류가 보편적으로 받아들여지다니 난 정말 혼란스러워. 수학적 공리라고 해서 일반적 진리에 있어서 자명한 이치이지는 않아. 예를 들면 형태나 수량의 관계에서는 참인 것이 도덕적으로 크게 거짓인 경우가 많네. 도덕에 관한 학문에서는 부분을 다 합한 것이 전체와 같다는 수학적 공리가 대개는 참이 아니네. 화학에서도 그러한 수학적 공리는 거짓이지. 동기에 대해 고려해 볼 때도 그 수학적 공리는 거짓일세. 왜냐하면 각각 특정한 가치를 지닌 두 가지 동기를 결합시킨다고 해서 반드시 각각 떨어져 있을 때의 가치를 합한 것과 동일한 가치를 지니는 것은 아니기 때문이지. 이외에도 형태나 수량의 관계 범위 내에서만 유일하게 참인 수학적 진리들은 허다하네. 하지만 수학자들은 자신들의 제한된 진리를 어느 것에든지 절대적으로 적용 가능하다고 습관적으로 주장하는데, 세상 사람들도 정말로 그럴 거라고 믿고 있듯이 말일세. 브라이언트는 아주 학술적인 자신의 저서 『신화』에서 '우리는 이교도의 우화를 믿지 않으면서도 끊임없이 그 사실을 망각하고 그 우화를 실재하는 것으로 추론한다.'라고 말하면서 이와 유사한 오류의 원천에 대해 언급했네. 하지만 이교도인 대수학자들은 '이교도의 우화'를 믿으며 망각을 통해서가 아니라 도무지 설명할 길 없이 뒤죽박죽이 된 머리로 추론을 하지. 한마디로 말하면, 나는 아직 중근*을 구하는 것 말고도 신뢰할 수 있는 수학자나 $x^2 + px$가 절대적으로 그리고 무조건적으로 q와 같다는 신념을 남몰래 고수하고 있지 않는 수학자를 만나 본 적이 없네. 부디 시험 삼아 이런 수학자들 가운데 한 명에게 자네가 $x^2 + px$가 q와 같지 않은 경우가 있을 수도 있다고 믿는다고 말해 보게나. 그런데 그 사람에게 자네의 말뜻을 이해시킨 다음

---

*중근 : 방정식의 해 가운데서 두 번 이상 거듭되는 근.

에는 그의 손이 닿지 않는 곳으로 부리나케 도망쳐야 하네. 틀림없이 그 사람이 자네를 때려눕히려 할 테니까 말이지."

그의 마지막 말에 내가 그저 웃기만 하자 뒤팽이 다시 말을 계속 이었다.

"내가 하고자 하는 말은 D— 장관이 단지 수학자에 지나지 않았다면 G— 국장은 내게 이 수표를 줄 필요가 없었을 거란 말이네. 하지만 나는 D— 장관이 수학자이자 시인인 것을 알고 있었기에 그를 둘러싼 환경도 고려해서 나의 수사 기준을 그의 능력에 맞춰 조정했다네. 나는 또 D— 장관이 아첨도 잘하고 대담하게 책략도 잘 꾸민다는 걸 알고 있었네. 내 생각에 그런 사람이라면 경찰의 평범한 수사 방식을 모를 리가 없었지. D— 장관은 잠복한 경찰이 갑자기 자신을 불러 세워 수색할 걸 틀림없이 예상할 수 있었을 것이고 실제 일어난 일을 보면 정말로 그의 예상이 맞아떨어졌단 걸 알 수 있네. D— 장관은 경찰이 자신의 주택을 비밀리에 수색할 것이란 사실도 예측했음이 틀림없네. 밤마다 집을 자주 비운 것을 나는 계략으로 여겼네만, G— 국장은 자신의 수색이 성공하는 데 도움이 될 것 같아 쾌재를 불렀지. 하지만 D— 장관의 속셈은 경찰에게 철저히 수색할 수 있는 기회를 제공함으로써 그 편지가 장관의 집에 없다는 확신을 강하게 심어 주려는 거였고, 결국에는 실제로 그렇게 되었지. 또한 난 말일세, 감춰진 물건들을 수색할 때의 경찰의 변함없는 행동 방침에 대해 내가 지금 다소 힘겹게 자네에게 설명하고 있는 생각의 과정 모두가 D— 장관의 머릿속에도 분명 스쳐 지나갔을 것이라고 느꼈네. 그래서 그는 흔히 물건을 숨기는 모든 평범하고 구석진 곳을 피하게 됐을 걸세. 내 생각에 D— 장관은 자신의 집에서 가장 복잡하고 외진 곳도 G— 국장의 시선, 탐문, 목공용 송곳, 확대경 앞에서는 가장 평범한 옷장만큼이나 활짝 열려 있다는 사실을 모를 만큼 지능이 떨어지지는 않을 것이네. 결국 나는 D— 장관이 일부러 숨길 장소를 어렵게 고르고 또 고르지 않는다면 당연히 단순한 쪽으로 기울 것이란 사실을 알았네. G— 국장이 이번 일로 처음 찾아왔을 때 내가 이 수수께끼 같은 사건은 대단히 자명한 탓에 국장을 몹시 괴롭힐 가능성이 있다고 말했을 때 그 사람이 얼마나 심하게 깔깔대고 웃었는지 아마 자네도 기억할 걸세."

뒤팽의 말에 내가 말했다.

"물론일세. 국장이 굉장히 떠들썩하게 웃어대던 것을 잘 기억하네. 저러다 경기를 일으키는 게 아닐까 생각될 정도였지."

뒤팽이 계속 말을 이어 갔다.

"물질세계와 비물질 세계는 아주 유사한 점이 많지. 그래서 은유나 직유가 묘사를 아름답게 만들어 줄 뿐만 아니라, 그 안에 담긴 논거를 강하게 해 줄 수도 있다는 수사학적 주장에 약간의 진실성을 부여해. 예를 들어 관성의 법칙은 물리학과 형이상학에서는 동일한 것으로 여겨지네. 물리학에서 큰 물체는 작은 물체보다 움직이기 더 어렵고 그로 인한 운동량은 그것이 어려운 만큼 비례해서 더 커진다는 게 사실이지. 그리고 형이상학에서도 지적 능력이 더 우수한 사람이 열등한 사람보다 움직임에 있어서는 더 강력하고 지속적이고 힘차지만 그래도 그 과정의 첫 단계에서는 선뜻 움직이지 못하고 더 당황하고 한참 망설인다는 것도 그에 못지않게 사실이야. 또 하나 묻겠는데, 자네는 상점 문 위에 걸린 거리의 간판 가운데 어떤 것이 가장 주의를 끄는지 알아차린 적이 있나?"

"그 문제에 대해서는 생각해 본 적이 없는데."

내가 대답한 뒤 뒤팽이 다시 말을 이었다.

"지도를 펼쳐 놓고 하는 퍼즐 게임이 있지. 한 사람이 마을, 강, 주, 나라의 이름 같은 어떤 단어를 요컨대, 잡다하고 복잡한 지도상의 한 단어를 부르면, 다른 한쪽은 그것을 찾는 게임이지. 이 게임의 초보자는 일반적으로 글자가 가장 작게 적힌 지명을 불러서 상대방을 당황시키려고 들지. 하지만 고수는 지도의 한쪽 끝에서 반대 쪽 끝까지에 걸쳐 크게 적혀 있는 단어를 고른다네. 지나치게 큰 글자로 된 거리의 간판이나 현수막들처럼 이런 단어들은 너무나 분명해서 대번에 눈에 들어올 것이라는 사실 덕분에 오히려 주목을 피하게 되지. 그리고 여기에서 물리적으로 못 보고 지나치게 되는 것은 지식인으로 하여금 눈에 잘 띄는 뻔할 정도로 자명한 고려 사항들을 알아차리지 못하고 간과하게 만드는 정신적인 부주의와 정확히 맞아떨어지네. 하지만 이것은 경찰국장의 이해력보다 다소 위에 있거나 아래에 있는 듯했네. G- 국장은 단 한번도 D- 장관이 그 편지를 누구도 알아차리지 못하게 온 세상 사람들의 코 바로 밑에 놔둘 수 있다고 생각해 본 적이 없었지.

하지만 내가 D- 장관의 대담하고 기세 좋고 날카로운 교묘함에 대해 생각하면 할수록, 또 D- 장관이 성공적으로 편지를 사용할 속셈이었다면 그것을 언제나 가까운 곳에 뒀음에 틀림없다는 사실에 대해 생각하면 할수록, 그리고 또 G− 국장의 평범한 수색 범위 내에는 편지가 숨겨져 있지 않다는 명확한 증거에 대해 생각하면 할수록, 나는 D− 장관이 이 편지를 숨기기 위해 도리어 편지를 숨기지 않는 포괄적이고 명민한 편법을 썼단 사실을 점점 더 확신하게 되었네.

이런 생각에 푹 빠져 있던 나는 어느 청명한 아침에 초록색 안경을 준비해 우연히 D− 장관의 저택을 들르게 되었네. 장관은 여느 때처럼 하품을 하고 어슬렁거리며 빈둥대면서 따분함이 극에 달한 척하고 있었네. 사실 D− 장관은 아마도 세상에서 가장 활기찬 사람일 거야. 하지만 그건 그를 보는 사람이 아무도 없을 때만 그렇지.

D− 장관처럼 나도 그에게 내 본심을 읽히지 않기 위해서, 나는 시력이 약하다고 투덜대며 안경을 써야 한다고 한탄했네. 그러고는 겉으로는 집주인과의 대화에 열중하는 척하면서 안경 밑으로 은밀하고 신중하게 그 방을 철저히 살펴보기 시작했네.

나는 장관이 앉아 있는 곳 가까이에 있는 커다란 책상에 특별히 주의를 기울였는데, 그 책상 위에는 잡다한 편지들과 서류들, 악기 한두 개, 책 몇 권이 어지럽게 놓여 있었네. 오랫동안 아주 신중하게 유심히 살펴봤지만 특별히 의심을 불러일으킬만한 점은 하나도 없었네.

그 방을 빙 둘러보던 내 눈에 마침내 겉만 번지르르하게 장식된 판지로 된 편지꽂이가 들어왔는데, 그건 벽난로 선반 중앙 바로 아래의 작은 놋쇠 고리에 지저분한 파란색 리본으로 대롱대롱 매달려 있었네. 서너 칸으로 나뉜 이 편지꽂이에 대여섯 장의 명함과 편지 한 장이 꽂혀 있었지. 편지는 심하게 때가 묻고 꼬깃꼬깃했네. 편지는 중간쯤에서 거의 둘로 찢어져 있었는데, 마치 처음에는 쓸모없는 편지라고 완전히 찢어버릴 계획이었다가 다음 순간 마음을 바꿔 찢지 않고 놔둔 듯했지. 편지에는 장관의 이름 첫 글자인 D의 검은색 인장이 커다랗게 **굉장히** 눈에 잘 띄게 찍혀 있었네. 그리고 여자가 쓴 듯한 자그마한 글씨로 D— 장관 앞으로 된 주소가 적혀 있었네. 편지는 편지꽂이 위 칸에 아무렇게나 그냥 툭 꽂아 놓은 것 같은 모양새였네.

난 그 편지를 흘끗 보자마자 그것이 내가 찾던 바로 그 편지라고 결론을 내렸네. 확실히 그것은 모양새로 봐서는 경찰국장이 지난번 우리에게 자세히 설명해 줬던 그 편지와는 근본적으로 달랐네. 편지꽂이에 있는 편지에 찍힌 인장은 큼지막하고 검은색으로 장관 이름 첫 글자 D였네. 반면 경찰국장이 설명해 준 그 편지의 인장은 작고 붉은색으로 S— 가문의 공작 문장이 함께 찍혀 있다고 했지. 장관 앞으로 된 그 편지의 주소는 작은 글씨에 여자의 필적이었지만, 경찰국장이 설명한 편지의 수취인 주소는 왕실 인사 앞으로 된 것으로 아주 굵고 또렷한 글씨체로 되어 있다고 했지. 두 편지는 오직 크기만 일치했네. 그런데 말일세, 두 편지가 근본적으로 지나치게 차이가 났네. 지저분하게 때가 묻고 찢어진 그 편지는 D— 장관의 찬찬한 **실제** 습관과는 전혀 일치하지 않았고, 그것을 보는 사람으로 하여금 쓸모없는 편지라는 느낌을 갖게 할 의도로 일부러 그렇게 꾸며 놓은 것 같은 인상이 강했네. 편지를 그 방에 온 사람 누구나 훤히 볼 수 있도록 지나치게 눈에 띄는 장소에 놔둔 것과 함께 이런 점들은 내가 앞서 내렸던 결론과 정확히 일치하네. 내 말은 이런 점들이 의심을 품고 찾아간 사람에게 그 의심을 강하게 확증해 줬단 말일세.

나는 가능한 한 시간을 끌며 그곳에서 오래 머물려고 했네. 나는 D− 장관이 관심을 갖고 흥분하지 않을 리 없는, 내가 잘 아는 화제에 대해 그와 아주 활기 넘치는 대화를 이어나가는 동안 계속해서 그 편지에 주의를 집중했지. 그렇게 살펴보면서 나는 편지의 겉모습과 편지꽂이에 꽂힌 배열 상태를 마음에 새겼네. 또한 결국에는 내가 지니고 있었을지도 모르는 사소한 의심마저도 모두 떨쳐내 주는 발견을 하게 되었네. 편지의 모서리를 유심히 살펴보는데 필요 이상으로 닳아 있었지. 한 번 접어서 서류철로 누른 뻣뻣한 종이를 처음 접을 때 생긴 선에 맞춰 거꾸로 다시 접다 보니 뻣뻣한 종이가 힘없이 닳은 모양을 하고 있었네. 이 발견만으로도 충분했네. 편지는 장갑처럼 뒤집어졌다가 다시 방향을 바꿔 접힌 다음 새로 봉한 것이 분명했네. 나는 장관에게 아침 인사를 하고는 탁자에 금으로 된 코담배갑을 놔둔 채 곧바로 자리를 떴네.

다음 날 아침 나는 코담배갑을 찾으러 왔다며 장관의 집에 들렀고 우리는 아주 열띠게 전날의 대화를 다시 이어 갔네. 한창 열심히 대화를 나누고 있는데, 장관의 집 창문 바로 아래서 권총 소리 같은 큰 폭발음이 들리더니 연이어 끔찍한 비명 소리와 사람들이 외치는 소리가 뒤따랐네. D− 장관이 창 쪽으로 달려가 창문을 열고 밖을 내다보았지. 그사이 나는 편지꽂이로 걸어가 편지를 빼서 내 호주머니에 넣은 다음, 원래 편지가 있던 자리에는 겉모습을 똑같이 복제한 가짜 편지를 대신 꽂아 놓았네. 가짜 편지는 내가 내 방에서 정성 들여 마련한 것으로, 장관의 머리글자 D는 빵으로 인장을 만들어 찍어 아주 수월하게 흉내 낼 수 있었다네.

거리에서 일어난 소동은 어떤 사내가 장총을 들고 미친 듯이 날뛰어서 벌어진 일이었네. 그자가 여자들과 아이들이 모여 있는 곳에 대고 총을 쏜 것이었어. 하지만 총탄이 들어 있지 않은 것으로 밝혀졌고 그자는 미치광이나 술주정꾼으로 취급되어 쫓겨 갔지. 그자가 가 버리자 D- 장관이 창가에서 돌아왔는데, 나도 목표로 한 편지를 확보하자마자 바로 장관을 뒤따라 창가에 가 있었지. 그 뒤 곧바로 나는 그에게 작별을 고했네. 사실 미치광이인 척했던 그 사내는 내가 돈을 주고 고용한 자였다네."

그 말에 내가 물었다.

"그런데 무엇 때문에 그 편지를 가짜 편지와 바꿔치기한 건가? 장관의 집을 처음 방문했을 때 그의 앞에서 그냥 공개적으로 그 편지를 집어서 나오는 게 더 낫지 않았을까?"

그러자 뒤팽이 대답했다.

"D- 장관은 될 대로 되라는 식의 무모한 사내이면서 또한 배짱 두둑한 사내야. 또한 그의 집에는 그를 위해 헌신하는 하인들이 있었어. 내가 무턱 대고 자네가 말한 대로 했더라면, 나는 절대 D- 장관의 집을 살아서 나오지 못했을 테고, 선량한 파리 사람들은 더 이상 내 소식을 듣지 못하게 됐을지도 모르네. 하지만 이런 걸 고려하지 않더라도 내게는 다른 목적이 있었네. 자넨 나의 정치적 성향을 알 걸세. 이번 문제에서 나는 이 사건과 관련된 그 부인의 열렬한 지지자로서 행동했네. 18개월 동안 D- 장관은 그 부인을 마음대로 쥐락펴락해 왔네. 하지만 이제는 그 부인이 장관을 마음대로 쥐락펴락할 수 있게 됐지. D- 장관은 지금 그 편지가 자신의 수중에 없다는 사실을 알지 못한 채로 편지가 있을 때처럼 부인에게 부당한 요구를 계속해 나갈 테니 말이야. 이로써 그는 필연적으로 정치적 파멸을 하게 될 걸세. 또한 그의 몰락은 어색하고도 느닷없이 찾아올 것이네. '저승으로 가는 내리막길은 쉽다.'란 말은 아주 그럴듯해 보이지만, 사실 카탈라니*가 노래하는 것에 빗대어 말했듯이 모든 종류의 등반에서는 내려오는 것보다 올라가는 것이 훨씬 더 쉬운 법이지. 이번 사건에서 나는 내려오는 그에게 동정도, 조금의 연민도 품지 않았네. 그는 무시무시한 괴물이자 파렴치한 천재이네. 하지만 고백하건대 나는 경찰국장이 '어떤 고위층 인사'라고 칭한 그 여인이 더 이상 장관의 말을 듣지 않게 되어, 결국 장관이 내가 편지 꽂이에 남겨 둔 그 편지를 펼쳐 보게 되었을 때 그가 정확히 어떤 생각을 할지 정말이지 무척 궁금하네."

"왜? 그 편지에 뭐 특별한 글이라도 적어 놨나?"

"글쎄, 편지를 내용 없이 텅 비워 두는 건 옳지 않아 보였네. 그건 모욕적일 것 같았지. D- 장관은 언젠가 한 번 비엔나에서 나에게 못된 짓을 한 적이 있었네. 그때 나는 웃는 얼굴로 그에게 그 일을 꼭 기억하고 있겠노라고 다짐했었지. 나는 그가 자신의 허를 찌른 사람의 정체를 궁금해 할 것 같았는데 그에게 단서를 남겨 놓지 않는 건 애석한 일이라고 생각했네. 그가 나의 필

---

*카탈라니 : 19세기 최고의 이탈리아 소프라노.

체를 잘 알고 있으니 나는 빈 편지지의 한가운데에 다음과 같은 글을 그대로 옮겨 적었지.

그토록 사악한 음모는 아트레우스*에게 어울리는 것이 아니라, 티에스테스에게 어울리오.

이건 크레비용의 『아트레우스와 티에스테스』에 나오는 구절이라네."

---

*아트레우스 : 아트레우스는 그리스 신화에 나오는 인물로 아가멤논의 아버지이다. 동생인 티에스테스가 자기 아내와 간통한 일에 분노하여 미케네의 왕이 되자 동생의 아들들을 죽여 동생이 그 고기를 먹게 했다.

어셔가의 몰락

> *그 사람의 심장은 당장이라도 연주할 수 있는 류트와 같아*
> *손이 닿기만 해도 선율이 울려 퍼진다네.*
>
> *—드 베랑제**

그해 가을, 하늘에 구름이 답답하게 낮게 드리워 우중충하고 어둡고 적막했던 어느 날, 나는 온종일 홀로 말을 타고 이상하리만치 황량한 시골 지역을 지나, 저녁 어스름이 깔릴 무렵 마침내 어셔 집안의 음침한 저택이 보이는 곳에 이르렀다. 어째서 그런지는 모르지만 그 저택을 처음 언뜻 본 순간 내 마음에 참을 수 없는 침울한 기분이 엄습했다. 나는 참을 수 없다는 표현을 썼는데, 가장 황량하고 쓸쓸하고 무시무시한 자연의 모습조차도 시

---

*드 베랑제 : 프랑스 시인이자 상송 작가 피에르 장 드 베랑제(1780~1857). 위의 구절은 〈Le Refus〉란 샹송의 가사를 인용한 것이다.

적이기 때문에 마음속으로는 대개 반쯤은 즐거운 감정으로 받아들이고는 하는데 그런 감정으로도 침울한 기분이 누그러지지 않았기 때문이다. 나는 내 앞에 펼쳐진 경치를 가만히 바라보았다. 평범한 집과 보잘것없는 주변 풍경, 삭막해 보이는 벽, 공허한 눈동자 같은 창문, 다소 무성한 사초, 그리고 몇몇 썩은 나무의 하얀 둥치를 우울한 기분으로 바라보았다. 그것은 아편 중독자가 아편을 한껏 즐기다 꿈에서 깨어나 쓰라린 일상으로 돌아가면서 그것을 가리고 있던 장막이 걷힐 때의 끔찍한 기분, 그것 말고는 어디에도 적당하게 비유할 데 없는 그런 기분이었다. 마음이 얼음장처럼 싸늘해지고 착 가라앉고 아렸다. 아무리 상상력을 발휘해 억지로 좋은 생각으로 바꿔 보려 해도 그렇게 되지 않는 구제할 길 없는 쓸쓸한 생각이 자꾸만 들었다.

'도대체 무엇 때문일까? 도대체 무엇 때문에 어셔가의 저택을 바라보는 내 마음이 이토록 불안한 걸까?'

나는 잠시 생각에 잠겼다. 하지만 그것은 도저히 풀 수 없는 수수께끼였다. 그 문제에 대해 곰곰이 생각하는 동안 어슴푸레하게 이런저런 추측들이 떠오르긴 했지만 아무리 고심해도 풀 수 없었다. 나는 우리에게 그와 같은 영향을 미치는 아주 간단한 자연물들의 조합이 있다는 점은 의심의 여지가 없지만, 이런 힘을 분석하는 일은 우리의 이해력으로는 불가능하다는 만족스럽지 못한 결론을 마지못해 내릴 수밖에 없었다. 그러면서 그저 단순히 풍경의 특정한 부분이나 그림의 세세한 부분을 다르게 배열하는 것만으로도 슬픈 인상을 바꾸거나 어쩌면 아예 없애는 것도 충분히 가능할 것이라는 생각도 들었다. 이런 생각에 이끌려 나는 말을 몰고 저택 옆의 잔잔하게 반짝이는 시커멓고 으스스한 늪의 가파른 가장자리로 가서, 아래의 수면에 거꾸로 비쳐 본래와는 다르게 보이는 잿빛 사초, 무시무시한 나무둥치, 공허한 눈동자 같은 창문을 응시했지만, 오히려 조금 전보다 훨씬 더 오싹한 전율이 엄습했다.

그럼에도 불구하고 나는 이제 이 우울한 저택에 몇 주 동안 머물 계획이었다. 이 저택의 주인인 로더릭 어셔는 소년 시절 내 단짝 친구였지만 서로 못 본 지도 벌써 여러 해가 흘러 있었다. 그런데 최근 그가 먼 곳에 살고 있는 내게 편지를 보내왔는데, 내용이 어찌나 간절하던지 나는 친히 답을 하러 올 수밖에 없었다. 내 친구가 보낸 편지의 글씨체를 보니 그는 불안하고 동요한 기색이 역력했다. 그 편지에는 자신은 몸이 심하게 아픈 데다 정신 질환에까지 시달리고 있는데 가장 친한 친구이자 실제로는 유일한 친구인 나와 기분 좋게 어울리면 병세가 조금이라도 호전될지 모르니 자신을 보러 와 달라는 간곡한 바람이 담겨 있었다. 구구절절하게 이 모든 내용과 그 밖의 사연이 쓰여 있는데, 이런 부탁을 하는 그의 마음이 너무나도 또렷이 느껴져서 나는 한 치도 망설일 여지가 없었다. 그래서 나는 지금도 아주 기이한 소환이었다고 생각하는 그의 부탁에 곧바로 응했다.

우리가 어린 시절 단짝 친구이긴 했지만 실제로 나는 내 친구에 대해 아는 것이 거의 없었다. 그는 늘 지나칠 정도로 말수가 없었다. 하지만 나는 아주 유서 깊은 그의 가문이 아득한 옛날부터 오랫동안 대대로 독특한 감성을 지닌 것으로 유명하다는 사실쯤은 알고 있었다. 그런 감성 덕택에 어셔 가문은 고귀한 예술 작품을 많이 남겼으며, 최근에는 아낌없으면서도 요란하지 않은 자선을 거듭해서 베풀었고, 또한 정통적이고 쉽게 인지할 수 있는 아름다운 음악보다는 복잡한 음악에 훨씬 더 열정적으로 빠져들었다고 알려져 있었다. 나는 또한 어셔가의 혈통이 아주 옛날부터 어느 시기에도 옆으로 가지를 뻗지 않고 이어져 내려왔다는, 즉 다시 말해 사소하고 아주 일시적인 변동은 있었지만 오직 직계로만 계속 이어져 내려왔다는 아주 놀랄 만한 사실도 들어서 알고 있었다. 문득 이 저택의 성격과 이곳에 사는 어셔 집안사람들의 성격이 완전히 일치한다는 생각이 스쳐서, 수세기를 내려오는 동안 이 저택이 집안사람들의 성격에 끼쳐 왔을지 모르는 영향에 대해 곰곰이 생각해 봤다. 그러자 이렇게 방계 혈족이 부족한 데다 아버지에게서 아들로 어셔라는 성과 함께 세습 재산이 계속해서 직계로만 전해져 내려왔기 때문에 마침내 이 저택과 이 가문 사람들 둘을 완전히 동일시하게 되어, 이 저택 소재지의 본래 명칭이 '어셔가'라는 진기하고 모호한 명칭 속에 흡수된 듯싶었다. '어셔가'라는 명칭을 쓰는 소작농들의 마음속에서는 그 명칭이 가문과 가문의 저택 모두를 포함하는 것 같았다.

앞서 말했듯 늪을 내려다보는 다소 유치한 내 실험의 유일한 효과는 기괴한 첫 인상을 더욱 강화시켜 준 것뿐이었다. 나의 미신―내가 그것을 미신이라 부르지 못할 까닭이 무엇인가?―이 급속도로 강해졌음을 자각할수록 미신 자체는 점점 더 강해지는 게 틀림없었다. 그러한 것은 공포를 바탕으로 하는 모든 감정의 역설적인 법칙이란 사실을 나는 오래전부터 알고 있었다. 그리

202

고 내가 늪에 비친 집의 영상에서 다시 진짜 어셔가의 저택으로 눈길을 돌렸을 때 내 마음속에 이상한 상상이 떠오른 것도 오직 이 이유 때문이었을지도 모른다. 참으로 터무니없는 상상이었지만 나를 짓누르던 감정이 얼마나 강렬했는지를 보여 주기 위해 지금 그 상상을 언급하는 것뿐이다. 그런 상상에 점점 빠지다 보니 나는 어느새 건물 전체와 저택 주변에 뭔가 특이한 기운이 감돌고 있다고 정말로 믿게 되었다. 하늘의 대기에서 풍겨 나오는 것과는 전혀 다른 기운이었는데, 썩은 나무와 회색 벽, 그리고 고요한 늪에 깔린 탁하고 느릿느릿하며 어렴풋이 겨우 보이는 치명적이고 마력적인 납빛 안개에서 그런 기운이 뿜어져 나오고 있었다.

나는 꿈임에 틀림없는 이런 상상을 머리를 흔들어 떨쳐내고 그 건물의 실제 모습을 더 면밀히 살펴보았다. 한눈에도 그 건물이 굉장히 오래된 고택임을 알 수 있었다. 오랜 세월로 인해 건물은 변색이 많이 되어 있었다. 아주 미세한 곰팡이가 가늘게 얽힌 거미줄처럼 처마에서부터 드리워져 건물 외부를 온통 뒤덮고 있었다. 그렇다고 해서 그 건물이 눈에 띄게 황폐했다는 것은 아니다. 벽돌 하나 떨어져 나간 부분이 없었다. 벽돌들의 이음새는 아직도 완벽하게 짜 맞춰져 있었지만 벽돌 낱장 하나하나는 금방이라도 바스러질 것만 같은 모습이어서 서로 굉장한 부조화를 이루고 있었다. 이 모습에 나는 버려진 지하실에서 외부 공기가 닿지 않아 오랫동안 썩어 왔지만 겉모습만 그럴 듯하니 완전 무결해 보이는 목조 부분을 떠올렸다. 하지만 이렇게 광범위하게 쇠해 가는 모습 외에 건물의 구조적인 면에서는 불안정해 보이는 부분이 없었다. 아마도 면밀히 살피는 관찰자의 눈에는 건물 앞쪽의 지붕에서부터 시작해 지그재그로 벽을 따라 내려가다 늪의 탁한 물속으로 자취를 감춰 버린, 겨우 보일락 말락 하게 갈라진 틈이 보였을지도 모른다.

이런 점들을 파악해가며 나는 짧은 둑길을 지나 저택으로 말을 몰았다. 마중 나온 하인에게 말을 넘긴 다음 고딕풍의 현관 아치문으로 들어섰다. 거기에서부터는 시종이 살금살금 조심스런 발걸음으로 어둡고 복잡한 여러 복도를 이리저리 지나 주인의 방으로 말없이 나를 안내했다. 어째서인지는 모르지만 그곳으로 가는 도중에 마주친 많은 것들로 인해 내가 앞서 말한 모호한 감정들이 한층 고조되었다. 내 주위의 물건들, 즉 천장에 조각된 작품, 벽에 걸린 칙칙한 태피스트리, 흑단처럼 까만 바닥, 내가 성큼성큼 걸어가자 덜커덕 소리를 내는 문장이 달린 환영 같은 전리품들은 어린 시절부터 익숙했던 것이지만 선뜻 친숙하게 받아들여지지가 않았다. 나는 이런 평범한 것들이 불러일으키는 상상이 얼마나 낯선지를 깨닫고는 크게 놀랐다. 계단을 올라가던 중에 나는 어셔가의 주치의와 마주쳤다. 그의 얼굴에는 저급한 교활함과 당혹감이 뒤섞인 표정이 어려 있었다. 주치의는 공포에 질린 듯 떨리는 목소리로 인사를 건네고는 날 지나쳐 갔다. 이제 드디어 시종이 방문을 열고 나를 주인 앞으로 안내했다.

내가 들어간 방은 아주 크고 천장이 높았다. 길고 좁고 뾰족한 창문들은 검은 참나무 바닥에서 위로 한참 떨어진 곳에 위치하고 있어서 전혀 손에 닿지 않았다. 새빨간 광선의 희미하고 어슴푸레한 빛이 격자무늬 창을 통해 들어와 주위의 사물들을 아주 또렷이 보이게 해 주었다. 하지만 그 방의 먼 구석과 무늬가 새겨진 아치형 천장의 움푹 들어간 부분은 아무리 애써도 보이지 않았다. 벽에는 어두운 색의 휘장이 걸려 있었다. 가구가 아주 많이 놓여 있었는데 불편해 보이고 오래돼서 낡고 닳은 것들이었다. 또 책과 악기가 여기저기 사방에 흩어져 있었지만, 그곳에 아무런 생기도 불어넣지 못했다. 나는 슬픔의 공기를 마시고 있는 기분이었다. 엄숙하고도 짙은 구제할 길 없는 우울함이 방 안 전체에 드리워져 구석구석 스며들어 있었다.

내가 방 안으로 들어가자 어셔는 길게 드러누워 있던 소파에서 일어나 쾌활하고 반갑게 나를 맞았다. 그런데 그게 너무 지나쳐서 처음에는 세상에 권태를 느끼는 사람이 과도하게 우정을 표시하려고 억지로 애를 쓰는 것 같이 느껴졌다. 하지만 나는 그의 얼굴을 흘끗 보고 그가 완전히 진심이란 사실을 확신했다. 우리는 자리에 앉았다. 그가 말문을 열기 전 잠깐 동안, 나는 연민과 두려움이 뒤섞인 기분으로 그를 바라보았다. 그토록 짧은 기간에 로더릭 어셔처럼 이렇게 심하게 변해 버린 사람이 설마 또 있을까! 나는 내 앞에 있는 이 파리한 존재가 내 어린 시절의 동무와 동일인이라는 사실을 받아들이기 힘들었다. 하지만 그의 얼굴의 특징은 변함없이 이목을 끌었다. 창백한 안색, 어디에도 비할 데가 없는 맑고 반짝이는 커다란 눈, 다소 얇고 창백하지만 빼어나게 아름다운 곡선을 그리고 있는 입술, 히브리 인 모델을 떠오르게 하는 섬세한 모양의 코와 그런 코에서는 보기 드문 넓은 콧구멍, 정신적인 강인함이 부족해 보이는 정교하게 찍어낸

듯 선이 고운 턱, 거미줄보다 더 부드럽고 가는 머리카락. 이런 특징들에 관자놀이 윗부분이 지나치게 넓어진 모습까지 더해져 한 번 보면 쉽게 잊히지 않는 전체적인 인상을 만들어냈다. 하지만 과장될 정도로 두드러진 이런 특징들이 드러난 그의 얼굴에 변화가 얼마나 심했던지 나는 내가 말을 걸고 있는 상대가 과연 누구인지 의심스러웠다. 무엇보다도 지금의 유령 같은 창백한 피부색과 초자연적인 광채를 내뿜는 눈에 나는 깜짝 놀랐으며 심지어 두렵기까지 했다. 비단결 같던 머리카락도 전혀 손질하지 않은 채로 방치해 뒤서 얼굴로 흘러내린다기보다는 가느다란 거미줄이 마구 흐트러진 모양새로 공중에 붕 떠 있는 듯했다. 그래서 아무리 애를 써도 그의 복잡하고 기이한 표정에서 온전한 인간의 모습을 찾기 힘들었다.

나는 내 친구의 태도가 모순되고 일관되지 못하다는 사실을 곧바로 알아차렸다. 그리고 곧 그것이 습관적인 두려움과 지나친 신경의 동요를 극복하려는 미약하고도 헛된 노력에서 비롯된 것임을 알게 되었다. 이 부분에 대해서는 그가 보낸 편지뿐만 아니라 그의 어린 시절의 성격적 특성과 그의 특이한 신체 구조와 기질로 미루어 단단히 각오가 되어 있었다. 그의 행동은 쾌활함과 우울함 사이를 왔다 갔다 했다. 그의 목소리는 주저하며 떨리는 목소리(이때는 그의 생기발랄함이 완전히 일시 정지된 것 같았다.)에서 활기차고 간결한 목소리로, 또 퉁명스러우면서도 무겁고 느긋하면서 공허한 말투로 순식간에 바뀌고는 했는데, 굉장히 흥분했을 때는 정신 나간 술주정꾼이나 아편을 도저히 끊지 못하는 중독자가 흥분되었을 때 내는 것 같은, 균

형이 잡히고 완벽하게 조절된 탁한 후두음과 비슷한 목소리를 냈다.

바로 그런 목소리로 그는 내게 방문을 부탁한 이유와 나를 얼마나 간절히 만나고 싶어 했는지, 그리고 또 내게서 위안을 얻기를 기대한다고 말했다. 그는 자신의 병의 성질에 대해 마음속으로 품고 있는 생각을 상당히 자세히 이야기해 주었다. 그 병은 체질이고 유전적인 것이며 치료법을 찾는 건 체념했다고 그가 말했다. 그리고 얼른 덧붙이기를 단순한 신경 질환이니 의심할 여지없이 금방 사라질 것이라고 했다. 그 병은 다양한 부자연스런 감정들로 나타났다. 그가 자세히 들려주는 동안 그런 감정 가운데 일부에 나는 흥미를 느끼기도 했고 당혹스럽기도 했지만, 아무튼 그가 사용한 용어와 전반적인 이야기 방식에 무게감이 느껴지긴 했던 것 같다. 그는 감각이 병적으로 날카로워져서 무척 고통을 겪고 있었다. 가장 맛없는 음식만이 겨우 먹을 만하고, 특정 천으로 만든 옷만 입을 수 있으며, 꽃향기를 맡으면 숨이 막힐 듯하고, 눈은 아주 희미한 빛에도 고문 받는 것처럼 아프고, 특정한 소리만이, 그러니까 현악기에서 나는 소리만이 공포감을 불러일으키지 않았다.

내가 볼 때 그는 아주 이례적인 종류의 공포에 완전히 사로잡혀 있는 것 같았다. 그가 말했다.

"난 이러다 죽게 될 거야. 이 통탄할 만한 어리석음 때문에 틀림없이 죽게 될 거야. 그것 때문에, 다른 이유 때문이 아니라 바로 그것 때문에 난 죽게 되겠지. 나는 앞으로 일어날 일들이 두려워. 그 일 자체가 아니라 그 일이 가져올 결과가 말이야. 이렇게 견딜 수 없을 정도로 동요하는 내 영혼에 영향을 미칠지 모르는 어떤 일을, 그 일이 가장 사소한 일이라고 할지라도 그 일을 생각만 해도 몸이 덜덜 떨려. 사실 나는 위험 자체를 싫어하는 게 아니라, 위험이 끼치는 절대적인 영향, 즉 위험으로 인해 생겨나는 두려움이 싫어. 이렇게 불안하고 한심한 상태에 빠져 있으니 이제 조만간 '두려움'이라는 암울한 환영과 싸우다가 결국 내가 목숨과 이성을 완전히 포기해야만 하는 때가 닥칠 것만 같아."

이외에도 나는 그가 말하는 사이사이 간간이 내비치는 단편적이고 애매모호한 암시를 통해 그의 정신 상태의 또 다른 이상한 특징도 알게 되었다. 그는 지금 살고 있고 여러 해 동안 밖으로 나가 본 적이 없는 자신의 저택과 관련된 어떤 미신과도 같은 느낌에 사로잡혀 있었다. 그가 사용했던 용어가 너무 어렴풋한 탓에 여기에서 다시 언급하지는 못하지만, 그 저택이 그에게 끼치는 어떤 영향력에 관련된 미신이었다. 그러니까 그것은 단지 어서가 저택의 모습과 본질 속에 있는 어떤 특이한 점들이 그의 정신에 오래도록 고통을 준 끝에 영향을 끼쳤다는, 즉 저택의 회색 벽과 작은 탑, 그리고 그런 것들 아래로 내려다보는 어두운 늪의 지형이 결국 그의 살고자 하는 의욕에 영향을 끼쳤다는 것이었다.

그는 주저하기는 했지만 이처럼 그를 괴롭히는 기이한 우울증이 좀 더 지당하고 훨씬 더 명백한 원인에서 비롯된 것이라고 인정했다. 그 원인이란 바로 오랜 세월 동안 그의 유일한 동반자이자 이 세상에서 마지막 남은 유일한 혈육이기도 한 사랑하는 여동생이 오래도록 계속된 중병으로 죽음을 목전에 두고 있다는 사실이었다. 내가 결코 잊을 수 없는 비통한 목소리로 그가 말했다.

"내 누이가 죽으면 내가(형편없고 연약한 녀석인 내가) 유서 깊은 어셔가에서 마지막 남은 혈통이 되겠지."

그가 이 말을 할 때 매들린 아씨('아씨'를 붙인 건 그녀가 그렇게 불렸기 때문이다.)가 내가 그곳에 있단 사실을 알아차리지 못한 채 그 방의 저쪽 끝을 천천히 지나 사라졌다. 나는 완전한 놀라움과 두려움이 뒤섞인 채로 그녀를 보았는데, 왜 그런 감정들이 들었는지는 설명할 수가 없었다. 그녀가 물러가는 발걸음을 눈으로 좇는데 정신이 혼미해지는 것만 같았다. 마침내 문이 닫히고 그녀의 모습이 사라지자 나는 본능적으로 열띤 시선을 그녀 오빠의 얼굴로 향했다. 하지만 내가 볼 수 있었던 건 그가 두 손에 얼굴을 파묻고 차원이 다른 병약함이 느껴지는 여윈 손가락 사이로 뜨거운 눈물을 흘리고 있는 모습뿐이었다.

매들린 아씨의 병은 그녀의 주치의들이 오랫동안 의술을 발휘해 봤지만 그들을 완전히 당황하게 만들었을 뿐이었다. 만성적인 무감각증, 신체의 점진적 쇠약증, 그리고 순간적으로 빈번하게 찾아오는 부분적인 강직증이라는 특이한 진단이 내려졌다. 매들린 아씨는 지금까지 병마에 맞서 꿋꿋이 잘 견뎌 오면서 끝까지 병상에 드러눕지 않았다. 하지만 내가 어셔 저택에 도착한 날 저녁 무렵, (그녀의 오빠가 그날 밤 내게 이루 말할 수 없이 동요하며 들려준 바에 따르면)그녀는 그 파괴적인 병마의 도저히 가눌 길 없는 힘에 굴복하고 말았다. 그러므로 그날 내가 흘끗 본 그녀의 모습이 아마도 내가 본 그녀의 마지막 모습이 될 것 같다는, 적어도 매들린 아씨가 살아 있는 동안에는 내가 그녀를 다시 볼 수는 없을 것 같다는 생각이 들었다.

그 후 며칠 동안, 그녀의 오빠도 나도 그녀의 이름을 입에 담지 않았다. 이 기간 동안 나는 내 친구의 우울함을 완화시키기 위해 갖은 노력을 다하느라 바빴다. 우리는 함께 그림을 그리고 책을 읽었다. 또 그가 기타로 연주하는 거친 즉흥곡에 꿈꾸는 듯한 기분으로 귀를 기울이기도 했다. 하지만 이런 식으로 더 친밀하게 그의 마음속 구석진 곳으로 거리낌 없이 파고 들어가면 갈수록, 그의 마음에 힘을 북돋워 주려는 나의 온갖 노력이 헛된 일임을 더욱더 쓰라리게 깨닫게 되었다. 그의 마음속 어둠이 마치 그의 타고난 긍정적인 특징이라도 되는 것처럼 몸과 마음의 세계에 있는 모든 사물에 끊임없이 우울한 빛을 쏟아 부었던 것이다.

이런 식으로 내가 어셔가의 주인과 단둘이 보낸 수많은 엄숙한 시간들에 대한 기억은 언제까지나 내 곁에 남아 있을 것이다. 하지만 그가 나를 참여시키거나 이끌었던 연구나 소일거리의 정확한 성격을 전하고자 시도한다면 그 어떤 시도라도 실패할 것이 뻔하다. 흥분 잘하고 무척 불안한 상상력이 모든 것에 지옥불과 같은 광채를 던졌다. 그가 즉흥적으로 연주한 긴 비가들은 영원히 내 귀에 울릴 것이다. 그 가운데서 다른 무엇보다도 폰 베버의 마지막 왈츠의 거친 선율을 특이하게 바꿔 격정적으로 연주한 곡이 아플 정도로 마음에 남아 있다. 그의 정교한 상상력이 빚어낸 그림들은 붓질을 더할수록 점점 애매모호하게 변해 버렸는데, 그런 그림들에 나는 한층 더 오싹하게 몸서리를 쳤다. 이유를 알지 못했기에 더욱더 몸서리를 쳤다. 그런 그림들에서(그 그림들의 모습이 지금도 내 눈앞에 생생한데) 나는 작은 부분일지라도 그냥 말로 파악할 수 있는 이상의 것을 끌어내려고 노력했지만 허사였다. 그의 그림은 완전히 단순하면서도 뭘 그리고자 했는지 전혀 알 수 없었기에 사람들의 주의를 끌고 위압했다. 만약 관념을 그림으로 그린 사람이 있다면, 그건 바로 로더릭 어셔였다. 적어도 내 경우에는 그 당시 나를 둘러싼 환경 속에서 우울증 환자인 그가 화폭에 투영하고자 했던 순수한 추상화들을 보면 푸젤리의 아주 강렬하고 구체적이고 몽상적인 그림들을 응시할 때도 느껴보지 못했던 참을 수 없는 강렬한 경외심이 생겼다.

내 친구의 환영 같은 그림들 가운데는 엄밀히 말해 그다지 추상주의의 색채를 띠고 있다고 할 수 없는 그림이 하나 있었는데, 아마도 그 그림은 미약하게나마 어렴풋이 말로 표현을 할 수 있을 것 같다. 그건 한없이 긴 직사각형의 지하 묘지 같기도 하고 터널 같기도 한 곳의 내부를 그린 작은 그림이었다. 그 지하 묘지의 벽은 낮고 매끈하며 하얀색이었는데 중간에 아무런 방해물 없이 쭉 이어져 있었다. 그 그림에서 눈에 띄는 몇몇 부수적인 면들로 보아 하니 그곳은 지표면보다 훨씬 낮은 곳에 위치해 있는 것 같았다. 출구는 그곳의 널찍한 공간 어디에도 보이지 않았으며, 횃불이나 인위적인 조명도 보이지 않았다. 하지만 강렬한 광선이 구석구석 드리워져 전체를 그곳과 어울리지 않는 섬뜩한 광채로 뒤덮고 있었다.

조금 전에 말했듯이 그는 청각 신경에도 병적인 증세가 있어서 현악기에서 나는 특정한 소리를 제외하고는 어떤 음악도 견딜 수 없었다. 따라서 그는 기타를 연주할 때도 음계를 좁게 한정해야 했고, 그래서 이로 인해 상당히 기이한 방식의 연주를 하게 되었던 것 같다. 하지만 즉흥곡을 그렇게 격정적으로 연주하는 재능은 그것만으로는 설명되지 않는다. 그것은 그가 열광적으로 연주한 환상곡의 선율뿐만 아니라 가사(그는 즉흥곡을 연주하며 운율이 살아 있는 가사를 흥얼거린 적도 많았기 때문에)와 관련이 있는 게 틀림없었다. 아니 실제로 관련이 있었는데, 그런 가사는 내가 전에 넌지시 말한 것처럼 그가 최고조로 흥분한 특별한 순간에만 볼 수 있는 강렬한 정신적 침착성과 집중의 결과로 나온 것들이었다. 이런 광시곡 가운데 한 곡의 가사를 나는 아직도 또렷이 기억한다. 아마도 그가 흥얼거릴 때 그 가사에 숨겨진 신비한 뜻 속에서 그의 고결한 이성이 왕좌에서 무너질 것처럼 휘청거리고 있다는 사실을 어서 본인이 완전히 인식하고 있다는 사실을 내가 처음으로 인지함으로써 그 어느 때보다 더 강렬한 인상을 받아서 그런 듯하다. 〈유령이 출몰하는 궁전〉이란 제목의 그 노래 가사는 정확하지는 않지만 대략 다음과 같다.

I
가장 푸르른 우리의 골짜기,
착한 천사들이 살던 그곳에
한때 아름답고 위풍당당한 궁전,

찬란하게 빛나는 궁전이 우뚝 솟아 있었다네.
생각이란 군주의 영토,
바로 그곳에 궁전이 서 있었다네!
그것의 반만큼이라도 아름다운 궁전 위로는
치품천사*도 날개를 펼친 적이 결코 없었다네.

Ⅱ
영예로운 황금빛 노란 깃발이
궁전의 지붕 위에서 펄럭이며 나부꼈네.
(이 모든 것은 옛날 옛적
아주 오래전 일이라네.)
그리고 그 기분 좋은 날에
깃털로 장식된 창백한 성벽을 따라
희롱하듯 살랑거리는 바람에 실려
향기가 날개 달린 듯이 사라져 버렸다네.

Ⅲ
그 행복한 골짜기를 헤매는 방랑자들은
밝은 두 개의 창을 통해 보았다네.
아름다운 류트 선율에 맞춰
(황제가!) 앉아 있는
왕좌 주위를 돌며

---

*치품천사 : 구품천사 가운데 가장 높은 천사.

정령들이 멋지게 춤추는 모습을.
자신의 영예에 잘 어울리는 위풍당당한 태도로
앉아 있는 왕국의 통치자를.

Ⅳ
온통 진주와 루비로 반짝거리는
아름다운 궁전의 문,
그 문을 통해
늘 생기 넘치는 메아리 무리가
흐르고 흘러 밀려 들어왔다네.
그들의 달콤한 임무는 오직 노래하는 것뿐.
빼어나게 아름다운 목소리로
자신들의 왕의 기지와 지혜를 노래하는 것뿐이라네.

Ⅴ
그러나 슬픔의 옷을 두른 사악한 존재들이
왕의 높은 자리를 습격하였다네.
(아, 우리 함께 애도하세, 그분에게 결코 다시
내일은 밝아오지 않을 테니, 참으로 고적하도다!)
그리하여 왕의 궁전 주위에서
빨갛게 활짝 피어났던 영광은
이제는 묻혀 버린 먼 옛날의
희미하게 기억되는 이야기일 뿐이라네.

Ⅵ

그리고 이제 그 골짜기를 여행하는 사람들은

붉은 빛이 새어 나오는 창을 통해 본다네.

불협화음인 선율에 맞춰

기상천외하게 움직이는 거대한 형체들을.

그러는 동안 무시무시한 급류처럼

창백한 문을 통해

흉측한 무리가 쉴 새 없이 뛰쳐나와

큰 소리로 웃어 대지만, 더 이상 옛날의 미소는 없네.

　이 노래 가사에서 연상된 일련의 생각이 우리에게 떠올랐는
데 거기에서 어셔의 견해가 명백히 드러났던 것을 나는 지금도
잘 기억한다. 내가 여기에서 그것을 언급하는 이유는 (다른 사
람들이 생각하듯이)그의 견해가 신기해서가 아니라 그가 끈질기
게 그것을 주장했기 때문이다. 그의 견해를 개괄적으로 말하자
면 모든 식물에는 지각력이 존재한다는 것이었다. 하지만 그는
정신 착란 증세가 있는 상태였으므로 그런 개념은 더욱 무모한
성질을 띠었고 어떤 상황 아래에서는 무생물의 세계까지 뻗어가
기도 했다. 나는 그가 어떻게 자신의 신념을 진심으로 포기하게
되었는지를 전부 말로 표현할 길이 없다. 하지만 그 신념은 (내
가 앞서 암시했듯이)그가 조상들에게서 물려받은 저택의 회색
돌과 관련이 있었다. 그가 생각한 지각력의 조건은 그 회색 돌들
이 배열된 방식에 갖춰져 있었다. 또한 이런 돌들이 배열된 순서
뿐만 아니라 그 돌 위를 온통 뒤덮은 수많은 곰팡이와 저택 주위

에 서 있는 썩은 고목이 배열된 순서에 있어서도 마찬가지였으며, 무엇보다도 이런 배열이 오랫동안 누구도 손대지 않은 채 그대로 지속된 점과 늪의 잔잔한 수면에 그런 모습이 비치는 점에 있어서도 그의 생각에는 무생물이 지각력을 지닐 수 있는 조건이 갖춰져 있었다. 그의 주장에 대한 증거는, 즉 지각력에 대한 증거는 늪의 수면과 벽 주위를 떠도는 고유한 대기가 서서히 하지만 확실하게 응집되고 있다는 점에서도(나는 이 말에 깜짝 놀랐다.) 찾을 수 있다고 그가 주장했다. 그리고 그가 덧붙이기를, 그 결과가 수세기 동안 그의 가문 사람들의 운명에 강력하게 영향을 끼쳤으며 자신을 지금과 같이 보이게—현재와 같은 모습으로— 만든, 조용하지만 성가시고 소름끼치는 영향력을 보면 확인할 수 있다고도 했다. 그런 의견에 대해서는 뭐라고 언급할 필요가 없으므로 나는 아무 말도 하지 않으려 한다.

우리가 읽은 책들은—그 책들은 여러 해 동안 병약한 내 친구의 정신세계에 적지 않게 영향을 끼쳐 왔던 책들인데— 충분히 추측할 수 있는 바와 같이 환상에 사로잡힌 이 친구와 딱 맞아떨어졌다. 우리는 함께 그레세의 『앵무새와 수도원』, 마키아벨리의 『벨페고르』, 스베덴보리의 『천국과 지옥』, 홀베르그의 『니콜라스 클림의 지하 여행』, 로버트 플러드와 장 댕다지네와 드 라 샹브르의 『수상술』, 티크의 『머나먼 창공으로의 여행』, 캄파넬라의 『태양의 도시』 같은 책들을 탐독했다. 우리가 특히 좋아한 책은 도미니크회 수사 에이머릭 드 지론이 쓴 『종교 재판관 규칙서』라는 소형 8절판 책이었다. 그리고 폼포니우스 멜라가 쓴 책에 나오는 고대 아프리카의 사티로스*와 아이기판**에 관한 구절도 좋아했다. 어셔는 그 구절에 빠져 몇 시간이고 몽상에 잠겨 앉아 있곤 했다. 하지만 어셔가 읽으면서 가장 큰 기쁨을 얻은 책은 대단히 진귀한 희귀본으로, 고딕체로 된 4절판 책인『마인 츠 교회 성가대의 죽은 이를 위한 철야 기도』라는 잊힌 교회 입 문서였다.

어셔는 어느 날 저녁 불쑥 자기 여동생이 더 이상 이 세상 사 람이 아니라고 알려 주며 그녀의 시신을 (최종적으로 매장하기 에 앞서)저택의 주요 벽 안쪽의 지하 묘지에 2주일 동안 임시로 안치하겠다는 의향을 밝혔는데, 바로 그 순간 나는 그 희귀본과 거기에 적힌 말도 안 되는 장례 의식이 우울증 환자인 내 친구 에게 영향을 끼쳤을 것이란 생각을 하지 않을 수 없었다. 하지 만 시신을 이렇게 기이하게 처리하려는 현실적 이유는 내가 따 져 물을 성질의 것이 아닌 듯했다. 고인의 오빠는 (그가 내게 말 한 바에 따르면)고인의 병이 특이한 성질의 것이었다는 점과 그 녀 주치의들의 주제넘은 열띤 질문 공세에 시달릴 것이란 예상, 그리고 가족 묘지가 사람들에게 노출된 먼 곳에 위치해 있는 상 황을 모두 고려해 이런 결심을 한 상태였다. 내가 어셔의 저택 에 도착한 날 계단에서 마주쳤던 그 의사의 사악한 표정이 떠오 르자, 나는 그저 그런 것 같기는 하지만 그렇다고 해가 될 것도 없고 전혀 부자연스러울 것도 없는 그 조치에 반대하고 싶은 마

---

*사티로스 : 그리스 신화에 나오는 숲의 신으로 남자의 얼굴과 몸에 염소의 뿔과 다리를 하고 있는 모습이다.
**아이기판 : 목장과 가축을 상징하는 판 신 가운데 하나. 상반신은 인간, 하반신과 뿔은 산양의 모습을 하고 있다.

음이 싹 사라졌다는 걸 부인하지는 않으려 한다.

어셔의 부탁에 따라 나는 시신을 임시로 매장하는 일을 직접 도왔다. 시신을 관에 넣은 다음 우리 둘이서 관을 놓아 둘 장소로 들고 갔다. 우리가 관을 내려놓은 지하 묘지는(그곳이 아주 오랫동안 닫혀 있었던 탓에 공기가 탁해서 우리가 들고 간 횃불이 약해지는 바람에 제대로 살펴볼 기회를 갖지 못했다.) 좁고 눅눅하고 빛이 들어올 길이라고는 전혀 없었으며, 그 저택에서 내가 잠자는 방이 있는 부분 바로 밑의 아주 깊숙한 곳에 위치하고 있었다. 지하 묘지의 바닥 일부와 우리가 지하 묘지로 오면서 지나온 긴 아치형 복도 안쪽 전체가 구리로 꼼꼼하게 덮여 있는 것을 보면, 분명히 아주 먼 옛날 봉건 시대에는 성의 지하 감옥이라는 아주 나쁜 용도로, 그 뒤에는 화약이나 다른 인화성 물질의 보관 장소로 사용된 것으로 보였다. 육중한 철문 또한 구리로 보호되어 있었다. 철문의 무게가 엄청나서 문이 움직일 때마다 경첩에서 대단히 날카롭게 삐걱거리는 소리가 났다.

이 오싹한 장소 안에 있는 관 받침대 위에 우리의 애처로운 짐을 내려놓은 다음, 우리는 아직 나사를 죄어 놓지 않은 관 뚜껑을 살짝 옆으로 밀쳐 관 주인의 얼굴을 바라보았다. 그제야 처음으로 고인과 그녀의 오빠가 눈에 띄게 닮았다는 사실이 내 주의를 끌었다. 어셔가 아마도 내 생각을 읽었는지 뭐라고 나직하게 몇 마디 속삭였다. 그걸 듣고서야 나는 고인과 그가 쌍둥이였고 그 둘 사이에는 거의 이해할 수 없는 성질의 교감이 늘 존재해 왔음을 알게 되었다. 하지만 우리의 눈길은 고인에게 그리 오래 머물지 못했는데, 두려워하지 않고 태연하게 고인을 바라볼

218

수 없었기 때문이다. 한창때의 젊은 여인을 이런 식으로 장례를 치르게 만든 그 병으로 인해, 심한 강직증과 관련된 모든 병들에 으레 나타나는 것과 마찬가지로, 고인은 가슴과 얼굴에는 조롱을 받은 사람처럼 희미하게 홍조를 띠고 입술에는 수상쩍은 미소를 드리우고 있었는데, 죽은 사람에게서 그런 미소를 보는 건 참으로 소름 끼치는 일이었다. 우리는 관 뚜껑을 다시 덮어 나사로 죈 뒤 철문을 단단히 잠그고 저택의 위쪽 부분에 있는, 지하 못지않게 음울한 방으로 힘겹게 발걸음을 옮겼다.

쓰라리고 슬픈 며칠이 지나자 내 친구의 정신병 증세에 눈에 띄는 변화가 나타났다. 그의 평소 태도는 온데간데없이 사라져 버렸다. 평소 하던 일을 도외시하거나 잊어 버렸다. 그는 허둥지둥 불안한 발걸음으로 아무 목적도 없이 이 방 저 방을 돌아다녔다. 그의 창백한 안색은 더욱더 창백해져 송장과 다름없는 빛을 띠었고 눈에서는 광채가 완전히 사라져 버렸다. 이따금 들을 수 있던 허스키한 목소리는 이제 더 이상 들을 수 없었고, 말을 할 때면 늘 극도의 공포에 사로잡힌 듯한 떨리는 목소리가 그의 목소리의 특징이 되었다. 정말이지 어떤 때 나는 그가 마음속으로 끊임없이 불안이 들끓는 가운데서도 어떤 괴로운 비밀을 털어놓기 위해 필요한 용기를 얻으려고 고투하고 있다고 생각하기도 했다. 하지만 또 때로는 그가 여러 시간 동안 마치 어떤 상상의 소리에 귀를 기울이고 있는 것처럼 엄청나게 집중한 자세로 허공을 응시하고 있는 모습을 보고는, 그 모든 것을 그저 설명할 길 없는 광기 어린 괴팍한 짓으로 결론 내릴 수밖에 없었다. 내가 그의 상태로 인해 공포에 질리고 그의 상태가 나에게까지 전염된 건 별로 놀랄 일이 아니었다. 나는 어셔가 지닌 기상천외하지만 인상적인 미신이, 느리지만 확실하게 점점 내게 영향을 미쳐 오고 있는 게 느껴졌다.

특히 매들린 아씨를 지하 감옥 같은 묘지에 안치한 지 7, 8일쯤 지난 어느 날 밤, 느지막이 잠자리에 든 순간 나는 그런 감정을 굉장히 강렬하게 체험했다. 좀처럼 잠을 이루지 못한 채로 몇 시간이 흘러갔다. 나는 나를 지배하고 있는 불안한 마음을 이치를 따져가며 떨쳐 내려고 애를 썼다. 나는 내가 느끼는 것의 전부는 아닐지라도 대부분은 아주 당혹스럽게도 그 방의 음침한 가구의 영향을 받은 탓이라고, 또한 거세지는 폭풍우의 바람에 의해 간헐적으로 벽에서 이리저리 흔들리고 침대 장식 주위에서 불안하게 바스락거리는 소리를 내는 어두운 색의 닳은 휘장의 영향을 받은 탓이라고 믿으려고 노력했다. 하지만 이런 나의 노력은 헛수고였다. 도저히 억누를 길 없는 전율이 차츰 내 온몸으로 퍼지더니 마침내 내 마음에 이유를 전혀 알 수 없는 악몽과도 같은 공포가 자리 잡았다. 나는 가쁜 숨을 몰아쉬며 애써 이런 공포를 떨쳐 내려 하면서 베개에 몸을 기대 일으켰다. 그러고는 그 방의 짙은 어둠 속을 열심히 응시하며 가만히 귀를 기울였는데—나는 본능에 이끌려 그랬다고밖에 왜 그랬는지는 달리 이유를 댈 수가 없다.— 나지막하고 명확하지 않은 소리가 폭풍우가 잠깐씩 그치는 사이사이에 아주 띄엄띄엄 들렸는데 어디에서 나는 소리인지 알 수 없었다. 설명할 수도 견딜 수도 없는 강한 공포에 사로잡혀 나는 (그날 밤은 더 이상 잠들지 못할 것 같았기 때문에)서둘러 옷을 걸치고 방 안을 이리저리 빠른 걸음으로 왔다 갔다 하며 내가 처한 비참한 상황에서 벗어나려고 노력했다.

이런 식으로 방 안을 몇 번 왔다 갔다 하고 있는데, 가까운 계단을 오르는 가벼운 발자국 소리가 내 주의를 끌었다. 나는 즉시 그게 어셔의 발자국 소리임을 알아챘다. 그 뒤 곧바로 어셔가 내 방문을 가볍게 두드리고는 램프를 든 채 방 안으로 들어왔다. 안색은 여느 때처럼 송장처럼 창백했지만 그의 눈에는 일종의 광기 어린 환희 같은 빛이 어려 있었으며, 전체적인 태도에서는 병적인 흥분 상태에 빠지지 않으려고 자제하는 기색이 역력했다. 그의 태도가 나를 오싹하게 만들었지만 그 어떤 일이라도 내가 그때까지 오랫동안 참아 온 고독보다는 낫겠단 마음에 나는 그가 찾아온 것을 구원이라도 되는 양 반기기까지 했다.

"자넨 그걸 못 봤어?"

어셔가 잠시 말없이 주위를 둘러본 다음 밑도 끝도 없이 불쑥 물었다.

"자넨 그걸 못 봤나? 그렇다면 가만있게! 자네가 보게 해 줄 테니."

어셔는 이렇게 말하면서 조심스레 램프를 가려 놓고는 서둘러 창가로 다가가 바깥의 폭풍우를 향해 창문을 열어젖혔다.

돌풍이 한바탕 사납게 불어 닥쳐 들어와 우리를 거의 날려 버릴 뻔했다. 폭풍우가 몰아치지만 가혹하리만치 아름다운 밤이었는데, 공포와 아름다움이 공존하는 무척 기이한 밤이었다. 회오리바람이 저택 부근에서 힘을 모은 게 분명했다. 바람의 방향이 수시로 맹렬하게 바뀌었다. 그리고 구름이 (아주 낮게 깔려 저택의 작은 탑들을 누르고 있는 모양새로)엄청나게 짙게 깔려 있었지만 우리가 구름의 실제 속도를 인지하지 못하게 막지는 못했다. 구름은 아주 빠른 속도로 사방팔방에서 서로 부딪치며 제멋대로 흘러 날아가면서도 멀리 흩어져 사라지지는 않았다. 구름이 엄청나게 짙게 끼어 있었지만 우리가 구름의 속도를 인지하는 것을 막지는 못했다고 했는데, 하늘에는 별도 달도 어렴풋하게라도 보이지 않았고 또 번쩍거리는 번개의 불빛조차 없었는데도 그랬다. 하지만 불안정한 엄청난 수증기 덩어리의 바로 아래 표면뿐만 아니라 바로 우리 주위에 있는 지상의 모든 사물들도 어셔가의 저택을 휘감아 뒤덮고 있는 희미하게 빛나면서도 뚜렷하게 보이는 뿌연 기체의 기괴한 빛을 받아 빛나고 있었다.

"보지 마. 자넨 이걸 봐선 안 되네!"

나는 몸서리치며 어셔를 창가에서 떼어 내 의자 쪽으로 다소 거칠게 끌고 가며 계속 말했다.

"저런 광경은 자네의 혼란만 가중시킬 뿐인 데다 사실 그건 흔히 있는 단순한 전기 현상에 불과해. 아니 어쩌면 끔찍하게도 늪에서 올라오는 고약한 독기 때문에 생긴 것일지도 모르지. 이 창은 닫도록 하세. 공기가 차서 자네 몸에 해로워. 여기 자네가 아주 좋아하는 소설책이 한 권 있군. 내가 읽어 줄 테니 들어보게나. 그렇게 우리 함께 이 끔찍한 밤을 보내도록 하세."

내가 집어 든 옛 책은 랜슬럿 캐닝 경의『광기 어린 신념*』이었다. 하지만 어셔가 이 책을 아주 좋아한다고 말한 것은 진심이

---

*광기 어린 신념 : 실제 작품이 아니라 에드거 앨런 포가 가상으로 만든 작가와 작품.

라기보다는 서글픈 농담이었다. 왜냐하면 사실은 그 책의 조잡하고 상상력 부족한 지루한 이야기에는 내 친구의 고결하고 숭고한 관념에 흥미를 끌 만한 점이 없었기 때문이다. 하지만 가까이에 있던 유일한 책이었고, 나는 이 우울증 환자를 뒤흔들고 있는 흥분이 내가 이제 읽으려는 지나치게 어리석은 이야기에라도 혹시나 가라앉을지 모른다는(정신병과 관련된 내력을 죽 살펴보면 이와 유사한 이례적인 일들로 가득하기에) 막연한 기대를 품었다. 내가 읽어 주는 이야기에 그가 생기 넘치게 열심히 귀를 쫑긋 세우고 지나칠 정도로 긴장해서 경청하는 태도로, 아니 경청하는 것 같아 보이는 태도로 보건대 나는 내 계획이 성공했다고 자축해도 무방할 것 같았다.

　나는 이 소설의 주인공 에들레드가 평화적으로 은둔자의 집에 들어가려 했으나 수포로 돌아가자 무력을 써서 안으로 들어가려고 하는 이 이야기의 유명한 대목에 이르렀다. 이 대목은 앞으로도 다음과 같은 묘사로 기억될 것이다.

　"천성이 용맹스러운 데다 이제까지 마신 강한 술기운으로 힘이 넘치기까지 하는 에들레드는 정말로 완고하고 악의로 가득한 은둔자와의 담판을 더 이상 기다리지 않았다. 그런데 그때 어깨에 빗방울이 뚝뚝 떨어지는 느낌이 나자 에들레드는 폭풍우가 불어닥칠까 봐 두려운 마음이 들어서 곧바로 철퇴를 들어 올려 나무판자로 된 문을 몇 번 내리쳤고, 금방 긴 갑옷 장갑을 낀 그의 손이 들어갈 구멍이 생겼다. 그러자 이제 에들레드가 그 구멍에 손을 넣어 세게 끌어 당겨 문을 찢고 뜯고 부숴 완전히 산산조각을 내 버리자, 바짝 마르고 속이 빈 나무가 박살나는 소리가 숲 전체에 울려 퍼지며 진동을 했다."

이 문장을 마치는 순간 나는 화들짝 놀라 읽던 것을 잠시 멈췄는데, 내가 보기에는 (곧바로 내가 상상력에 자극을 받다 보니 현혹된 것이라고 결론을 내리긴 했지만)이 저택 안의 어딘가 아주 멀리 떨어진 곳에서 랜슬럿 경이 그토록 자세히 묘사한 문을 찢고 뜯는 바로 그 소리가 꼭 메아리처럼 울려 퍼지는 것이(하지만 분명히 억눌린 둔탁한 소리가)희미하게 내 귀에 들리는 것 같았기 때문이다. 그게 내 주의를 사로잡은 것은 의심할 여지없이 우연의 일치일 뿐이었다. 창틀이 덜컹거리고 더욱 맹렬해지는 폭풍우 소리가 뒤섞인 여러 소리가 한창인 가운데서, 그 소리 자체에는 확실히 나의 흥미를 끌거나 마음을 불안하게 할 만한 건 아무것도 없었다. 나는 그 이야기를 계속 읽어 내려갔다.

"하지만 안으로 들어간 훌륭한 투사 에들레드는 악의 가득한 은둔자가 흔적도 보이지 않아 몹시 격노하고 또 놀랐다. 그곳에는 은둔자 대신, 비늘투성이의 거대한 몸집의 용 한 마리가 입에서 불을 뿜으며 바닥이 은으로 된 황금 궁전 앞을 지키고 앉아 있었다. 그리고 벽에는 다음과 같은 글귀가 새겨진 반짝이는 놋쇠 방패가 걸려 있었다.

여기에 들어온 자가 승리자이니.
용을 죽이는 자는 이 방패를 얻게 될지니.

그래서 에들레드는 철퇴를 들어 올려 용의 머리를 내려쳤다. 그러자 용이 앞으로 꼬꾸라지며 독한 숨을 토해내면서 어찌나 끔찍하고 귀에 거슬리는 데다 귀청을 찢는 듯한 단말마의 비명을 내지르던지 에들레드는 그 끔찍한 소리를 듣지 않으려고 두 손으로 귀를 막아야만 했는데, 이와 같은 소리는 전에는 한 번도 들어본 적이 없었다."

여기에서 다시 나는 소스라치게 놀라서 읽기를 갑자기 멈췄는데, 이번에는 나지막하게 아주 멀리서 귀에 거슬리고 오래 이어지는 굉장히 기이한 외침 소리 같기도 하고 삐걱거리는 소리 같기도 한 소리를 의심할 여지없이 정말로 들었기 때문이다. 그 소리는 이 책의 소설가가 묘사한 용의 괴이한 비명 소리가 그렇지 않을까 하고 이미 내가 상상했던 소리와 정확히 똑같았다.

아주 기이한 우연의 일치가 두 번째로 일어나자 나는 놀라움과 극도의 공포심이 주를 이루는 수천 가지 상충되는 감정들에 확실히 압도당했다. 하지만 그럼에도 불구하고 나는 여전히 마음의 평정을 유지하며 그런 말을 꺼내 나의 친구의 민감한 신경을 자극하는 것을 피하려 했다. 나는 어서가 문제의 소리들을 들었는지 전혀 알 수 없었지만 분명히 지난 몇 분 사이 그의 태도에는 이상한 변화가 나타나 있었다. 처음에는 나를 바라보며 앉아 있었는데 점점 의자를 틀어 얼굴을 방문을 향한 채로 앉아 있었던 것이다. 그래서 나는 그의 얼굴이 부분적으로밖에 보이지 않았는데, 그가 뭐라 알아들을 수 없게 중얼거리는 것처럼 입술이 떨리듯 살짝 움직이는 게 보였다. 머리를 가슴에 파묻고 있었지만 옆얼굴을 흘끗 보니 눈을 크게 힘주어 뜨고 있어서 그가 자고 있는 게 아니란 걸 알았다. 몸의 움직임을 봐도 자고 있는 게 아니란 걸 알 수 있었다. 그는 좌우로 계속해서 일정하게 몸을

225

살살 흔들고 있었다. 이 모든 것을 재빨리 파악한 다음, 나는 랜슬럿 경의 이야기를 다시 읽기 시작했다. 그 이야기는 다음과 같이 계속 이어졌다.

"그리고 이제 용의 끔찍한 분노에서 벗어난 투사 에들레드는 놋쇠 방패와 그 방패에 걸린 마법을 풀어야겠다는 생각이 떠올라 그의 앞에 있는 용의 시체를 걸리적거리지 않게 치운 다음, 은으로 된 바닥을 씩씩하게 걸어가 방패가 걸려 있는 벽으로 다가갔다. 그런데 그가 벽에 완전히 도착하기도 전에 방패가 그의 발밑으로 떨어지며 웅장한 쿵 하는 소리가 소름 끼칠 정도로 크게 울려 퍼졌다."

이 구절이 내 입술에서 새어 나가자마자 마치 정말로 그 순간 놋쇠 방패가 은으로 된 바닥에 둔탁하게 떨어진 것처럼, 뚜렷하고 공허한 금속성의 쨍강거리는, 뭔가에 덮여서 약해진 소리가 반향 되어 울렸다.

완전히 불안해진 나는 자리에서 벌떡 일어났다. 하지만 어셔는 여전히 침착하게 몸을 흔들며 자리에 앉아 있었다. 나는 어셔가 앉아 있는 의자로 서둘러 다가갔다. 그의 눈은 정면을 향해 고정되어 있었으며 얼굴 전체가 돌처럼 단단하게 굳어 있었다. 하지만 내가 그의 어깨에 손을 내려놓자 온몸을 심하게 덜덜 떨며 입가에 엷은 미소를 띠었다. 그러고는 마치 내가 있다는 사실을 의식하지 못하는 것처럼 나지막하고 빠른 목소리로 횡설수설 뭐라고 중얼거렸다. 그에게로 더욱 바싹 몸을 숙이고서야 마침내 나는 그의 말에 담긴 끔찍한 의미를 알아들을 수 있었다.

"저 소리가 안 들리냐고? 아니, 난 저 소리가 들려. 진작부터 들렸어. 오래전, 아주 오래전, 정말 오래전부터, 오랜 시간, 여러 날 동안 저 소리가 들렸지.⋯⋯하지만 난 감히⋯⋯오, 나를 불쌍히 여겨 주게. 비참하고 가련한 인간인 나를!⋯⋯난 감히⋯⋯난 감히 말할 수 없었네! 우리가 내 누이를 산 채로 관에 넣었단 걸! 내가 감각이 예리하다고 하지 않았나? 이제 말하겠네. 사실 난 움푹한 그 관 안에서 내 누이가 약하게 꿈틀거리는 소리를 처음부터 들었네. 내가 그 소리를 들은 지는⋯⋯벌써 한참이, 며칠이 지났지만⋯⋯난 감히⋯⋯감히 말하지 못했다네! 그리고 지금⋯⋯오늘 밤⋯⋯에들레드⋯⋯하! 하!⋯⋯은둔자의 집 문이 부서지는 소리, 용이 내지른 단말마의 비명, 그리고 방패가 쨍강거리는 소리!⋯⋯아니, 그건 내 누이가 관을 뜯어 부수는 소리, 그 애를 가둬 둔 지하 감옥의 쇠 경첩이 삐걱거리는 소리, 그리고 지하 묘지의 구리를 입혀 놓은 아치형 복도에서 그 애가 몸부림치는 소리일세. 오, 난 어디로 달아나야 할까? 내 누이가 곧 이리로 오지 않을까? 내 성급함을 힐책하려고 서둘러 오고 있지 않을까? 계단을 올라오는 내 누이의 발소리가 들리지 않았나? 설마 내가 격하게 뛰는 그 애의 끔찍한 심장 박동 소리를 모를까? 미친놈!"

이 대목에서 그는 미친 듯이 분개하며 자리에서 벌떡 일어나 마치 영혼마저 포기하려는 사람처럼 있는 힘껏 소리를 또박또박 질렀다.

"미친놈! 정말로 그 애가 지금 저 문밖에 서 있다니까!"

그가 초인적인 힘으로 이렇게 말을 토해 내자 마치 마법에 걸린 주문이 효과를 발휘하듯이 곧바로 어셔가 가리킨 거대하고 고풍스러운 문짝들이 천천히 열리며 대단히 무겁고 칠흑처럼 새까만 문 입구가 드러났다. 몰아닥친 돌풍 때문에 문이 열린 것이었지만, 문밖에 어셔가의 매들린 아씨가 수의를 입은 모습으로 우뚝 서 있는 게 아닌가! 그녀의 하얀 수의에는 피가 묻어 있었고 수척한 몸 곳곳에는 격렬하게 몸부림친 흔적이 보였다. 그녀는 잠시 문지방에서 벌벌 떨며 이리저리 비틀거리며 서 있더니, 낮게 신음하듯 울부짖으며 안쪽의 자기 오빠에게로 힘겹게 달려들었다. 그녀가 마지막으로 숨이 끊어지기 직전 격심한 고통으로 몸부림치며 그를 바닥에 쓰러뜨리자 그는 곧바로 숨이 끊어져 자신이 예상했던 공포의 희생자가 되고 말았다.

그 방에서, 그 저택에서, 나는 혼비백산하여 달아났다. 내가 낡은 둑길을 내달리고 있을 때도 여전히 폭풍우는 미친 듯이 격노하며 사방에서 몰아쳤다. 그런데 그때 갑자기 그 길을 따라 거친 빛이 쏟아졌는데, 내 뒤에는 그 거대한 저택과 그 저택의 그림자만이 있을 뿐이었기 때문에 나는 도대체 어디에서 그런 이상한 빛이 나오는지 보려고 뒤돌아섰다. 그 빛은 기울어 가는 피처럼 붉은 보름달에서 나온 것이었는데, 그 저택의 지붕에서부터 지그재그로 바닥까지 나 있다고 내가 앞서 말한 적 있는, 겨우 보일락 말락 하게 길게 갈라진 틈으로 생생하게 비치고 있었다. 내가 응시하고 있는 동안, 그 틈이 급속도로 넓게 벌어지더니, 회오리바람이 거세게 휙 불어 닥치자, 보름달의 동그란 모습 전체가 갑자기 내 시야에 들어왔다. 이어서 저택의 웅장한 벽이 와르르 무너져 내리는 모습에 내 머리가 어질어질해지는 가운데, 수많은 파도가 물결치는 듯한 요란스런 굉음이 한동안 들

리는가 싶더니, 내 발치에 있는 깊고 축축한 늪이 침울하고 조용
히 '어셔가'의 파편을 집어삼켜 버렸다.

고자질하는 심장

맞다! 신경질적이다. 정말이지 아주 끔찍하리만치 신경질적이었고 지금도 또한 마찬가지다. 하지만 왜 내가 미쳤다고 말하려 하는가? 병 때문에 내 감각이 더욱 예민해진 것이지 파괴되거나 무뎌진 게 아니다. 무엇보다도 청각이 많이 예민해졌다. 내게는 천상의 소리도 지상의 소리도 모두 다 들렸다. 내게는 지옥의 소리도 많이 들렸다. 그런데 어떻게 내가 미쳤단 말인가? 잘 들어라! 그리고 잘 보아라. 내가 이 일의 자초지종을 얼마나 건강하게, 또 얼마나 침착하게 들려주는지를.

어떻게 그 생각이 처음 떠올랐는지를 설명하기는 어렵다. 하지만 일단 그 생각을 품게 되자 그것은 밤낮으로 내 머리에서 떠나지를 않았다. 거기엔 목적이 없었다. 열정도 없었다. 나는 그 노인을 정말 좋아했다. 그 노인은 내게 나쁜 짓을 한 적이 전혀 없었다. 내게 모욕을 준 적도 전혀 없었다. 내가 그 노인이 가진 재물을 탐낸 것도 아니었다. 아마도 그건 그 노인의 눈 때문이 아니었을까! 맞다, 바로 그것 때문이었던 것이다! 그의 한쪽 눈은 독수리의 눈을 닮았는데, 엷은 막으로 덮인 연한 파란색 눈이었다. 그 눈이 내게로 향할 때마다, 나는 피가 차갑게 얼어붙는 것만 같았다. 그리하여 나는 그 노인의 목숨을 빼앗아 그 눈에서 영원히 벗어나야겠다고 점차, 아주 조금씩 마음을 먹게 되었다.

지금 이 문제의 핵심은 이것이다. 여러분은 내가 미쳤다고 생각한다. 미친 사람들은 아무것도 모르는 법이다. 여러분이 나를 봤어야 했는데. 내가 얼마나 슬기롭게 그 일을 진행했는지를 여러분이 봤어야 했다. 얼마나 조심스럽게, 얼마나 신중하게, 얼마나 감쪽같이 그 일에 착수했는지를 말이다. 그 노인을 살해하기 전 일주일 내내 나는 그 노인을 최고로 친절하게 대했다. 그리고 매일 밤 자정 무렵, 나는 그의 방문 빗장을 풀어 문을 열었다. 아, 얼마나 조심스레 살짝 열었는지! 나는 머리가 들어갈 정도로만 문을 연 다음에 빛이 새어 나오지 않도록 완전히 꽁꽁 싸맨 각등을 방 안으로 밀어 넣고 내 머리도 들이밀었다. 아, 얼마나 노련하게 머리를 들이밀었는지 여러분이 봤더라면 깔깔 대고 웃었을 텐데! 나는 노인이 잠에서 깨지 않도록 머리를 천천히, 정말로 아주 천천히 움직여 조금씩 들이밀었다. 노인이 침대에 누워 있는 모습을 볼 수 있을 정도로 방문 틈 사이로 내 머리를 들이밀어 넣는 데는 한 시간이나 걸렸다. 하아! 미친 사람이 어찌 이처럼 슬기롭게 머리를 쓸 수 있단 말인가? 나는 머리를 완전히 방 안에 들여놓은 다음 꽁꽁 싸매 놓은 각등을 조심스레 풀었다. 정말이지 아주 조심스럽게! (경첩이 삐걱거리는 소리가 나는 바람에)더욱 조심스레 단 한 줄기의 가느다란 빛줄기만이 노인의 독수리 같은 그 눈에 닿을 정도로만 각등을 벗겼다. 나는 이런 행동을 일곱 밤이나 계속해서 매일 밤 자정에 했지만, 그 눈은 늘 감겨 있었다. 그래서 마음먹은 그 일을 하는 게 불가능했다. 나를 괴롭힌 건 그 노인이 아니라 그 노인의 '악마의 눈*'이었기 때문이다. 그리고 매일 아침 동이 틀 무렵, 나는 대담하게 노인의 방으로 들어가 용감하게 말을 건네며, 애정 어린 어조로 그의 이름을 부르고 밤새 잘 잤는지 묻고는 했다. 그러니 매일 밤 정각 열두 시에 자신이 잠자는 동안 내가 자기를 들여다본 것을 알아챘다면 그 노인은 정말로 깊은 혜안을 지닌 노인이었을 것이다.

그렇게 여드레째가 되던 날 밤, 나는 평소보다 더 조심스레 노인의 방문을 열었다. 나는 손을 시계의 분침보다 더 천천히 움직였다. 나는 나 자신의 능력이, 즉 나의 기민한 정도가 그렇게 대단한 줄은 그날 밤 이전까지는 전혀 깨닫지 못했었다. 나는 승리감에 도취되어 의기양양한 기분을 누르기 힘들었다. 문 앞에서 방문을 조금씩 여는데 그 노인이 나의 비밀스런 행동이나 계획을 꿈도 꾸지 못할 것이란 생각이 들었다. 그 생각에 나는 혼자서 킬킬거리며 소리 내 웃었다. 그런데 그 소리를 노인이 들은 것 같았다. 깜짝 놀란 것처럼 침대에서 갑자기 몸을 뒤척거린 것이다. 여러분은 이제 내가 거기서 물러섰을 거라고 생각할지도

---

*악마의 눈 : '흉안(凶眼)'이라고도 하는데, 그 시선이 닿으면 재앙이 닥치는 불길하고 사악한 눈을 말한다.

모르겠다. 하지만 나는 전혀 그러지 않았다. 노인의 방은 (도둑이 들까 봐 겉창들을 꼭꼭 닫아 놓아서)어둠이 짙게 깔려 칠흑같이 깜깜했으므로, 노인에게는 방문이 살짝 열린 모습이 보이지 않을 것이라고 확신하고 흔들림 없이 계속해서 꾸준히 방문을 밀었다.

머리를 안으로 들이민 다음 꽁꽁 싸매 놓은 각등을 풀려고 하는데 엄지손가락이 주석 걸쇠에서 미끄러지는 바람에 노인이 침대에서 벌떡 일어나며 소리쳤다.

"거기 누구냐?"

나는 꼼짝 않고 가만히 있으면서 아무 대답도 하지 않았다. 한 시간 동안 나는 근육 하나 움직이지 않고 기다렸지만 노인이 다시 자리에 눕는 소리는 들리지 않았다. 노인은 그대로 계속 침대에 앉아 귀를 기울이고 있었다. 마치 내가 밤이면 밤마다 벽속에서 빗살수염벌레* 소리가 들리나 귀를 기울였던 것처럼.

이윽고 가냘픈 신음 소리가 들렸는데, 분명 그것은 극심한 공포에 질려서 내뱉은 소리였다. 고통스럽거나 비통해서 내뱉는 신음 소리가 아니었다. 결단코! 그것은 극심한 두려움에 사로잡혔을 때 영혼의 밑바닥에서부터 새어 나오는 낮고 억눌린 소리였다. 나는 그 소리를 잘 알고 있었다. 수많은 밤, 자정마다, 온세상이 잠든 때, 바로 내 가슴속에서 솟아올라 무시무시하게 울리며 나를 괴롭히던, 공포를 더욱 깊게 만든 소리였기 때문이

---

*빗살수염벌레 : 이 벌레가 나무를 갉아먹을 때 나는 소리는 죽음의 전조를 알리는 '죽음의 시계'라는 속설이 있다.

다. 그러니 분명 나는 그 소리를 아주 잘 알고 있었다. 나는 노인이 어떤 기분인지 잘 알았기에 마음속으로 킬킬거리면서도 한편으로는 그를 동정했다. 노인이 침대에서 뒤척거리며 처음으로 조그맣게 소리를 냈던 이후로는 계속 깬 채로 누워 있다는 사실을 나는 알고 있었다. 두려움이 그의 마음속에서 계속 점점 커져가고 있었던 것이다. 그는 두려워할 이유가 없다고 생각하려 했지만 그럴 수가 없었다. 노인은 "굴뚝에서 나는 바람 소리에 지나지 않아. 바닥에 생쥐가 지나가는 것일 뿐이야."라거나 "귀뚜라미가 한 번 운 것일 뿐이야."라며 혼자 중얼거렸다. 그랬다. 노인은 그렇게 추측하며 스스로의 마음을 달래려 했지만 모두 허사였다. 모두 부질없는 짓이었는데, 죽음이 그에게로 다가와 검은 그림자를 드리우고서 희생양이 될 그를 에워쌌기 때문이다. 그리고 눈에 띄지 않는 그 그림자의 음침한 영향력으로 인해 그 노인은 보지도 듣지도 않고서도 그 방 안으로 내가 머리를 들이밀고 있다고 강하게 느꼈던 것이다.

오랫동안 아주 참을성 있게 기다렸지만 노인이 다시 자리에 눕는 소리가 들리지 않아서 나는 각등을 싸맨 천의 벌어진 틈을 조금, 정말이지 아주 조금만 벌리기로 결심했다. 나는 그 틈을 조금씩 조금씩 벌렸고—얼마나 은밀하게 슬그머니 그렇게 했는지 여러분은 상상도 못할 것이다.— 마침내 거미줄 같은 흐릿한 단 한 줄기 빛이 그 틈 사이에서 새어 나와 독수리 같은 노인의 눈을 딱 비추었다.

그 눈은 떠져 있었는데, 그것도 아주 휘둥그렇게 떠져 있었다. 그 눈을 바라보자 나는 분노가 치밀었다. 그 눈이 아주 똑똑히 내 눈에 들어왔다. 전체가 흐릿한 푸른색인 눈동자에 끔찍한 엷은 막이 씌워져 있어서 나는 등골이 완전히 오싹해졌다. 하지만 그 눈을 제외하면 노인의 얼굴이나 몸의 다른 부분은 하나도 볼 수 없었는데, 내가 본능적으로 각등의 빛을 정확히 그 저주받은 지점으로 향하게 했기 때문이다.

감각이 지나치게 예민해졌을 뿐인데 사람들은 그것을 미친 것으로 착각한다고 내가 앞서 말한 바 있지 않은가? 그런데 바로 그 순간 솜으로 싼 시계에서 나는 소리처럼 낮고 둔탁하며 빠른 소리가 내 귀에 들렸다. 나는 그 소리 또한 아주 잘 알고 있었다. 그것은 노인의 심장이 뛰는 소리였다. 북 치는 소리에 자극 받아 군사들의 용기가 북돋워지듯이 그 소리에 나의 분노는 더욱더 커졌다.

하지만 아직은 꾹 참고 가만히 있었다. 나는 숨도 거의 쉬지 않았다. 나는 미동도 않고 각등을 들고 있었다. 나는 내가 얼마나 꾸준하게 각등의 불빛을 그 눈을 향해 비출 수 있는지 시험했다. 그러는 동안 소름 끼치는 심장 박동 소리는 점점 커졌다. 그소리는 매순간 점점 더 빨라지고 점점 더 커졌다. 노인의 공포심이 틀림없이 극에 달한 것이리라! 그 소리는 분명히 시시각각으로 점점 더 커졌다! 내 말을 유의해서 잘 듣고 있는가? 앞서 내가 신경질적이라고 말한 바 있다. 그리고 그건 정말이다. 이제 죽은 듯이 고요한 한밤중, 낡은 집에 지독한 침묵이 흐르는 가운데, 그처럼 엄청나게 기이한 소리가 들리자 나는 걷잡을 수 없는 공포에 사로잡혔다. 그래도 나는 몇 분 더 꾹 참고 가만히 서 있었다. 하지만 심장 박동 소리가 점점 더 커지는 것이 아닌가! 나는 노인의 심장이 터지려는 게 틀림없다고 생각했다. 그러자 이제 나는 새로운 불안에 사로잡혔다.

'그러면 그 소리가 이웃의 귀에 들릴지도 몰라!'

그래, 노인이 갈 시간이 된 거야! 크게 고함을 내지르며 나는 가려 놓은 각등을 완전히 벗기면서 방 안으로 뛰어들었다. 노인은 한 번, 단 한 번 외마디 비명을 질렀다. 눈 깜짝할 사이에 나는 노인을 바닥으로 끌어 내리고 무거운 침구를 끄집어 당겨 노인을 덮었다. 그러고는 이제까지 내가 한 행동을 보고는 환하게 미소 지었다. 하지만 침구에 덮여서 약해진 노인의 심장 소리가 한참동안 계속 들렸다. 그래도 그런 것쯤에는 당황하지 않았다. 그 정도 소리라면 벽을 통과해서까지는 들리지 않을 테니까 말이다. 마침내 심장 박동 소리가 멈췄다. 노인이 죽은 것이다. 나는 침구를 치우고 시체를 살폈다. 그랬다. 노인은 돌처럼 완전히 죽어 있었다. 나는 노인의 심장에 손을 올리고 한참 동안을 그대로 가만히 있었다. 박동이 느껴지지 않았다. 그는 완전히 죽었다. 이제 그의 눈은 더 이상 나를 괴롭히지 않을 것이다.

만약 여러분이 아직도 나를 미쳤다고 생각한다면, 시체를 감추기 위해 내가 취한 현명한 조치에 대한 설명을 들으면 더 이상 그렇게 생각하지 않을 것이다. 밤이 이울고 있었으므로 나는 서둘러, 하지만 조용히 일 처리를 했다. 먼저 나는 시체를 토막 냈다. 머리, 팔, 다리를 차례로 절단했다.

그런 다음 방바닥의 널빤지를 석 장 뜯어내고 그 속의 나무 골조 사이에 시체 토막을 모두 집어넣었다. 그러고는 사람의 눈으로는, 심지어 그 노인의 눈으로도 이상한 점을 전혀 발견할 수는 없을 정도로 아주 솜씨 좋게 감쪽같이 널빤지를 다시 제자리로 되돌려 놓았다. 어떤 종류의 얼룩도, 아무런 핏자국도 없었으므로 씻어 낼 것도 전혀 없었다. 일 처리를 아주 조심스럽게 한 덕택이었다. 통 하나에 그걸 모두 담았으니까. 하! 하!

일 처리를 모두 마치니 새벽 4시경이었지만 아직 한밤중처럼 캄캄했다. 시계 종이 4시를 알릴 때 현관문을 두드리는 소리가 났다. 나는 가벼운 마음으로 문을 열러 내려갔다. 내가 이제 두려워할 게 뭐가 있었겠는가? 남자 셋이 들어와 아주 예의 바르게 자신들은 경찰관들이라고 소개를 했다. 한밤중에 비명 소리를 들은 이웃이 살인이라도 일어난 게 아닌가 해서 경찰에 신고했기 때문에, 그들이(그 경찰관들이) 집 안을 수색하러 출동한 것이었다.

나는 미소를 지었다. 내가 두려울 게 뭐가 있겠는가? 나는 예의 바른 그 경찰관들을 반갑게 맞이했다. 나는 그 비명 소리는 내가 꿈결에 지른 것이라고 말했다. 그리고 노인은 시골에 가고 없다고 둘러댔다. 나는 나의 손님들을 집 안 곳곳으로 안내했다. 나는 그들에게 수색을 하라고, 이왕이면 **철저히** 수색하라고 당부했다. 마침내 나는 그들을 노인의 방으로 이끌고 갔다. 나는 그들에게 노인의 귀중품이 안전하게 그대로 있는 것을 보여 주었다. 그리고 자신감이 불타오른 나머지 그 방에 의자들을 들고 들어와 피곤할 텐데 여기에 앉아 좀 쉬라고 권했다. 그러면서 나는 완전한 승리감에 취해 대담무쌍하게도 피해자의 시체를 숨겨 놓은 지점 바로 위에다 의자를 갖다 놓고 앉았다.

경찰관들은 흡족해 했다. 나의 그런 **태도**가 그들에게 아무 일도 없었다는 확신을 심어 줬던 것이다. 나는 이상하게 마음이 편안했다. 그들이 의자에 앉았고, 내가 기분 좋게 대답하는 사이, 그들은 어느새 이런저런 일상적인 담소를 나누기 시작했다. 하지만 얼마 지나지 않아 나는 얼굴이 창백해지면서 그들이 그만 가 줬으면 하고 바라게 되었다. 머리가 지끈거리고 귀에서 소리가 울리는 느낌이 났다. 하지만 경찰관들은 그대로 앉아 계속 담소를 나눴다. 귀에서 울리는 소리가 더욱 또렷해졌다. 그 소리가 계속 들리면서 점점 더 또렷해져만 갔다. 나는 그런 느낌을 없애려고 더 마음대로 지껄였다. 하지만 귀에서 울리는 소리는 계속되어 극에 달했고 마침내 나는 그 소리가 내 귀 속에서 울리는 것이 아님을 깨닫게 되었다.

의심할 여지없이 이제 나는 안색이 무척 창백해졌다. 그런데도 말은 더 유창하게 술술 한껏 고조된 목소리로 하고 있었다. 하지만 그 소리는 점점 더 커졌다. 그렇다고 내가 뭘 할 수 있었겠는가? 낮고 둔탁하고 빠른 그 소리는 꼭 '솜으로 싼 시계에서 나는 소리' 같았다. 나는 가쁜 숨을 내쉬었다. 그래도 아직 경찰관들에게는 그 소리가 들리지 않는 모양이었다. 나는 더 빠르고 더 열성적으로 떠들어 댔다. 하지만 그 소리는 변함없이 커져만 갔다. 나는 자리에서 일어나 목청을 높이고 격렬하게 몸짓을 해 가며 하찮은 일들에 대해 언쟁을 벌였다. 그래도 그 소리는 자꾸만 커졌다. 왜 경찰관들은 가지 않는 것일까? 나는 그들에게 관찰 당하고 있어서 분노가 치미는 듯이 무거운 발걸음으로 방 안을 이리저리 서성거렸다. 하지만 그러는 와중에도 그 소리는 꾸준히 커졌다. 맙소사! 도대체 나더러 어떻게 하란 말인가? 나는 거품을 물며 미친 듯이 악을 쓰고 욕을 퍼부었다. 나는 내가 앉았던 의자를 마구 흔들기도 하고 방바닥의 널빤지에 대고 비벼대기도 했지만, 그 소리는 그 모든 소리를 누르고 계속해서 커졌다. 커지고, 커지고, 커졌다! 그런데도 경찰관들은 여전히 즐겁게 수다를 떨며 미소를 짓고 있었다.

'그들에게는 그 소리가 들리지 않는단 말인가? 오, 전지전능하신 신이시여!……아냐, 아닐 거야! 그들에게도 들렸을 거야!……그들이 날 의심하는 거야!……그들이 알아챈 게 분명해!……그들은 내가 공포에 떠는 걸 비웃으며 즐기고 있는 거야!'

그때 나는 이렇게 생각했고, 지금도 그 생각에는 변함이 없다. 그렇지만 어떤 일이든 이런 극도의 괴로움보다는 나을 것 같았다! 어떤 일이든 이런 조롱보다 견딜 만할 것 같았다! 나는 그런 위선적인 미소를 더 이상 참을 수가 없었다! 나는 비명을 지르든 죽어 버리든 해야 할 것 같았다! 그런데 그 순간……또다시!……잘 들어 보아라!……커지고! 커지고! 커지고! 점점 커져만 가지 않는가!

"못된 놈들!"

나는 악을 쓰며 소리를 질러 댔다.

"더 이상 시치미 떼지 마! 그래, 내가 그 짓을 했어! 방바닥의 널빤지를 뜯어 봐! 여기, 바로 여기야! 바로 여기에서 그 노인네의 끔찍한 심장 박동 소리가 들리잖아!"

붉은 죽음의 가면

'붉은 죽음'은 오랫동안 그 나라를 황폐화했다. 이제껏 어떤 역병도 그토록 치명적이고 끔찍하지는 않았다. '붉은 빛의 공포스런 피', 바로 그 피가 그 병의 화신이자 확증이었다. '붉은 죽음'이란 병에 걸리면 극심한 통증과 갑작스런 현기증에 뒤이어 땀구멍을 비롯한 몸의 여러 구멍에서 다량 출혈이 일어나 죽음에 이르게 된다. 환자의 몸에, 특히 얼굴에 생기는 진홍색 반점 때문에 사람들에게서 도움도 동정도 받지 못하고 역병에 걸린 환자마냥 기피 대상이 되고 만다. 그리고 그 병은 발병에서 죽음에 이르기까지의 전 과정이 삼십 분밖에 걸리지 않았다.

하지만 프로스페로 대공은 낙천적이고 겁이 없고 명민했다. 자기 영토의 백성이 반으로 줄자 대공은 궁정의 기사들과 귀부인들 가운데 건강하고 쾌활한 신하 천 명을 불러들여 이들을 데리고 성 모양으로 구축된 대수도원으로 깊이 은둔해 들어갔다.

그 수도원은 광대하고 웅장한 건물로, 대공 자신의 별나지만 위엄 있는 취향의 산물이었다. 수도원은 견고하게 높이 솟은 담에 둘러싸여 있었다. 이 담에는 쇠로 된 출입문이 여럿 나 있었다. 대공과 신하들은 수도원 안으로 들어간 다음, 용광로와 육중한 망치를 가져와 빗장을 아예 용접해 버렸다. 그들은 수도원 안에서 갑작스런 절망과 광란의 충동이 일어나 사람들이 밖으로 나가거나 누군가 안으로 들어올 경우를 대비해 출입할 수 있는 수단을 봉쇄해 버리기로 결심한 것이다. 수도원에는 식량이 충분히 비축되어 있었다. 이렇게 단단히 예방 조치를 취해 뒀기 때문에 신하들은 전염병을 무시하기에 이르렀다. 바깥세상 일이야 자연히 해결되겠거니 했다. 그러는 동안 몹시 슬퍼하거나 생각하는 것은 어리석은 일이었다. 대공은 즐겁게 지낼 준비도 완벽하게 다 해 놓은 상태였다. 어릿광대도 있었고, 즉흥시인도 있었으며, 발레 무용수도 있었고, 연주자도 있었고, 미인과 술도 있었다. 이 모든 것들과 함께 안전이 수도원 안에 있었다. 수도원 밖에는 '붉은 죽음'이 있었다.

이렇게 은둔한 지 대여섯 달이 다 되어갈 무렵, 역병 '붉은 죽음'이 대단히 무서운 기세로 사방으로 퍼져 나가는 동안, 프로스페로 대공은 천 명의 신하들을 즐겁게 해 주기 위해 아주 색다르고 호화로운 가장무도회를 열었다.

가장무도회는 향락적인 볼거리였다. 하지만 먼저 가장무도회가 열린 방들부터 설명하기로 하자. 가장무도회는 일곱 개의 방으로 이루어진 웅장한 연회실에서 열렸다. 그런데 다른 여러 궁전들에서 그런 연회실은 각 방 사이에 자리한 접문들을 양쪽 벽으로 밀어붙여 방들을 모두 트면, 연회실 전체가 멀리까지 한 눈에 다 들어오게 되어 있었다. 그러나 이곳에서는 사정이 아주 달랐는데, 기괴한 것을 좋아하는 대공의 기호를 볼 때 충분히 예상할 수 있는 바였다. 이곳의 방들은 어찌나 들쭉날쭉하게 배치되어 있던지 한 번에 방이 하나씩밖에 눈에 들어오지 않았다. 이삼십 미터마다 모퉁이가 확 꺾였고, 그때마다 전혀 새로운 모습의 방이 나타났다. 모퉁이 좌우에 있는 양쪽 벽의 중앙에는 좁고 기다란 고딕 양식의 창이, 구불구불한 연회실의 방들을 따라 난 출구가 폐쇄된 복도 쪽으로 나 있었다. 창은 스테인드글라스로 되어 있었는데, 그 창문 안의 방을 지배적으로 장식하고 있는 색조에 따라 창의 색상이 달라졌다. 예를 들면, 동쪽 맨 끝에 있는 방은 파란색으로 장식되어 있어서 그 방의 창도 선명한 파란색이었다. 두 번째 방은 장식과 태피스트리가 자주색이어서 창도 자주색이었다. 세 번째 방은 온통 초록색이어서 창도 초록색이었다. 네 번째 방은 가구도 등도 주황색이었고, 다섯 번째 방은 흰색, 여섯 번째 방은 보라색이었다. 일곱 번째 방은 천장에서부터 벽면을 타고 흘러 내려와 심하게 주름진 채 검은색 벨벳 카펫 위로 떨어져 있는, 동일한 색상과 천으로 만든 태피스트리로 꼭꼭 가려져 있었다. 하지만 이 방만은 창의 색상이 장식과 일치하지 않았다. 그 방의 창은 진홍색, 즉 짙은 핏빛이었다. 이 일곱 방 모두에는 많은 황금 장식품들이 여기저기 흩어져 놓여 있거나 천장에 매달려 있었지만, 어느 방에도 램프나 촛대는 없었다. 연회실의 방 안 어디에도 램프나 초에서 나오는 불빛은 없었다. 하지만 연회실을 따라 나 있는 복도에는 각 창마다 맞은편에 묵직한 삼각대가 세워져 있고, 그 위에 올려놓은 화로의 불빛이 스테인드글라스를 통해 각 방을 굉장히 휘황찬란하게 비췄다. 이런 식으로 수많은 화려하고 환상적인 모습들이 만들어졌다. 하지만 서쪽의 검은색 방의 경우에는 화로 불빛이 핏빛 색조의 창을 통해 검은색 태피스트리에 비춰진 모습이 극도로 오싹한 데다, 그 방에 들어간 사람들의 얼굴에 너무나도 험악한 표정을 드리웠기 때문에 그들 가운데 그 방 안에 발을 들여놓을 정도로 대담한 사람은 거의 없었다.

또한 이 방의 서쪽 벽에는 흑단처럼 새까맣고 커다란 벽시계가 걸려 있었다. 시계추가 둔하고 묵직하고 단조롭게 탁탁 소리를 내며 좌우로 흔들렸다. 분침이 시계를 한 바퀴 돌아 시계가 정시를 알리며 울릴 때, 놋쇠로 된 시계의 폐부에서 맑고 크고 깊으면서도 대단히 음악적인 소리가 나왔는데, 그 음조와 강세가 워낙 기묘해서 한 시간 경과할 때마다 오케스트라의 연주자들이 잠시 연주를 멈추고 그 소리에 귀를 기울이게 만들었다. 그러면 왈츠를 추던 사람들도 덩달아 부득이하게 춤을 멈춰야 했고, 그리하여 즐겁던 전체 무리를 잠시 당황하게 만들었다. 그리고 정시를 알리는 시계 종소리가 계속 울리는 동안에는 가장 많이 들떠 있던 사람조차 안색이 창백해지고, 나이가 많은 진중한 사람들도 마치 혼란스런 공상이나 명상에 잠긴 듯이 손으로 이마를 쓸어 올리는 모습을 관찰할 수 있었다. 하지만 시계 종소리의 울림이 완전히 멈추면, 곧바로 가벼운 웃음소리가 사람들 사이에 넘쳐났다. 연주자들은 자신들의 신경과민과 어리석음이 멋쩍은 듯이 서로 마주 보고 씩 웃으면서 다음번에 시계 종소리가 울릴 때에는 조금 전과 같은 감정을 보이지 말자고 서로 속삭여 맹세했다. 그러고는 60분이 경과한 뒤에(즉 3,600초의 시간이 쏜살같이 흘러) 또다시 시계 종소리가 울리면 앞서와 마찬가지로 똑같이 당황해서 벌벌 떨며 명상에 잠겼다.

하지만 이런 일들에도 불구하고, 연회는 흥겹고 성대했다. 대공의 취향은 특이했다. 대공은 색상과 효과에 대한 안목이 탁월했다. 그는 단순히 유행에 따라 하는 장식을 무시했다. 그의 계획은 대담하고 열정적이었고, 그의 구상은 야만적인 광채로 빛났다. 대공이 미쳤다고 생각하는 사람들도 있을 것이다. 하지만 그의 추종자들은 그렇게 생각하지 않았다. 그가 미치지 않았다는 사실을 확인하기 위해서는 그의 말을 듣고 그를 직접 보고 접촉해 보는 게 필요했다.

대공은 이 성대한 축제를 위해 일곱 방의 이동 장식 대부분을 직접 지시했다. 그리고 가장무도회 참석자들은 대공의 취향을 지표로 삼아 그에 맞춰 변장을 했다. 당연히 하나같이 기괴한 인물로 변장했다. 번쩍거리는 현란한 변장, 반짝반짝 빛나는 화려한 변장, 흥미를 자극하는 짜릿한 변장, 유령 같은 모습으로 변장한 사람들로 넘쳐났는데, 대부분이 훗날 『에르나니』*에서나 볼 수 있는 모습들이었다. 팔다리가 짝짝이인 옷과 장신구가 어울리지 않는 아라베스크 풍으로 변장한 인물들도 있었다. 미치광이 식으로 정신 나간 모습을 표현한 사람들도 있었다. 아

---

*에르나니 : 귀족의 딸과 산적의 사랑을 그린 프랑스 작가 빅토르 위고(1802~1885)의 비극으로, 고전극의 격식을 무시하고 희극, 비극, 유머, 공포 등을 결합시켰다.

름다운 변장, 음탕한 변장, 기괴한 변장을 한 사람들이 많았고, 끔찍한 변장을 한 사람들도 다소 있었으며, 혐오감을 불러일으키는 변장을 한 사람들도 적지 않았다. 일곱 개의 방 여기저기에 사실 꿈속에나 나올 법한 수많은 사람들이 활개 치며 돌아다녔다. 그리고 이들이(꿈속에나 나올 법한 사람들이) 각 방에서 나오는 색조를 띠며 비틀거리면서 이 방 저 방을 들락날락한 탓에 오케스트라의 격렬한 음악이 마치 사람들의 발자국이 울리는 소리처럼 들렸다. 그러다가 불현듯 검은색 벨벳 방에 걸려 있는 흑단처럼 새까만 벽시계가 울리면, 잠시 동안 모두가 가만히 있었다. 사방이 고요해진 가운데 오직 시계 소리만이 들렸다. 꿈속에나 나올 법한 모습을 한 사람들은 그 자리에 선 채로 꽁꽁 얼어붙었다. 하지만 시계 종소리가 그치면—시계 종소리는 한 순간만 지속될 뿐이니까— 그 소리가 떠난 자리에 뒤이어 다소 숨죽인 듯한 가벼운 웃음소리가 떠돌았다. 그리고 이제 다시 음악 소리가 커지며 꿈속에나 나올 법한 사람들이 되살아나서 삼각대 위에 놓아둔 화로의 불빛이 다양한 색상의 유리창을 투과하면서 만들어낸 색조를 온몸에 드리우면서 전보다 더 즐겁게 이리저리 비틀거리며 돌아다녔다. 하지만 가장무도회 참석자들은 그 누구도 일곱 개의 방 가운데 가장 서쪽에 있는 방에는 감히 들어가려고 하지 않았다. 밤이 점점 깊어지고 있는 데다 핏빛 유리창을 통해 더욱더 붉은 빛이 흘러 들어왔으며, 벽에 걸린 시커먼 검정 천이 사람의 간담을 서늘케 했기 때문이다. 그리고 또 검정 카펫에 발을 내딛는 사람의 귓전에는 바로 옆에 있는 흑단처럼 새까만 벽시계에서 나오는 소리가 조금 떨어진 다른 여러 방에서 흥겨움에 빠져 있는 사람들의 귓전에 들리는 그 어떤 소리보다 더 장엄하게 강조되어 무겁게 울렸기 때문이다.

하지만 다른 방들은 사람들로 빽빽이 들어차 있어 뜨거운 생명의 심장 박동 소리로 가득했다. 그리고 그 축제는 소용돌이치듯 계속되었고, 마침내 자정을 알리는 시계 종소리가 울리기 시작했다. 그러자 또 앞서 말했던 것처럼 음악이 멈췄고 왈츠를 추던 사람들도 동작을 멈췄으며 이전과 마찬가지로 모든 것들이 불안하게 정지되었다. 하지만 이제는 시계종이 열두 번이나 울릴 차례였다. 종이 울리는 시간이 길어지자 생각하는 시간도 길어져서 축제를 즐기는 사람들 가운데 생각이 깊은 사람들은 명상 속으로 빠져드는 듯했다. 그리하여 마지막 종소리의 최후의 울림이 완전히 잦아들기 전에 그곳에 모여 있던 많은 사람들이 그때까지 단 한 사람도 주의를 기울이지 않은, 가면을 쓴 어떤 인물의 존재를 알아차리게 될 틈이 생겼다. 그리고 이 새로운 존재에 대한 수군거림이 주위로 퍼져 나가, 마침내 그곳에 모인 사람들 전부에게서 불만과 놀라움, 나아가 공포와 두려움, 그리고 혐오감으로 가득한 웅성거리고 중얼거리는 소리가 쏟아져 나왔다.

내가 앞서 묘사한 것과 같은 유령 따위로 변장한 무리 속에서는, 평범한 모습으로는 당연히 모두를 들썩이게 하는 그런 반응을 일으킬 수 없었다. 사실 그날 밤의 가장무도회에서는 어떤 변장이든 제한 없이 자유롭게 할 수 있었다. 하지만 문제의 인물은 포악함이 헤롯 왕*을 능가했고, 심지어 대공이 예의에 있어서는 한없이 관대하다지만 그래도 그 무례함이 도를 지나쳤다. 아무리 무모한 사람이라고 할지라도 마음속에는 심금을 울리는 감정이 있기 마련이다. 심지어 삶과 죽음이 똑같이 장난일 뿐인, 완전히 길을 잃은 사람들에게도 함부로 장난을 칠 수 없는 일이 있는 법이다. 실제로 그곳의 모든 사람들이 그 낯선 인물의 옷차림과 태도가 재치 있지도 않고 적절하지도 않다고 느끼는 게 분명했다. 그자는 키가 크고 비쩍 말랐으며 머리에서 발끝까지 온몸을 수의로 감싸고 있었다. 얼굴을 가린 가면은 뻣뻣하게 굳은 시체의 얼굴과 어찌나 꼭 같이 만들어졌던지 아무리 꼼꼼히 살펴봐도 그것이 가면인지 알아내기 힘들 정도였다. 그래도 술에 취해 흥청대느라 정신없는 주위 사람들은 이 모든 점들이 썩 맘에 들지는 않아도 그냥 참고 넘어갔을지도 모른다. 하지만 이제 사람들은 저 광대 같은 놈이 '붉은 죽음'의 모습으로 꾸민 것이라고 추측하기에 이르렀다. 그의 수의에는 여기저기 피가 묻어 있었고, 넓은 이마를 비롯한 얼굴에는 온통 공포의 진홍빛 반점이 그득했다. 프로스페로 대공의 시선이 그 유령 같은 형상(그 형상을 한 인물은 마치 자신의 역할을 더 완벽하게 훌륭히 해내려는 듯이 왈츠를 추는 사람들 사이를 천천히 근엄하게 돌아다녔다.)에게로 향한 순간, 대공은 경련을 일으키는 것처럼 처음에는 공포와 혐오에 사로잡힌 듯 강하게 몸서리치더니 다음 순간에는 분노로 얼굴이 시뻘게졌다.

---

*헤롯 왕 : 셰익스피어의 『햄릿』에서 유래한 표현으로, 헤롯 왕은 자신의 아들을 비롯해 주위의 모든 사람들을 몰살시켰기 때문에 '극악무도한 사람'을 상징하게 되었다.

"아니 누가 감히?"

프로스페로 대공은 가까이 서 있는 신하들에게 쉰 목소리로 물었다.

"누가 감히 저렇게 불경스런 변장으로 우리를 모욕한단 말인가?……당장 저놈을 잡아서 가면을 벗겨 정체를 확인하라!…… 그리고 내일 동틀 녘 성벽에서 교수형에 처하라!"

이렇게 명령을 내릴 때 프로스페로 대공은 동쪽 끝의 파란 방에 서 있었다. 대공은 대담하고 건장한 사람이었으며 그의 손짓으로 음악 소리도 그쳐 있었기 때문에 대공의 목소리는 일곱 방전체에 또렷하게 쩌렁쩌렁 울려 퍼졌다.

파란색 방에서 대공은 창백한 표정의 신하들 무리를 옆에 대동하고 서 있었다. 대공이 명령을 내리자 처음에는 신하들 사이에서 침입자 쪽으로 돌진하려는 움직임이 미약하게 일었다. 하지만 바로 그 순간 역시 아주 가까이에 있던 침입자가 느긋하고 당당한 걸음걸이로 대공 쪽으로 더 가까이 다가왔다. 그러나 신하들 무리는 모두 그 침입자가 붉은 죽음일지 모른다는 터무니없는 추측 때문에 뭐라 형언할 길 없는 경외심에 사로잡혀서 어느 누구도 감히 그자를 잡으려고 나서지 않았다. 그리하여 그자는 아무런 제지도 받지 않고 유유히 대공의 코앞을 스쳐 지나갔다. 그리고 모여 있던 많은 사람들이 하나의 충동에 이끌린 듯이 일제히 방의 한가운데에서 벽 쪽으로 물러서는 동안, 그자는 아무 거리낌 없이 계속 앞으로 나아가, 처음부터 그를 특징 지웠던 것과 똑같은 근엄하고 침착한 발걸음으로 파란색 방에서 자주색 방으로, 자주색 방에서 초록색 방으로, 초록색 방에서 주황색 방으로, 주황색 방에서 흰색 방으로, 또 흰색 방에서 보라색 방으로 나아갔지만 어느 누구도 결연히 나서서 그를 붙들지 않았다. 하지만 바로 그때 프로스페로 대공은 자신이 순간적으로 겁을 먹은 사실에 수치심을 느끼고 미친 듯이 분노하여 급히 서둘러 여섯 개의 방을 지났지만, 신하들은 다들 극도의 공포에 사로잡혀 아무도 대공의 뒤를 따르지 않았다. 대공이 단도를 빼내 높이 치켜들고서 빠르고 맹렬한 기세로 도망자와 1미터 정도 떨어진 거리까지 접근하자, 검은색 벨벳 방의 끝에 이른 그자가 갑자기 휙 돌아서서 자신의 추적자와 맞섰다. 날카로운 외마디 외침과 함께 단도가 흑단처럼 새까만 카펫 위로 번쩍거리며 떨어졌고, 곧바로 뒤이어 프로스페로 대공이 숨이 끊어진 채로 카펫 위로 털썩 꼬꾸라졌다. 그러자 가장무도회 참석자들 무리가 절망 속에서도 미친 듯이 용기를 내어 곧바로 검은색 방으로 몸을 던져서, 흑단처럼 새까만 벽시계의 그림자 속에 꼼짝도 않고 꼿꼿하게 서 있는 커다란 형상의 광대 같은 그자를 붙잡았다. 하지만 사람들은 난폭하고 거칠게 잡은 그자의 수의와 시체 같은 가면 속이 실체가 있는 존재 없이 텅 비어 있다는 사실을 발견하고는 이루 말할 수 없는 공포에 사로잡혀 숨이 막혔다.

이제 그곳에 '붉은 죽음'이 존재한다는 사실이 확인되었다. 그날 밤 '붉은 죽음'이 도둑처럼 몰래 숨어 들어왔던 것이다. 그리고 가장무도회를 즐기던 사람들은 축제를 즐기던 피로 물든 연회실에서 한 사람씩 쓰러져 저마다 쓰러질 때의 절망적인 자세 그대로 죽었다. 그리고 흑단처럼 새까만 벽시계도 축제를 흥겹게 즐기던 마지막 사람과 함께 그 수명을 다했다. 삼각대 위의 불꽃도 꺼졌다. 그리고 '암흑'과 '부패', '붉은 죽음'만이 모든 것을 무한히 지배했다.

고독한 비운의 천재가 빚어낸 역작들

포와의 강렬했던 첫 만남

어린 시절 읽었던 「검은 고양이」는 으스스하고 무서우면서 섬뜩한 인상으로 오랫동안 마음에 남아 있었다. 그러다가 학창 시절 좋아했던 슬프고도 아름다운 서정시 「애너벨 리」를 쓴 포가 「검은 고양이」를 쓴 포와 동일 인물임을 알고는 적잖이 충격을 받았었다. 같은 작가의 작품으로 보기에 둘 사이에는 간극이 존재했던 것이다. 포와의 강렬했던 두 번의 만남에 이은 이번의 세 번째 만남 역시 강렬하고 충격적이긴 매한가지였지만, 그때보다 더 다양한 작품을 만나면서 포를 제대로 알게 되는 계기가 되었다.

예전에는 포를 공포 소설가이자 시인으로만 알았었다. 그런데 포는 추리 소설의 시조인 동시에 미국 문학 태동기에 다양한 장르를 시도한 개척자이기도 했다. 물론 시대를 너무 앞서 나간 탓에 당시에는 위대한 작가로 인정받지 못하고 힘든 생활을 했지만 말이다. 포의 작품과 삶에 대해 알게 되자 그가 시대를 너무 앞서 간 비운의 천재라는 느낌을 지울 수가 없었다. 그러나 어쩌면 그의 불우했던 삶이, 이제는 누구나 인정하는 고전을 탄생시킨 밑거름이 되었을지도 모른다. 때때로 작가의 개인사를 알면 작품과 더욱 가까워지기도 하는데, 포의 경우가 바로 그러할 것이다.

천재 작가의 짧지만 파란만장했던 삶

에드거 앨런 포는 1809년, 순회 극단의 배우 부부 사이에서 태어났다. 하지만 두 살 때 고아가 되면서 사업가 앨런 부부에게 입양되어 어린 시절은 풍족하게 보냈다. 하지만 대학에 들어간 뒤 양부와의 사이가 소원해지고 도박 빚까지 지게 되어 양부로부터 자금 지원이 끊김으로써 경제적으로 어려워졌으며 이때부터 평생을 가난의 늪에서 헤어나지 못했다. 결국 학업을 포기하고 1827년 군에 입대를 하게 되었고, 그해 첫 시집 『티무르, 기타 시들』을 내지만 주목을 받지는 못했다. 웨스트포인트를 잠시 다니지만 결국 이 시기에 양부와는 완전히 의절하게 된다. 이후 포는 본격적으로 작가의 길로 나서지만 전업 작가로는 생계를

»

유지하기가 곤란해 편집자로 일하게 되었다. 1836년 사촌인 버지니아와 결혼을 했는데 이때 그의 나이는 27세, 버지니아는 14세였다. 그는 편집자로 일하면서 시, 서평, 평론, 단편소설을 발표해 편집자, 평론가, 작가로 입지를 쌓아갔다. 하지만 1847년 아내가 젊은 나이에 사망하자 포는 우울증에 걸렸으며, 그로부터 2년 뒤인 1849년, 볼티모어의 길거리에서 의식이 혼미한 상태로 발견되어 병원으로 실려 갔지만 사망하고 말았다. 그의 사인은 영원히 미스터리로 남게 되었다.

포는 짧은 생을 살고 갔지만, 19세기 미국 문학계에서 가장 독창적인 작품 세계를 선보인 천재 작가로 공포 소설, 추리 소설, 풍자 소설, SF 소설 등 다양한 장르에서 발군의 실력을 선보였다. 하지만 당시 그의 소설에 대한 반응은 극과 극이었다. 문단에서는 그에 대한 반감이 높았으며, 예이츠, 에머슨, 헉슬리 같은 저명 작가들에게서 비판을 받기도 했다. 하지만 프랑스를 비롯한 유럽에서는 보들레르의 번역에 힘입어 인기를 끌었으며 훗날 그의 작품들은 걸작의 대열에 올랐다. 이 책에 실린 아홉 편의 작품은 포의 개성이 살아 있는 대표작으로 꼽을 만한 것으로 포와 그의 작품 세계를 이해하는 데 도움이 될 것이다.

포의 작품 세계를 대표하는 아홉 편의 단편소설

「모르그 거리의 살인 사건」은 현대 추리 소설의 모태가 된 작품으로 추리 소설의 전형이자 교과서로 여겨진다. 모르그 거리에서 일어난 처참한 모녀 살인 사건을 푸는 과정을 담은 이야기로, 뒤팽은 화자인 나와 이야기를 주고받으며 점점 미궁 속으로 빠져드는 살인 현장을 주도면밀하게 관찰하고 단서와 증언을 통해 논리 정연하게 추리를 해서 사건을 해결한다. 그 과정에서 뛰어난 분석력, 상상력, 지적 능력을 발휘하여, 독자들도 그 과정에 빠져들게 만들어 긴장감을 고조시키고 오리무중이던 범인의 실체에 점점 다가간다. 사실 19세기 중반의 독자들에게는 무척 낯설고 생소한 형식과 장르였으며 비평가들 사이에서도 평가가 엇갈렸지만 후대 추리 소설의 토대가 되었다. 포가 없었더라면 우리가 즐겨 읽는 무수한 추리 소설들은 존재하지 않았을지도 모른다. 포로 인해 추리 소설 장르가 탄생했고, 포가 창조해 낸 캐릭터 '뒤팽' 덕택에 '셜록 홈즈'나 '포와르' 같은 명탐정 캐릭터가 탄생할 수 있었다.

「도둑맞은 편지」는 뒤팽의 활약상이 펼쳐지는 또 하나의 대표적 추리 소설이다. 편지를 도둑맞은 지체 높은 귀부인이 경찰국장에게 편지를 찾아 달라고 비공식적으로 의뢰한다. 편지 도둑이 누구인지 알지만 편지를 숨긴 장소를 알아내지 못해서 경찰국장에게 의뢰한 것인데, 경찰국장은 이 문제를 해결하지 못해 결국 뒤팽에게 도움을 청한다. 경찰의 고도로 복잡한 추리와 수색이 오히려 수사를 어렵게 만들었다는 사실을 간파한 뒤팽은 생각의 전환을 통해 범인의 심리를 꿰뚫는다. 그리고 마침내 의외의 장소 즉 눈에 잘 띄는 장소에 아무렇게나 내팽개치듯 찔러 놓은 문제의 편지를 찾아내게 된다. 범인의 입장에서 그의 심리를 분석함으로써 사건을 해결하는 이러한 추리 과정은 후대 작가들이 많이 차용했으며, 포는 뒤팽이 나오는 자신의 작품 가운데 이 작품이 가장 훌륭하다고 뽑은 바 있다. 이 두 작품과 마찬가지로 뒤팽이 등장하는 추리 소설 「마리 로제의 수수께끼」까지 총 3편의 작품이 포의 추리 3부작으로 불린다.

「황금 곤충」은 우연히 손에 넣게 된 황금 곤충과 양피지에 적힌 암호를 해독해 보물을 찾는 과정이 흥미진진하게 펼쳐지는 이야기이다. 해적이 숨긴 보물과 암호라는, 누구에게나 흥미를 끄는 소재가 추리 소설 기법과 어우러져 탄탄한 구성 속에서 빛을 발한다. 탐정이 등장하는 일반적인 추리 소설과는 달리 이 소설은 암호를 해독해 나가는 과정에서 지적 유희의 즐거움을 만끽할 수 있는 치밀한 구성이 돋보이는 작품이다. 포의 암호에 대한 관심과 뛰어난 재능도 함께 엿볼 수 있으며, 독자에게도 함께 암호를 푸는 재미를 선사한다.

「검은 고양이」는 '에드거 앨런 포' 하면 가장 먼저 떠오르는 작품이자 공포 소설의 백미로, 인간 내면의 광기 어린 본성에서 비롯된 참극을 담고 있다. 자기가 죽인 고양이로 인해 광기와 공포에 시달리다 결국 끔찍한 살인을 저지르고 마는 남자의 이야기가 사형 당하기 전날 그간의 일을 담담히 고백하는 형식으로 전개된다. 특히 마지막 순간은 머릿속에 청각적, 시각적 이미지로 각인되어 오래도록 소름 끼치는 심상으로 뇌리에 남는다. 강렬한 마무리로 머리털을 쭈뼛 서게 만들어 잠 못 이루는 밤을 선사하기까지 하는 고딕 소설의 전형으로, 포가 오직 인간 내면의 광기 어린 심리 묘사만으로 괴기스럽고 공포스런 분위기를 연출하는 탁월한 작가임을 여실히 보여 준다.

「어셔가의 몰락」은 불안한 인간의 심리를 바닥까지 파헤친 심리 묘사의 걸작이다. 화자인 나는 친구인 어셔의 편지를 받고 음침한 분위기를 자아내는 어셔가에 도착한다. 어셔가의 저택과 사람들은 마치 하나로 연결된 듯 저택도 사람도 똑같이 어둡고 음울한 분위기를 풍기는데, 어셔는 심각한 우울증에 시달리며 원일 모를 공포에 사로잡혀 있다. 그러던 중 어셔는 누이가 죽었다며 시체 가매장을 도와달라고 한다. 시체를 가매장하고 얼마 뒤의 폭풍우 치던 어느 날 밤, 죽은 줄 알았던 동생이 나타나 어셔는 그 자리에서 숨을 거두고, 화자는 놀란 마음에 부리나케 저택에서 뛰쳐나오는데 그 뒤로 저택이 붕괴해 늪 속으로 빠져 들어가며 끝난다. 사람 마음속 불안이 저택과 그곳을 둘러싼 전체 공간에 스며들어 급기야는 하나가 되고, 어셔가 죽어 가문이 몰락함과 동시에 저택도 함께 무너지는 과정이 포의 천재적이고 화려한 기교에 힘입어 환상적이면서도 어두운 분위기 속에서 전개된다. 또한 기이하고 암울한 공포 분위기, 바닥을 알 수 없는 깊은 절망에 빠진 인물의 심리 묘사, 군데군데 드리워 놓은 암시, 마지막까지 긴장을 놓을 수 없게 만드는 소름 끼치는 결말, 시각적이고 청각적인 심상이 지배하는 시적이고 화려한 문체에 이르기까지 포의 작품에서 흔히 볼 수 있는 특징이 고스란히 들어가 있다.

「절름발이 개구리」는 농담을 좋아하는 왕과 일곱 대신들, 그리고 궁중의 절름발이 광대가 나올 때까지만 해도 뭔가 익살스럽고 재미있는 이야기가 펼쳐지지 않을까 기대하지만, 이야기는 익살과는 전혀 거리가 먼, 불의 복수극으로 치닫는다. 절름발이 개구리가 놀림을 받고 모욕을 당한 데 대한 앙갚음으로 치밀하게 계획한 복수극이 독자의 허를 찌르는 마무리로 끝나는데, 복수극만큼이나 글의 구성도 치밀하게 잘 짜여 있다. 그리고 마치 포의 전매특허인 듯한 강렬하고 소름 끼치는 마무리는 이 작품에서도 어김없이 드러난다.

「아몬티야도 술통」은 「절름발이 개구리」와 마찬가지로 치밀한 계획 하에 펼쳐지는 복수극을 그린 작품이다. 다만 차이점이라면, 이 소설에는 어떤 모욕을 받았기에 그런 잔인한 복수를 하는지에 대해서는 구체적 설명이 없다는 점이다. 오직 복수에 대한 정의와 복수의 과정만이 나와 있을 뿐이다. 복수를 하는 자의 시점에서 아무런 거리낌도 죄의식도 없이 완전 범죄를 저지르며 유유히 막을 내리는데, 이 섬뜩한 복수극은 「절름발이 개구리」와 함께 묶어 복수 연작이라고 부를 만하다.

포의 소설은 죽음을 다루고 있는 경우가 많은데, 「고자질하는 심장」 또한 비상식적인 이유로 저지르는 살인을 다루고 있다. 화자인 나는 노인의 눈이 마음에 들지 않는다는 이유만으로 살인을 저지르는데, 완전 범죄가 되려는 찰나 환청에 이끌려 결국 스스로 범죄를 드러나게 만들고 마는 이야기이다. 인간의 악한 본

성과 정신 착란으로 봐도 될 정도로 과도하게 불안한 심리를 묘사하는 포의 실력은 이 소설에서도 빛을 발한다. 터무니없는 이유로 치밀한 계획 하에 살인을 저지르는 설명할 길 없는 광기에 사로잡힌 화자인 '나'는 미치지 않았다고 강하게 주장하지만 아무리 봐도 요즘 범죄 뉴스에 자주 등장하는 사이코패스를 보는 듯하다. 포의 공포 소설이 그러하듯 이 소설 역시 간결함 속에서 마지막 문장을 읽는 순간까지 긴장감을 이어간 뒤 강렬한 마무리로 독자들을 섬뜩하게 한다. 포의 대표적 공포 소설인 「검은 고양이」와 여러모로 닮아 있다.

「붉은 죽음의 가면」은 포의 작품과 관련 깊은 '죽음'이란 단어가 처음부터 노골적으로 등장한다. '붉은 죽음'이라는 끔찍한 역병이 몰아닥쳐 온 나라를 휩쓸자 프로스페로 대공은 신하 천 명을 이끌고 수도원으로 피신한다. 그런 뒤 수도원을 폐쇄하지만 '붉은 죽음'이 가장무도회의 현장으로 몰래 숨어들어 결국 모두 죽음을 맞게 된다는 내용이다. 눈에 보이지 않고 형체 없는 극한의 공포 앞에서 모두 아무런 힘도 못 쓰고 죽음에 이르게 되는

》》

장면이 선명하게 그려지며 핏빛 죽음의 공포가 머릿속에 시각적으로 생생하게 각인되어 더 섬뜩하게 와 닿는다.

천재 작가에게 경의를!

포의 작품은 어느 한 편을 대표작으로 뽑기 힘들 만큼 모두 고른 수준을 자랑한다. 그래서 작품을 읽을 때마다 이미 알고 있는 포의 매력과 천재성이 배가되기도 하고 의외성이 참신하게 다가오기도 한다. 책을 읽다가 복잡하고 섬세한 심리 묘사를 지루하고 어려운 것으로 오인해 중간에 책을 덮는 오류를 범하지 말기를 바란다. 마지막 문장을 읽고 책을 덮기 전까지는, 그의 삶만큼이나 강렬한 개성을 지닌 그의 작품을 다 읽었다고 말할 수 없으니 말이다.

포의 작품을 읽은 사람이라면 누구나 마지막 문장에 이른 순간, 온몸에 소름이 돋으며 머리칼이 쭈뼛 서는 이미지가 머릿속에 떠올라 오래도록 뇌리를 떠나지 않는 경험을 하게 될 것이다. 한 번 읽으면 잊히지 않는 작품을 쓴 천재 작가에게 경의를 표하

며, 그의 불행한 삶과 미스터리한 죽음, 마치 그의 작품 속 이야
기처럼 생을 살다간 그의 발자취를 더듬어 보면서 작품 속으로
빠져드는 값진 시간이었기를 바란다.

-옮긴이 황윤영

《에드거 앨런 포 연보》

1809년 1월 19일 미국 매사추세츠 주 보스턴에서 이민자 출신 유랑 극단의 배우인 어머니 엘리자베스 아널드 포와 마찬가지로 배우인 아버지 데이비드 포 2세 사이에서 태어남.

1811년 아버지가 가족을 버리고 떠난 뒤 1년 만에 어머니가 폐결핵에 걸려 사망함. 포는 버지니아 주 리치먼드의 부유한 상인인 존 앨런에게 입양되었으나 정식으로 입적되지는 않음.

1815년 양부모와 함께 영국으로 이주함. 1820년까지 양부모의 고향인 스코틀랜드, 잉글랜드 등지에서 교육 받음. 이 시기에 훗날 포가 쓴 단편소설「윌리엄 윌슨」의 배경이 되는 브랜스비 목사의 기숙 학교에 다님.

1820년 양부모와 함께 미국으로 돌아옴.

1826년 2월 버지니아 대학교에 입학함. 그리스 어, 라틴어 등을 배우면서 독서에 열중함. 양아버지와의 불화로 재정적인 지원을 제대로 받지 못해 궁핍한 생활을 하다가 학자금 마련을 위해 도박에 손을 대기 시작함. 입학한 지 1년이 채 못 되어 2천여 달러의 막대한 빚을 지고 퇴학당함. 애인 엘미라 로이스터와 파혼함.

1827년 양아버지와의 불화로 집을 떠나 보스턴에 도착함. 초여름, 첫 애인 로이스터에 대한 내용을 담은 첫 시집 『티무르, 기타 시들(Tamerlane and Other Poems)』 출간. 직업을 구하다가 실패하고 생계를 위해 에드거 A. 페리라는 가명으로 육군에 지원 입대함.

1829년 양어머니의 사망을 계기로 양아버지와 일시적으로 화해함.

남편을 여의고 딸 버지니아와 살고 있는 마리아 클렘 고모에게 가 신세를 짐. 두 번째 시집 『알 아라프, 티무르, 다른 시들(Al Aaraaf, Tamerlane, and Minor Poems)』 출간.

1830년 뉴욕 웨스트포인트 육군사관학교에 입학함. 양아버지 재혼 후 앨런가와 절연함.

1831년 근무 태만과 명령 위반 등 불성실한 태도로 육군사관학교에서 퇴학당한 후 볼티모어의 클렘 고모 가족과 살면서 생계를 이어감. 세 번째 시집 『포 시집(Poems by Edgar A. Poe)』 출간.

1833년 단편소설 「병 속의 수기」를 〈새터데이 비지터〉에 응모한 뒤 당선되어 상금 50달러를 받음. 이후 여러 편의 단편소설을 발표하고 글을 써서 돈을 벌게 됨.

1834년 양아버지가 포에게 아무런 유산도 남기지 않고 사망함.

1835년 리치먼드의 〈서턴 리터러리 메신저〉지의 편집자로 일함. 고모 클렘의 딸인 버지니아와의 결혼 허가장을 받음. 단편소설 「모렐라」 발표.

1836년 버지니아와 결혼함.

1837년 장편소설 『아서 고든 핌 이야기(The Narrative of Arthur Gordon Pym of Nantucket)』 출간.

1838년 단편소설 「리지아」 발표.

1839년 〈버턴스 젠틀맨스 매거진〉지의 편집자로 근무함. 「윌리엄 윌슨」, 「어셔가의 몰락」 등을 수록한 최초의 단편집 『그로테스크와 아라베스크에 관한 이야기(Tales of the Grotesque and Arabesque)』 출간.

1840년 〈버턴스 젠틀맨스 매거진〉 사임함. 단편소설 「군중 속의 사람」 발표.

1841년 〈그레이엄스 매거진〉지에 근무함. 포가 편집을 맡은 지 1년 만에 발행 부수가 급격히 증가함. 단편소설 「모르그 거리의 살인 사건」, 「소용돌이 속으로의 추락」 발표.

1842년 중편소설 「마리 로제 사건의 수수께끼」, 「붉은 죽음의 가면」, 「타원형 초상화」, 「구덩이와 진자」 발표.

1843년 중편소설 「황금 곤충」을 〈필라델피아 달러 뉴스페이퍼〉지에 발표해 상금 100달러를 받음. 단편소설 「검은 고양이」, 「고자질하는 심장」 발표.

1844년 6년간의 필라델피아 생활을 정리하고 뉴욕으로 이사함. 〈이브닝 미러〉지의 편집자로 근무함. 단편소설 「도둑맞은 편지」, 「때이른 매장」 발표.

1845년 〈브로드웨이 저널〉지에 근무함. 〈이브닝 미러〉지에 시 「갈가마귀」를 발표함으로써 유럽에까지 명성을 떨침. 단편집 『이야기들(Tales)』 출간.

1846년 〈브로드웨이 저널〉지 폐간됨. 단편소설 「아몬티야도 술통」, 「발데마르 사건의 진실」 발표.

1847년 아내 버지니아가 폐결핵으로 사망한 뒤 우울증이 발병함.

1848년 사색적인 산문시 「유레카」 발표.

1849년 단편소설 「절름발이 개구리」, 시 「종」, 죽은 아내 버지니아를 그리며 쓴 작품 「애너벨 리」 등을 발표함. 미망인이 된 옛 애인 엘미라 로이스터와 약혼하기로 함. 고모 클렘을 약혼식에 초청하기 위해 여행하던 중 볼티모어 길거리에서 의식 불명으로 쓰러진 채 발견됨. 병원으로 옮겨졌으나 의식을 회복하지 못하고 10월 7일 사망함. 볼티모어에 있는 웨스트민스터 장로교회 묘지에 묻힘.

에드거 앨런 포 1809년 1월 19일 미국 보스턴에서 이민자 출신 배우 부모 밑에서 태어났다. 태어난 지 1년 만에 아버지가 떠나고 이듬해 어머니마저 폐결핵으로 사망해, 리치먼드의 부유한 상인인 존 앨런에게 입양되었다. 1826년 버지니아 대학교에 입학했으나 양아버지와의 갈등, 도박, 음주 등의 문제로 1년도 채 되지 않아 퇴학당했다. 이후 글을 쓰기 시작했으며 1827년 첫 시집 『티무르, 기타 시들』을 출간한 데이어 단편소설 「병 속의 수기」, 「리지아」, 「어셔가의 몰락」, 「모르그 거리의 살인 사건」, 「검은 고양이」 등과 장편소설 『아서 고든 핌 이야기』, 단편집 『그로테스크와 아라베스크에 관한 이야기』 등을 발표하면서 작가적 명성을 얻기 시작했다. 1847년 아내 버지니아가 폐결핵으로 사망한 뒤 우울증을 겪었으나 1849년에는 대학 시절 애인이었던 엘미라 로이스터와 약혼하기로 하면서 재기를 꿈꾸었다. 그러나 고모 클렘을 약혼식에 초청하기 위해 여행하던 중 볼티모어 길거리에서 의식 불명으로 쓰러진 채 발견되어 병원으로 이송했으나 그해 10월 7일 사망했다.

황윤영 성균관대학교 번역대학원을 졸업한 후, 현재 아동청소년문학 전문 번역가로 활동하고 있다. 그동안 옮긴 책으로 『내가 사랑한 야곱』, 『탠저린』, 『오디세이』, 『지킬 박사와 하이드』, 『이상한 나라의 앨리스』, 『거울 나라의 앨리스』, 『왕자와 거지』, 『에드거 앨런 포 단편선』 등이 있다.

클래식 보물창고에는
오랜 세월의 침식을 견뎌 낸
위대한 세계 문학 고전들이 총망라되어 있습니다.
세대와 시대를 초월하여 평생을 동반할 '내 인생의 책'을
〈클래식 보물창고〉에서 만나 보세요.

1. 이상한 나라의 앨리스 루이스 캐럴 지음 | 황윤영 옮김

특유의 유쾌한 상상력과 말놀이, 시적인 묘사와 개성적인 캐릭터, 재치 넘치는 패러디와 날카로운 사회 풍자로 아동청소년문학사와 영문학사에 큰 획을 그은 루이스 캐럴의 환상동화.
★ BBC 선정 영국인 애독서 100선

2. 키다리 아저씨 진 웹스터 지음 | 원지인 옮김

서간문이라는 독특한 형식과 소녀적 감성이 결합된 성장기이자 로맨스 소설! 20세기 초 사회의 모순을 고발하고 개혁을 주장했던 작가의 진보적인 사상은 페미니즘 문학으로서의 의미를 더한다.

3. 보물섬 로버트 루이스 스티븐슨 지음 | 민예령 옮김

인간이 가진 절대적인 선과 악을 그린 세계 최초의 해양모험소설. 영국 빅토리아 시대의 흥미진진한 꿈과 낭만을 대변하는 동시에 선악의 경계를 아슬아슬하게 줄타기하는 인간의 욕망을 고찰한다.
★ BBC 선정 영국인 애독서 100선

4. 노인과 바다 어니스트 헤밍웨이 지음 | 민예령 옮김

헤밍웨이 문학의 총 결산이자 미국 현대문학의 중추로 일컬어지는 걸작. 생애의 모든 역경을 불굴의 투지로 부딪쳐 이겨 내는 인간의 모습을 하드보일드한 서사 기법과 절제미가 돋보이는 문체로 형상화했다.
★ 노벨 문학상 수상작가 ★ 퓰리처상 수상작 ★ 노벨연구소 선정 세계문학 100선
★ 대학수학능력시험 출제 작품

5. 하늘과 바람과 별과 시 윤동주 지음 | 신형건 엮음

우리나라 사람들이 가장 많이 애송하는 '민족 시인' 윤동주의 문학 세계를 엿볼 수 있는 시와 산문을 한데 모았다. 시대의 아픔을 성찰하며 정면으로 돌파하려 한 저항 정신은 물론이고 인간 윤동주의 맨얼굴을 만날 수 있다.
★ 연세대 필독도서 200선

6. 봄봄 동백꽃 김유정 지음

어려운 현실을 풍자와 해학으로 극복한 한국 근대소설의 정수. 김유정의 대표작을 모았다. 원전을 충실하게 살려 아름다운 우리말을 풍요롭게 담고, 토속적 어휘는 풀이말을 달아 이해를 도왔다.

7. 거울 나라의 앨리스 루이스 캐럴 지음 | 황윤영 옮김

『이상한 나라의 앨리스』보다 한층 탄탄해진 구성과 논리적인 비유를 통해 보다 깊고 넓어진 재미와 감동을 선사하는 후속작. 현실 속의 정상과 비정상, 논리와 비논리, 의미와 무의미의 경계를 고찰한다.
★ BBC 선정 영국인 애독서 100선 ★ 명사 101명이 추천한 파워클래식

8. 변신 프란츠 카프카 지음 | 이옥용 옮김

현대인의 고독과 불안을 그림으로써 20세기 실존주의 문학의 발전에 커다란 영향을 끼친, 20세기 문학계에서 가장 난해한 '문제작가'로 꼽히는 프란츠 카프카의 대표작을 모았다. 원전에 충실한 번역으로 특유의 문체가 지닌 묘미를 만끽할 수 있다.
★ 서울대 권장도서 100선 ★ 연세대 필독도서 200선 ★ 미국대학위원회 SAT 권장도서

9. 오즈의 마법사 L. 프랭크 바움 지음 | 최지현 옮김

영화, 뮤지컬, 온라인 게임 등 다양한 장르로 재생산되어 지구촌 대중문화를 견인함으로써 문화 콘텐츠가 가지는 파급력의 정도를 생생하게 보여 주는 세기의 고전. 짜릿한 모험담 속에 담긴 치유의 기운이 마법 같은 순간을 선물한다.

10. 위대한 개츠비 F. 스콧 피츠제럴드 지음 | 민예령 옮김

미국 현대 문학의 거장으로 꼽히는 F. 스콧 피츠제럴드의 대표작. 미국에서만 한 해 30만 부 이상 팔리는 스테디셀러로, 재즈 시대를 살았던 젊은이들의 욕망과 물질문명의 싸늘한 이면을 담아 낸 명실공히 미국 현대 문학의 최고작.

★ 〈타임〉지 선정 100대 영문 소설   ★ 미국대학위원회 SAT 권장도서
★ 〈뉴스위크〉지 선정 100대 명저   ★ BBC 선정 꼭 읽어야 할 책

11. 오 헨리 단편선 오 헨리 지음 | 전하림 옮김

평범한 소시민의 일상과 삶의 애환을 따뜻한 시선으로 그린 세계적인 단편작가 오 헨리 문학의 정수로 손꼽히는 작품을 모았다. 인도주의적 가치관 위에 부조된 작가적 개성의 특출함을 만끽할 수 있다.

12. 셜록 홈즈 걸작선 아서 코난 도일 지음 | 민예령 옮김

세기의 캐릭터와 함께 펼치는 짜릿한 두뇌 게임. 치밀한 구성과 개연성 있는 전개, 호기심을 자극하는 독특한 설정이 포진되어 있음은 물론, 추리의 과정부터 카타르시스가 느껴지는 결말이 펼쳐져 있는 매력적인 소설.

13. 소공자 프랜시스 호즈슨 버넷 지음 | 원지인 옮김

사랑의 입자를 뭉쳐 만들어 놓은 것 같은 캐릭터를 통해 사랑의 선순환을 형상화한 소설. 순수한 직관과 무한한 잠재력을 지닌 동심의 세계를 느낄 수 있다.

14. 왕자와 거지 마크 트웨인 지음 | 황윤영 옮김

대중성과 작품성을 겸비해 '미국 현대문학의 아버지'로 평가받는 마크 트웨인의 대표작으로 '뒤바뀐 신분'이라는 숱한 드라마의 원조 격인 소설. 부조리하고 불합리한 사회상에 대한 날카로운 비판과 통쾌한 풍자 속에 역사적 지식과 상상력을 담아 냈다.

15. 데미안 헤르만 헤세 지음 | 이옥용 옮김

자신의 내면세계를 향해 고집스럽게 걸음을 옮긴 주인공 싱클레어의 성장을 그린 영원한 청춘의 성서. 철학, 종교, 인간을 끊임없이 탐구했던 작가의 깊이 있는 시선과 인간 내면의 양면성에 대한 치밀한 묘사가 시선을 사로잡는다.

★ 노벨 문학상 수상작가

16. 말괄량이와 철학자들 F. 스콧 피츠제럴드 지음 | 김율희 옮김

재즈 시대의 자유분방한 젊은이들의 풍속도를 그린 F. 스콧 피츠제럴드의 소설집. 1920년대 고동치는 젊은이의 맥박을 생생하게 전달했다는 평가를 받는 작품들을 모았다.

17. 벤자민 버튼의 시간은 거꾸로 간다 F. 스콧 피츠제럴드 지음 | 김율희 옮김

70세의 노인으로 태어나 결국 태아 상태가 되어 삶을 마감하는 벤자민 버튼의 일생을 그린 환상소설을 비롯해 『위대한 개츠비』의 전신이라고 할 수 있는 F. 스콧 피츠제럴드의 작품들을 모았다. 실험적이고 혁신적인 화법으로 생생하게 형상화한 재즈 시대를 만끽할 수 있다.

18. 이방인 알베르 카뮈 지음 | 이효숙 옮김

출간과 동시에 하나의 사회적 사건으로까지 이야기된 알베르 카뮈의 대표작. 부조리하고 기계적인 시스템 속에서 인간이 부딪치게 되는 절망적 상황을 짧고 거친 문장 속에 상징적으로 담아낸, 작품 자체가 '이방인'인 소설.
★ 노벨 문학상 수상작가 ★ 노벨연구소 선정 세계문학 100선

19. 크리스마스 캐럴 찰스 디킨스 지음 | 김율희 옮김

영국의 대문호 찰스 디킨스의 작가 정신과 개성이 고스란히 담겨 있는 대표작. 19세기 영국 사회의 구조적 모순과 크리스마스 정신, 인간성의 회복을 그린 영원한 고전이자 크리스마스의 상징이 되어 버린 소설.
★ BBC 선정 영국인 애독서 100선

20. 이솝 우화 이솝 지음 | 민예령 옮김

2,500년 동안 이어져 온 삶의 지혜와 철학을 담은 인생 지침서이자 최고(最古)의 고전! 오랜 세월 인류가 축적해 온 지식과 철학이 함축되어 있으며 남녀노소 누구나 읽을 수 있는 인류의 고전이라 할 수 있다.

21. 수레바퀴 아래서 헤르만 헤세 지음 | 함미라 옮김

작가의 자전적 경험이 녹아들어 있는 헤르만 헤세의 대표적인 성장소설. 총명한 한 소년이 개인의 자유와 개성을 억압하는 딱딱한 교육 제도와 권위적인 기성 사회의 벽에 부딪혀 비극으로 치닫는 이야기를 섬세하게 그리고 있다.
★ 노벨 문학상 수상작가 ★ 서울대 선정 고전 200선 ★ 국립중앙도서관 선정 청소년 권장도서

22. 너새니얼 호손 단편선 너새니얼 호손 지음 | 한지윤 옮김

「주홍 글자」로 유명한 호손은 에드거 앨런 포, 허먼 멜빌과 더불어 미국 낭만주의 문학의 3대 거장으로 꼽힌다. 이 책은 45년간 우리나라 교과서에 실리기도 했던 「큰 바위 얼굴」을 비롯해 호손 문학의 대표 단편소설 11편을 실었다.

23. 에드거 앨런 포 단편선 에드거 앨런 포 지음 | 황윤영 옮김

「검은 고양이」, 「모르그 거리의 살인 사건」 등으로 유명한 에드거 앨런 포는 미국 낭만주의 문학의 거장이자 단편문학의 시조이며 추리 소설의 창시자이기도 하다. 기괴하고 환상적인 소재를 통해 인간 내면의 광기와 복잡한 심리를 치밀하게 형상화한 포의 작품 중에서도 정수라고 할 수 있는 아홉 편의 단편소설을 모았다.
★ 미국대학위원회 SAT 권장도서 ★ 노벨연구소 선정 세계문학 100선

＊'클래식 보물창고'는 끝없이 이어집니다.